Why Wine!

와인,
문화를
만나다

장흥 지음

와인, 문화를 만나다

2010년 12월 5일 초판 1쇄 인쇄
2010년 12월 10일 초판 1쇄 발행

지은이   장 홍
펴낸이   김영애
기획편집 방보람
디자인   이유진
마케팅   김태훈

펴낸곳   **다할미디어**
등록일   1999년 11월 1일
등 록   제20-0169호
주 소   우137-903 서울시 서초구 잠원동 22-10 성원빌딩 2층
          www.dahal.co.kr
전 화   02. 3446. 5381
팩 스   02. 3446. 5380
이메일   dahal@dahal.co.kr

ISBN : 978-89-89988-79-3 03810

값 15,000원

Why Wine!

와인,
문화를
만나다

다홀미디어

와인 한 잔의 사색

나에게 와인은 여러 복합적인 의미를 지니고 있다. 목마름을 가시게 해주는 일상 속의 와인, 바쁜 삶 속에서 잠시나마 숨을 고르게 해주는 쉼표 같은 와인, 지인들과 마음을 나누게 해주는 우정의 와인, 비즈니스란 팍팍한 생존 경쟁에서 그나마 인간적인 냄새가 나도록 해주는 윤활유 역할의 와인 등. 그러나 가장 중요한 의미는 서양 문명이란 거대한 곳간을 열게 해주는 하나의 열쇠가 바로 와인이라는 것이다.

나는 25년을 넘게 프랑스에서 살면서 와인과 연애를 했다고 해도 과언이 아니다. 그동안 내가 비운 병의 수는 얼마나 될까? 언제부터인가 그렇게 비워져 간 수많은 병들을 일부나마 글로 채워보고 싶었다. 어쩌면 비워진 병들에 대한 마음의 빚을 글로 풀어본 것이 이 책인 셈이다. '와인이 우리의 삶에 던지는 메시지는 뭘까?'라는 화두를 잡고, 300여 페이지에 달하는 에세이를 쓸 수 있었다는 사실에 나 자신마저도 새삼 놀라면서.

휴그 존슨Hugh Johnson이 지적했듯이, 이제 와인은 하나의 '문화적 가치와 문명의 현상'이 되었다. 이 책에서 나는 와인이 지닌 사회·경제·문화·예술적인 측면을 고루 다루려고 노력했다. 뿐만 아니라 와인보다 레이블을 마시는 우리의 일천한 와인 문화, 와인의 대중화를 위한 제안, 기후 온난화와 와인의 장래 등을 짚어 보는 일종의 문화비평도 겸했다. 이를 통해 한편으로는 와인이 단순한 알코올 음료가 아니라 서구 문명의 이해를 위한 훌륭한 길잡이 역할을 할 수 있다는 사실을 보여주고 싶었고, 다른 한편으로는 우리의 보다 성숙한 와인 문화의 발전을 위한 나름의 방안을 모색해 보고자 했다.

아직도 많은 사람들은 와인이 까다롭고 복잡하여 접근이 쉽지 않다고 생각한다. 현재 우리의 상황에서 와인은 크게 두 가지 접근성이 결여되어 있다. 하나는 '가격 접근성'이고, 다른 하나는 '문화 접근성'이다. 높은 관세와 복잡한 유통 구조 등의 이유로 여전히 가격의 문턱이 지나치게 높고, 수천 년 동안 와인을 마셔온 유럽 사람들에 비해 역사가 턱없이 짧기에 와인을 편하게 즐기기엔 문화적 접근성이 떨어진다. 전자는 제도의 개선을 통해 언젠가는 해결되리라 믿으며, 후자는 와인에 대한 우리의 관심이 높아지게 되면 접근성을 용이하게 할 목적으로 쓰인 이 책이 도움이 될 것이다. 지극히 일부이지만 주간조선에 연재했던 〈와인 문화전도사 장홍 박사의 와인 이야기〉를 수정 보완했고, 나머지 대부분은 이 책을 위해 새로 쓴 내용임을 밝혀 둔다.

그리고 책의 편집 구성과 내용으로 보아, 독자의 관심과 필요에 따라 아무 장章을 선택해서 읽어도 무방하리라. 게다가 경우에 따라서는 필요한 소제목만 선별해 읽는 것도 가능하다. 물론 거의 대개의 책들처럼 처음처럼 끝까지 순서대로 읽는 것이 가장 바람직할 것이라고 본다. 그러다 보면 호기심을 자극하는 재미와 함께 자연스럽게 와인에 대한 문화적 접근성이 향상됨은 물론 '서구 문명에 대한 색다른 발견'이란 보너스도 기대해 볼 수 있을 것이다. 지나친 욕심인지 모르지만, 이 책을 쓴 필자의 간절하고 유일한 바람이다.

끝으로 이 책의 출판에 남다른 애정을 보여주신 다할미디어 김영애 대표님과 편집을 맡아 꼼꼼히 챙겨주신 방보람 편집자에게도 마음으로나마 한 잔의 와인을 바친다. 더불어 원고를 읽고 적절한 지적과 비판을 아끼지 않은 오랜 지우 강승중에게도 고마움을 전한다.

2010년 9월 모처럼 화창한 어느 날,

스트라스부르에서 장 홍

차 례

제8장

와인의 속삭임

결론에 대신하여

·

와인은 기쁨의 나눔이자 나눔의 기쁨 *291*

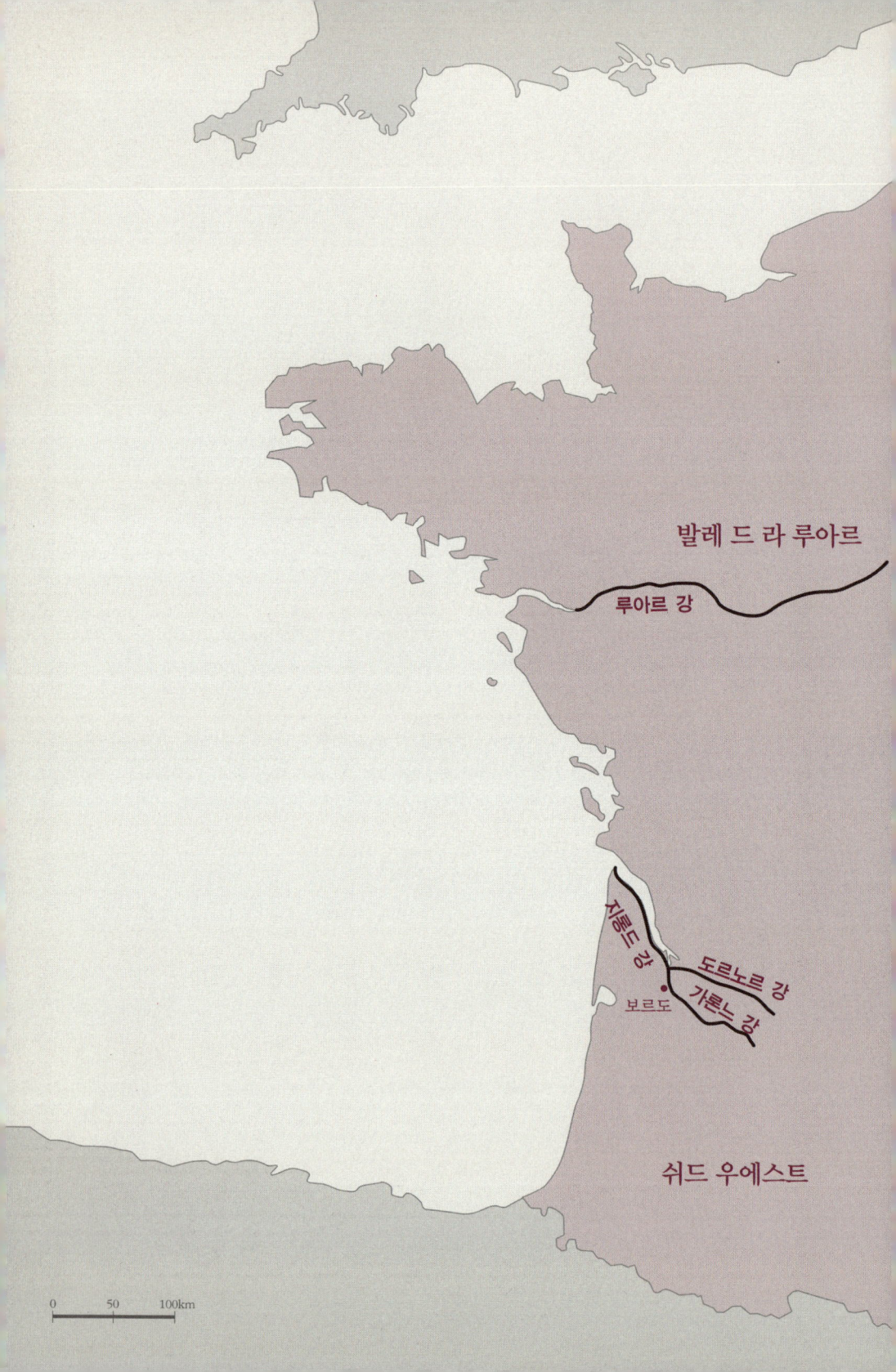

발레 드 라 루아르

루아르 강

샤롱트 강

도르노르 강

가론느 강

보르도

쉬드 우에스트

0   50   100km

랭스

에뻬르네

마르느 강

모젤　바 랭

상파뉴

알자스

라인 강

샤블리

오 랭

코트 도르

상세르

본

부르고뉴

아르부와

손강

쥬라

마콩

보졸레

사브라

론강

발레 뒤 론

랑그독　프로방스

시용

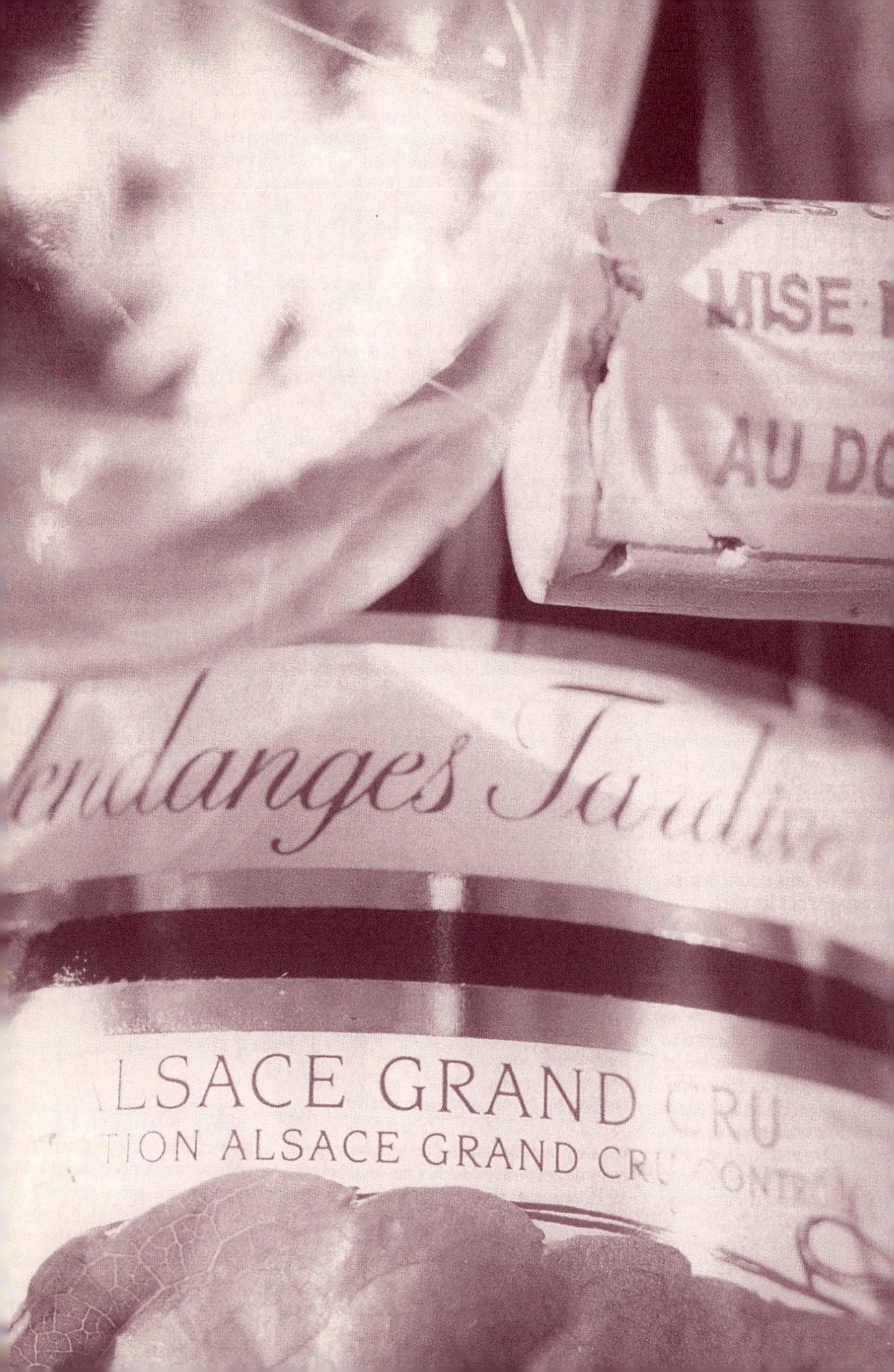
MISE
AU DO
ALSACE GRAND CRU
TION ALSACE GRAND CRU

Why Wine

제1장

야누스 얼굴의
와인

와인이 뭐길래

역사를 들먹이는 수고스러움을 차치하고도, 와인이 도대체 뭐길래 그토록 오랜 세월 수많은 사람들에게 관심과 열정의 대상이 되고 있는가? 그리고 간단없는 사랑을 받아오고 있는가? 게다가 왜 다른 알코올 음료와는 비교가 되지 않을 만큼 신화와 성경과 역사 속에 여러 다양하고 풍부한 상징으로 등장하는가? 또한 문학 및 회화 작품은 물론 음악에서조차도 와인을 주제로 삼은 많은 작품들이 현존하는 것은 무슨 까닭인가? 주지하듯이 세상에는 헤아릴 수도 없이 많은 종류의 알코올 음료가 존재한다. 와인도 그 중에 하나일 뿐이지 않은가! 하지만 우리는 금세 새로운 질문에 부딪히고 만다. 그렇다면 왜 와인은 장구한 세월을 통과하며, 다른 알코올 음료와 비교할 수 없을 정도로 많은 사람들에게 호기심과 열정을 불러일으키고 있는가? 이에 대한 대답은 간단하지 않다.

대답의 실마리를 찾기 위해 먼저 와인의 정의부터 한 번 살펴보자. "100%의 포도즙만을 알코올 발효시킨 음료다." 참 간단하지 않은가! 문제는 이 간단함 속에 너무나 많은 것들이 복합적으로 숨어있다는 것이다. 옛날 어머니들이 집에서 포도에다 설탕과 소주를 붓고 담그던 와인을 기억하는 사람이 있을지 모르겠다. 다량의 설탕과 소주를 첨가했으니, 진정한 와인이라고는 할 수 없다. 여담은 그만하고, 이제 하나씩 와인이 지닌 비밀의 빗장을 벗겨보자.

우선 와인은 다른 어떤 알코올 음료보다 그 구성성분이 다양하고 복잡하다. 물이 80~90%로 가장 많다. 다음으로 에틸알코올과 여러 종류의 산酸이 10~20%를 이루고 있다. 문제는 와인 속에 극미량으로 들어있는 수많은 생물학적, 그리고 화학적 구성 성분이다. 지금까지 밝혀진 것만도 1,000여 종이나 된다고 한다. 그 중에서도 최근에 강력한 항산화 효력을 지닌 폴리페놀polyphenols의 효과가 건강과 관련해 의학계와 제약회사의 특별한 관심을 불러일으키고 있다.

둘째로, 와인 주조에 사용되는 포도의 종류가 상상 이상으로 많다. 지구상에 존재하는 포도 품종은 자그마치 1만 여종이 넘는다고 한다. 그 중에 약 300여 품종이 와인을 주조하는 데 주로 사용되고 있다. 300여 종에서 한 가지, 혹은 여러 가지를 조합해서 와인을 주조하니 가능한 조합의 경우의 수가 만만치 않다. 단일 품종의 와인으로는 피노 누와pinot noir(레드)와 샤르도네chardonnay(화이트)만 사용하는 부르고뉴bourgogne, 가메이gamay만 사용하는 보졸레beaujolais와 뉴 월드에서 유행하는 세파주cépage 와인(일부 다른 품종이 첨가되기도 한다)이 있고, 어셈블리assembly 와인의 대표격으로는 주로 까베르네 소비뇽cabernet sauvignon, 메를로merlot 등의 보르도bordeaux, 특히 그르나슈grenache, 무르베드르mourvédre, 시라syrah 등을 교묘히 섞어서 주조하는 샤토네프 뒤 팝Châteauneuf du Pape을 들 수 있다. 참고로 AOCAppellation d' Origine Controlée 샤토네프 뒤 팝에서 재배를 허용하는 포도 품종은 모두 13종이나 된다.

포도(나무) 품종을 통틀어 세파주라 하고, 와인주조에 사용하는 품종은 따로 비티스 비니페라vitis vinifera라 구분한다. 그러나 일반적으로 세파주라 하면 양조용 포도를 지칭하며, 여기서도 그런 의미로 사용한다.

셋째로, 같은 품종의 포도라 해도 재배지역에 따라 성질과 특성—즉 당도·산도·향 등이 다르다. 이는 재배지역마다 토질·기후·지형이 모두 독특하고 다르기 때문이다. 뿐만 아니라 어떤 품종은 특정 지역에서만 제대로 재배가 된다. 피노 누와의 경우 원산지인 부르고뉴 지역에서는 세파주 고유의 특성을 제대로 드러내지만, 미국이나 남아프리카 공화국에서 재배를 하면 전혀 그렇지 못하다. 한마디로 토착성이 강해 고향을 떠나서는 제대로 성공할 수 없는 대표적인 세파주라 하겠다. 반면 지역을 옮겨 재배해도 현지에 적응을 잘 하는 세파주들도 있다. 까베르네 소비뇽이 그 대표적인 예로, 어느 곳에서 생산한 것으로 와인을 주조해도 그 특성을 금방 알아차릴 수 있다. 호주에서 생산되는 시라즈shiraz나 뉴질랜드에서 생산되는 소비뇽 블랑sauvignon blanc 그리고 아르헨티나의 말벡malbec 등이 원산지인 프랑스를 떠나 다른 지역에서도 성공적으로 재배되는 세파주들이다. 이처럼 특정 세파주와 재배지역의 총체적 관계를 떼루아terroir라 한다. 영어에서도 이에 적합한 단어를 찾지 못해 그냥 떼루아라고 사용하고 있다. 간단히 정의를 내리면, '포도를 재배하는 모든 에코시스템의 총체'가 바로 떼루아다. 쉽게 말해서 '나주 배' 이런 식이다.

넷째로, 지역마다, 와인 생산자마다 주조방식이 다르다. 포도 수확 시기에서부터 발효시키는 온도나 기간에 차이가 있고, 숙성시키는 용기의 종류나 기간도 다르다.

다섯째로, 와인은 살아 변화하는 생명체이기에 병입 후에도 운송이나 보관 상태를 비롯한 여러 조건에 따라 똑같은 와인이라 해도 얼마든지 다른 와인으로 발전할 수 있다. 운송에 문제가 있거나, 보관 상태가 양호하지 못한 와인은 최고의 가문에서 탄생했다 해도 결코 훌륭한 와인으로 발전할 수 없다. 마치 같은 부모로부터 태어난 자식이라 할지라도 환경과 교육 등에 따라 얼마든지 다른 사람으로 성장할 수 있는 것과 같은 이치다.

위에 열거한 내용들을 종합해 보면, 와인은 여느 다른 알코올 음료와는 확연히 다른 요소를 여럿 지닌 넥타nectar라고 할 수 있다. 우선 그 복잡함과 다양함에 놀라지 않을 수 없다. 보르도 지역에서만 7,000여 개의 샤토가 존재하고, 지구상에서 생산되는 와인의 종류는 자그마치 40만 종류 이상이나 된다.

다음으로 아무리 양조 기술이 뛰어나도 자연의 너그러움과 은총이 가미되지 않으면 결코 훌륭한 와인을 생산할 수 없다. 수확한 포도의 질이 좋지 않으면 어느 정도의 수정과 보완은 현대의 첨단 주조 기술로 가능하겠지만, 원하는 최상의 와인을 빚기는 불가능하다. 그래서 와인 생산자들에게는 흔히 '와인에 문제가 있으면 먼저 포도밭에서부터 그 문제를 찾아라'라는 불문율이 전해 내려온다.

끝으로 와인은 1·2·3차 산업이 모두 하나의 산물에 집약된 보기 드문 예이다. 우선 포도를 재배해야 하고, 다음으로 수확한 포도를 발효와 숙성시킨 후 병입을 해야 하며, 끝으로 이를 판매하기 위한 다양한 마케팅 전략과 서비스가 필요하다.

그 밖에도 와인은 지역적인 특성이 매우 강한 산물이다. 생산지역의 지형과 토질, 그리고 기후 등에 크게 영향을 받기 때문이다. 그런 만큼 생산지역의 문화와 경제생활 전반에도 밀접하고 지대한 영향을 미치는 것이 바로 와인이다. 모든 와인 생산지역에는 그 지역 나름의 독특한 춤과 노래와 축제가 있다. 전통 음식들도 오랜 세월 와인과의 상관관계를 유지하며 발전해 왔다. 와인은 뭔가 호기심을 자극하고, 열정을 불러일으키기에 필요하고도 충분한 요소를 두루 지닌 신비로운 음료인 것이다. 한마디로 단순한 알코올 음료 이상의 그 무엇, 변화무쌍함과 신비로움을 간직한 채 많은 사람들로부터 꾸준히 사랑받고 있는 일종의 '토템totem' 음료이자 문화적 아이콘이다. 와인의 어원인 산스크리트어의 베나vena는 '사랑받는'이라는 뜻이 아니던가.

와인, 어떻게 친해질까?

와인을 마시는 궁극적인 목적은 무엇일까? 와인 강연을 할 때마다 나는 '와인 하면 가장 먼저 떠오르는 단어가 뭡니까?'라는 질문으로 시작한다. 일부러 시간을 내어 강연에 참석한 사람들이니 와인에 대한 관심이 많으리라는 것은 쉽게 짐작할 수 있지만, 그들의 와인에 대한 취향이나 수준을 알 수 없기에 이를 감지하기 위한 나름의 수단이다. 이렇게 진행한 여론조사의 결과를 대차대조표 형태로 적어보았다.

놀라운 사실은 차변에 기록되는 항목이 약 70% 정도라는 점이다. 즉 와인 하면 우선적으로 연상되는 단어들이 '복잡하다', '스트레스를 준다', '어렵다', '잘 모르겠다', '비싸다', '맛이 그저 그렇다', '그 맛이 그 맛이다' 등 부정적인 것들이다. 대변엔 주로 '사랑', '낭만', '분위기', '작업 걸기 좋은 술' 등이 차지한다. 재미난 현상은 차변의 항목은 매우 구체적인 반면 대변의 항목은 추상적이란 점이다. 누군가는 '김치'라고 해 차변에 적을 것인지 대변에 적을 것인지 몰라, '왜 그런가?' 하고 되물은 적도 있다. 그가 말하기를, 언젠가 와인이 우리들에게도 김치처럼 편안한 것이 되었으면 좋겠다는 소원을 담았다고 해서 참석자 모두가 한바탕 유쾌하게 웃은 적도 있다. 그리고 실제 그런 날이 오기를 기대해 본다.

현장에서 즉흥적으로 행해지는 조사이긴 하지만 이는 의외로 와인에 대한 우리의 현주소를 비교적 정확하게 드러내 보여주고 있다고 여겨진다. 삼성경제연구소가 2007년 404명의 CEO를 대상으로 실시한 와인에 대한 설문조사의 결과도 전체적으로 보면 큰 차이가 없다. 설문에 참여한 CEO의 자그마치 84%가 와인 때문에 스트레스를 받는다고 한다. 와인 값이 비싸서 받는 스트레스는 물론 아닐 것이다. 세부적으로 보면 33.9%가 주문할 때, 25.7%가 맛과 가격을 구분 못해서, 20.5%는 상대방이 사용하는 와인 용어를 잘 이해하지 못해서, 그리고 3.7%는 와인에 대한 매너 부족 때문이란다. 여기서도 명백히 드러나듯이 우리에게 와인은 다분히 복잡하고 골치 아픈, 그래서 '가까이 하기엔 여전히 너무나 먼 당신'의 자리를 차지하고 있는 것으로 보인다.

나의 결론부터 말하자면, **와인은 어떤 경우에도 기쁨과 나눔의 원천이 되어야 한다.** '사람 나고 와인 났지, 와인 나고 사람 난 것이 아니기' 때문이다. 와인은 사람이 살아가는 데 기쁨을 주는 활력소가 되어야지 그 밖의 다른 어떤 것이라고 생각한다면, 이는 와인의 본래의 존재 이유에서 멀어진다. 와인도 다른 수많은 알코올 음료 중에 하나라고 일단 쉽게 생각하고 접근하면 어떨까? 주요 와인 생산국 사람들의 대부분은 그렇게 편하게 와인을 마시고 있다. 사람에 따라 다르겠지만, 어떤 기회 그리고 시간과 더불어 와인에 대한 관심과 열정이 높아지면 와인을 마시는 즐거움도 덩달아 높아질 것이다. 그러니 처음 시작 단계에서는 어떻게 호기심과 관심을 키워가느냐 하는 문제가 제일 중요하다. 사실 인생에서 호기심과 관심이 없다면, 어떤 즐거움도 없을 것이다. 물론 지나친 호기심과 관심으로 고통에 빠지는 경우도 있지만, 와인에 관한 한 그런 일은 없을 것이라 감히 장담한다.

한때 국내 와인 붐을 일으키는 데 톡톡히 공헌한 『신의 물방울』의 저자 타다시 아기는 와인에 심취하게 된 동기를 다음과 같이 고백한다. "'이것은 단순한 술이 아니다.' 어떤 자리에서 DRCDomaine de la Romanée Conti의 '에세조eschézeaux'를 마셨을 때 무심코 튀어나온 말이다. 너무나 맛있는 충격을 받음과 동시에 와인에 대한 생각이 180도 바뀌고 말았다. 그때부터 와인이 가진 심오한 세계를 좀 더 알고 싶어 계속해서 와인을 사고, 마시고, 조사하고… 언제부턴가 와인의 포로가 돼 있었다." 비록 DRC 같은 최고급 와인이 아니라도 우연한 기회에 마신 어떤 와인에 자신도 모르게 반해버릴 수 있다. 어떤 사람에게 첫눈에 정신없이 빠져 버리듯이. 이런 계기를 통해 와인에 대한 숨겨진 자신의 열정을 발견하게 된다면 큰 행운일 것이다.

술을 마시는 첫 번째 목적이 취하기 위해서라면 위스키나 소주와 같은 독주가 제격일 것이다. 그것 자체로 술 마시는 의미가 충분히 있다고 믿는다. 그러나 여유를 가지고 즐기면서 술을 마시고 싶다면 와인이 제격이다. 와인이 주는 기쁨은 우리가 생활 속에서 순간적으로 막연하게 느끼는 기쁨과는 달리, 어딘가 '자각된 기쁨'이라고 볼 수 있다. 이는 와인을 마실 때 각자의 상황이나 관심의 정도에 따라 얼마간의 사전 준비와 즐기려는 자세가 전제되어야 한다는 뜻이기도 하다.

와인과 친해지기 위해, 즉 와인을 와인답게 즐기기 위해, 그리고 마시는 즐거움을 배가시키기 위해 일상에서 쉽게 실천할 수 있는 몇 가지 조언을 하고

자 한다. 첫째, 일상생활 속에서 색·향·맛에 관심을 가지는 것이 중요하다. 눈을 감고도 오렌지 주스와 콜라를 구별하지 못하는 사람은 없을 것이다. 하지만 여러 와인 간의 차이는 이보다 훨씬 미묘하고 복잡하기에 평소 마시고 먹는 음료나 음식에 대해 관심을 가지고 대하면 감각기관의 훈련에 많은 도움이 된다.

둘째, 너무 강렬한 음식과 함께 와인을 마시는 것은 피하라. 김치·젓갈·고추장 등이 여기에 속하며, 특히 식초와 와인은 상극을 이루니 식초가 든 음식과는 와인을 마시지 않는 것이 상책이다.

셋째, 마시는 와인에 맞는 적절한 잔을 선택하고, 1/3 이상을 채우지 말라. 각 와인의 생산지역마다 고유의 잔이 있지만, 너무 종류가 다양하여 일반 가정에서 모두 갖추기는 힘드니 INAOInstitut National des Appellations d'Origine des vins et eaux de vie(프랑스 원산지명 국립연구소) 잔으로 통일하라고 적극 권한다. 잔을 1/3만 채우는 것은 매우 중요하다. 와인에서 발산되는 향이 머무를 공간이 절대적으로 필요하기도 하지만, 다음으로 공기와의 원활한 접촉을 위해 잔을 돌릴 때 와인이 너무 넘쳐나면 곤란하다.

넷째, 각 와인의 특성에 맞는 적정 온도에서 마셔야 한다. 일일이 기억을 못하면 와인 책을 참고하기 바란다. 와인과 온도는 아무리 강조해도 지나치지 않을 만큼 중요하다. 같은 녹차라도 따뜻할 때와 차게 식었을 때 마시는 맛이 전혀 다른 것과 같은 이치다. 이 말이 실감나지 않으면 똑같은 와인을 여러 다른 온도에서 마셔보라. 금방 수긍이 갈 것이다.

다섯째, 모든 감각을 열어놓고 천천히 음미하면서 마셔라. 와인은 '빨리빨리' 문화와는 상반된다. 아무리 좋은 와인을 완벽한 준비를 해서 마신다 해도 급히 마시면 와인의 맛을 절대 제대로 음미할 수 없다. **여유를 가지고 색깔을 보고, 향을 맡고, 입안에서 서서히 굴려가면서 맛과 터치와 강약을 즐겨야 한다.** 물론 처음에는 약간 쑥스럽고 지루할 수도 있으며, 그렇게 해도 뭐가 뭔지 감이 오지 않을 수도 있다. 그러나 반복해서 하다 보면 색다른 즐거움의 발견에 흐뭇한 미소를 지을 것이다.

여섯째, 좋아하는 사람들과 좋은 분위기에서 마셔라. 아무리 맛있는 음식이라 해도 기분이 언짢을 때나 함께 먹는 사람과 껄끄러운 사이라면 제 맛이 나지 않는다는 사실을 우리는 경험을 통해 익히 알고 있다. 우리의 뇌는 기억을 선택적으로 하는 경향이 있다. 예를 들어 평생 잊지 못할 사랑하는 사람과 함께 로맨틱한 분위기에서 어떤 와인을 마셨다면, 우리의 뇌는 그 기억을 오래 간직할 것이다. 그 와인의 객관적인 질이 어느 정도이건, 그 와인은 좋은 와인으로 각인될 뿐만 아니라, 장래에 좋은 와인의 한 기준이 될 수도 있다. 위에 열거한 것들을 실천하다 보면 자연스럽게 와인과 친숙해질 것이 확실하다.

끝으로 와인과 분위기는 대단히 중요한 상관관계를 이루고 있음을 꼭 기억해두기 바란다. 예를 들어 똑같은 와인이라도 마시는 장소의 조명이나 벽지가 푸른색이나 초록색 계통이면 산도나 타닌이 더욱 강하게 느껴지고 노랑이나 붉은 계통이면 보다 부드러운 느낌을 받는다. 그리고 무엇보다도 좋은 분위기를 위해서는 좋은 사람들이 필요하다. 여기에 훌륭한 와인이 함께 한다면 기쁨을 배가하는 데 금상첨화인 것은 두말할 나위가 없다.

와인의 고귀한 죽음을 위하여 건배!

모든 생명체는 탄생과 죽음이라는 큰 틀에서 벗어날 수 없다. 그런 의미에서 와인도 예외는 아니다. 거의 대개의 알코올 음료와는 달리 와인은 병입 후에도 끊임없이 변화하고 발전하는 생명체다. 잉태를 위해 토양·기후·지형이 조화를 이루어야 하고, 이런 환경에 적합한 포도 품종을 선택해서 재배해야 한다. 자연의 너그러움에 인간의 정성과 노력이 가미되어야 비로소 원하는 포도를 수확할 수 있다. 뛰어난 품질의 포도 없이는 절대 훌륭한 와인을 주조할 수 없다. 그리고 수확한 포도를 세심하게 선별하고 으깨어서 즙을 내고, 청결한 용기에 담아 적절한 온도를 유지시키면 포도 속에 함유된 당분이 효모의 작용으로 알코올로 바뀌는 생물학적 현상인 발효가 시작되고, 이 과정이 끝나면 비로소 와인이 탄생한다.

그러나 태어난 생명은 저절로 성장하고 발전할 수가 없다. 최적의 환경에서 정성을 다해 키우고 교육시켜야 한다. 사람마다 개성이 다르듯이, 와인도 모두 특성이 다르다. 따라서 각 와인의 특성에 맞게 키워야 한다. 오크통이 좋은

지 시멘트통이 좋은지 아니면 스테인리스통이 좋은지, 그리고 얼마나 오랫동안 어떤 조건하에서 통 안에서 숙성을 시켜 병입할 것인지 등에 주의를 기울여 꼼꼼하게 선택해야 한다. 일단 병입이 끝나면 더 이상의 변화가 없는 브랜디나 위스키와는 달리 와인은 병 속에서도 변화를 계속하니, 마시기 전까지 신경써서 보존하고 관리해야 한다. 여기까지가 와인의 숙성과 발전이다. 즉 성장 과정인 것이다.

와인의 탄생 목적은 단 하나, 죽음이다. 즉 언젠가 누군가에 의해 마셔지기 위해 태어난 것이다. 그러나 행복하고 고상한 죽음이 있는가 하면, 비참하고 억울한 죽음도 있다. 우리는 와인의 행복하고 고상한 죽음을 위해 최소한의 노력과 예의를 갖추어야 한다. 즉 와인을 제대로 알고 즐겨야 하는 것이다.

거듭 말하지만, 와인은 라이프 사이클을 따라 쉼 없이 변한다. 똑같은 와인이라도 어느 시기에 마시느냐에 따라 그만큼 느낌이 다르다는 뜻이다. 과일을 예로 들어보자. 아직 익지 않은 떫은 감과 제대로 익은 감, 그리고 지나치게 익어 물러 터져 식초 맛이 나는 감의 맛은 전혀 다를 것이다. 여러분은 어느 것을 선호하겠는가! 와인도 마찬가지다. 절정에 이르렀을 때 열어야 제대로 맛과 향을 느낄 수 있으니, 그때까지 진득하게 참고 기다리는 인내심이 반드시 필요하다.

문제는 그냥 기다리기만 해서는 안된다는 사실이다. 와인이 정상적으로 성장해 마시기에 최상의 상태에 도달하려면, 보관에 각별히 신경을 써야 한다. 적절한 온도와 습도의 유지는 물론 직사광선과 진동을 피해야 하며, 보관 장소에 다른 냄새가 배어들지 못하도록 지속적인 관심과 주의를 기울여야 한다. 아이를 낳아서 그냥 내버려두면 정상적으로 성장할 수 없는 이치와 비슷하다고 할까.

'친구와 와인은 오래되면 될수록 좋다'라는 프랑스 속담이 있다. 친구에 관한 한 틀림없는 말일지 모르지만, 와인에는 그리 적절하지 못한 속담이란 생각이 든다. 대개의 와인은 생산 후 3~5년 이내에 가장 마시기 적당한 상황에 이른다. 빈티지가 없는 샹파뉴champagne나 로제 와인은 구매해서 가급적 빨리 마시는 것이 상책이고, 보통의 화이트 와인은 1~3년 내에 그리고 레드 와인은 3~5년 정도가 마시기에 가장 알맞은 상태에 이른다.

사실 10년 혹은 20년 이상 지나야 절정에 이르는 와인은 생각보다 훨씬 적다. 10% 내의 고급 와인들만 이런 기다림을 견딤으로써 아름다움을 내재할 수 있는 능력을 타고나는데, 그런 와인들은 타닌이나 산이 풍부해 몸체가 탄탄하고 여러 복합적인 향들이 오랜 시간과 더불어 서서히 형성되는 특성을 지닌다. 이런 와인은 너무 일찍 열면, 높은 타닌과 아직 채 정제되지 않은 향으로 인해 오히려 얼굴을 찡그리게 할 수도 있다. 익지 않은 감이나 사과를 베어 무는 느낌을 연상하면 쉽게 이해가 될 것이다. 이처럼 고급 와인을 너무 일찍 여는 행위를 프랑스에서는 '유아살해'라는 조금 끔찍한 표현을 쓴다. 그만큼 와인을 마시는 시기가 중요하다는 것을 강조하는 것이 아닌가 한다. 비참하고 억울한 와인의 죽음이란 이런 것이다.

반면 절정에 이른 고급 와인은 타닌이 녹아 스며들어 알코올과 포용하여 여전히 젊음의 신선함을 간직한 채 부드러움과 깊이를 더하고, 다양하고 신비로운 향들의 정원을 이뤄 황홀함을 준다. 이는 마시는 사람에게 기쁨을 듬뿍 선사해 주는, 행복하고도 고상한 와인의 죽음이다. 반면에 마실 시기를 훨씬 넘긴 와인은 색깔이 옅고 흐릿하며 향과 맛도 심하게 떨어져 거의 느껴지지 않는다. 사람과 마찬가지로 기력이 쇠잔해진 와인은 정말이지 측은하고, 마시는 사람의 마음을 울적하게 만들어버린다. 이를 '노인 살해'라 해야 할지… 혹시라도 아주 오래된 와인을 마실 기회가 있거든, 병을 연 후 서둘러 마셔야 한다. 이런 와인은 일단 공기와 접촉을 하면 그야말로 시시각각으로 변하며, 불과 20~30분 내에 거의 물처럼 변해버리기도 한다.

하지만 특정 와인을 보고 마시기에 가장 적절한 시기를 일반 아마추어가 판단하는 것은 불가능하다. 태어난 지 얼마 지나지 않은 (발효 약 5~6개월 후) 와인을 시음하고 그 와인의 앞날을 점친다는 것은 고도로 숙련된 기술을 지닌 전문가들에게만 허용된 특별한 영역이다. 그리고 점쟁이들과 마찬가지로, 전문가들의 예상도 가끔 빗나갈 때가 있다. 또한 같은 와이너리에서 생산된 와인이라 해도 빈티지에 따라 보관기간에 큰 차이가 나기 때문에 더욱 복잡하다. 같은 부모에게서 태어난 자식들이라 해도 성격이나 건강상태가 모두 같을 수 없는 것과 같은 이치다.

따라서 가장 손쉬운 방법은 제대로 된 와인 가이드북을 한 권 가까이 두는 것이다. 와인에 대한 전반적인 평가, 관련 와이너리의 주소와 전화번호, 와이너리에 대한 간단한 소개(면적·생산량·주요 포도 품종 등), 가격대 등과 더불어 마시기 적정한 시기까지 다양한 정보를 상세히 일러주기 때문이다. 문제는 매년 새로운 와인이 나오기 때문에 이에 맞춰 매년 개정판을 새로 구매해야 한다는 것이다. 하지만 와인을 제대로 즐기려면 이 정도의 투자와 수고스러움은 감내해야 하지 않을까. 아니면 2~3년에 한 번씩 구매하는 것도 하나의 방법이 될 수 있다.

끝으로 와인은 문화다. 따라서 마시는 데 얼마간의 준비와 세리모니가 있어야 제격이다. 적절한 온도와 적당한 잔, 마시는 사람들의 분위기, 마신 와인에 대해 나누는 담소… 그러니 세리모니는 와인에 대한 일종의 예의인 셈이다.

편하게 마음을 나눌 수 있는 지인들과 모여 와인을 한 잔 하면서 보들레르 Beaudelaire의 어느 날 저녁 '와인의 영혼이 병 속에서 노래' 하는 것을 읊어보면 어떨까?

와인의 영혼L' Âme du vin

어느날 저녁, 와인의 영혼이 병 속에서 노래하기를

인간! 오, 친애하는 폐적자廢嫡子여,

나 그대에게

내 유리 감옥과 주홍빛 밀초 아래서

빛과 우애로 가득 찬 노래를 들려주리라.

그리고 비워진 병의 영혼은 그걸 마신 사람의 육체와 영혼 속으로 스며들어가 새롭게 태어나는 것이 아닐지! 뽈 클로델Paul Claudel이 지적한 것처럼 '와인은 미각의 선생이고 우리에게 내적 긴장의 실현을 가르쳐주기에, 정신의 해방자이고 지성의 등불'이 될 수도 있으니까.

와인의 고귀한 죽음을 위하여, 건배!

오, 미스터 파커!

와인에 조금이라도 관심이 있는 사람이라면, 라투르latour · 마고margaux · 무통 mouton 등의 이름만큼이나 로버트 파커Robert Parker란 이름에 친숙할 것이다. 와인 광고에도 '파커가 ○○점을 준 와인'이 자주 등장하며, 그러면 이 와인의 상업적 성공은 거의 확실하다. 우연이겠지만, 파커는 1세기에 몇 번 나오지 않을 정도로 훌륭한 빈티지로 알려진 1947년에 태어났다. 직업이 변호사였던 그는 스무 살이 되기 전까지는 와인을 마셔본 적이 없다고 한다.

젊은 시절 프랑스를 방문하면서 와인과 첫 인연을 맺은 후, 그는 세계적인 와인 대가가 되었다. 그의 점수에 따라 어떤 와인은 웃고, 어떤 와인은 울 정도다. 그의 평가가 판매에 지대한 영향을 미치기에, 점수에 불만을 품은 사람들로부터 일 년에 십여 차례 살해 협박을 받기도 한단다. 너무도 대단한 성공과 유명세의 이면인 모양이다. 심지어 프랑스에는 와인의 특성을 묘사할 때, '파커 식' 그리고 '파커화 된'이란 단어가 사전에 등장할 정도다. 파커가 세계 와인 시음 분야에서 가장 영향력이 큰 인물임을 부인할 사람은 없을 것이다.

로버트 파커 (출처: 연합뉴스)

그런 만큼 그는 가장 많은 비판을 받는 사람이기도 하다. 그는 와인의 테이스팅에 영향을 받을까 봐 마늘을 절대 먹지 않고 커피도 마시지 않을 만큼 시음 전문가로서 철저하게 자기 관리를 하는 사람으로도 유명하다.

매년 3월 말부터 4월 초까지, 보르도에서는 그랑 크뤼 선구매vente en primeur 시음 행사가 성대히 열린다. 세계의 유명 와인 전문가들의 시음 평가에 따라 보르도 유명 크뤼crus의 값이 결정되는 중요하고도 결정적인 시기가 아닐 수 없다. 미국·영국·러시아·호주·뉴질랜드·칠레 등은 물론이고 일본·중국·한국 등 아시아에서도 와인 관련 주요 인사들이 대거 몰려든다. TV를 비롯한 모든 미디어들도 앞다투어 취재 경쟁에 열을 올린다. 세계 도처에서 모여든 와인 관련 유명 인사들을 위한 웅장하고 화려한 연회도 벌어진다. 그러나 가장 중요한 순간은 지난 가을에 수확한 포도로 양조한 와인의 장래가 결정되는 시음 행사다. 그런데 세계 와인계의 내로라하는 인물을 모두 만날 수 있는 이 행사에, 유독 파커만 모습을 드러내지 않는다! 왜 그럴까? 사실인즉, 파커만 특별 대접을 받기 때문이다. 그는 북적대는 행사가 시작되기 2주 전에 홀로 와서 조용한 분위기에서 시음을 할 수 있는 특권을 부여받은 유일한 인물이니까.

세계 와인 시장에 미치는 파커의 영향력은 가히 절대적이다. 특히 보르도와 일부 코트 뒤 론côte du rhone(특히 샤토네프 뒤 팝) 와인의 가격과 운명은 파커의 손에 달려있다 해도 지나치지 않다. 제임스 서클링James Suckling이 발간하는 『와인 스펙테이터The Wine Spectator』를 제외하면, 파커가 발간하는 『와인 애드버킷The Wine Advocate』의 영향력에 근접할 만한 평가지는 아무것도 없다. 파커가 좋은 점수를 준 보르도 와인은 단번에 가격이 10배로 치솟기도 한다. 1985년 파커는 1982년 빈티지 페트뤼스Pétrus에 100점 만점을 매겼다. 그러자 곧바로 가격이 4배로 뛰었다. 소위 '파커 효과'라는 것이다! 전문가들에 따르면, 심지어 낮은 점수를 받은 와인이라 할지라도, 파커가 점수를 줬다는 것만으로 최소한 15% 이상 가격 상승 효과를 가져온다고 한다. 그러니 무통 로트칠드Mouton Rothschild처럼 연 30만 병을 생산하는 일등급 와인의 경우, 파커의 점수에 따라 발생하는 경제적 손익의 차이는 천문학적일 수 있다.

파커의 선구매 와인 시음에 나오는 와인의 거의 대부분이 보르도 그랑 크뤼 협회에서 제공하는 것들이다. 이 협회에는 보르도의 주요 크뤼 131개가 모여 있다. 그러나 그 밖의 수많은 와인을 파커가 모두 시음할 수 없기에, 어떻게 파커로 하여금 자신의 와인을 시음하게 하느냐가 중요하다. 최상의 방법은 인맥을 동원하는 것이다. 세계 최고의 플라잉 와인메이커Flying winemaker인 미셸 롤랑Michel Rolland과 같은, 파커와 친한 사람을 알고 있을 경우 그를 통하는 것이 가장 용이하다. 인생사에서 동서고금을 막론하고 인맥의 중요성을 일깨우는 대목이다. 보르도 지역에는 파커와 친한 사람이 여섯 명 정도 있으며, 이들은 파커에게 새로운 와인을 선보일 수 있는 특권(?)을 지닌 드문 사람들이다. 생떼밀리옹saint emilion의 한 생산자는 파커와 친분이 있는 사람에게 자신의 와인을 소개해 줄 것을 부탁함으로써 파커로부터 점수를 받기 시작했고, 그 이후 본격적으로 성공의 길로 들어섰다고 솔직히 고백했다.

'최상의 코, 세계 최고의 입'으로 불리는 파커의 시음 방법은 아직 많은 부분 베일에 싸여 있다. 그는 시음의 공정성을 최대한 유지하기 위해 와인 생산자를 직접 만나지 않는 것으로도 유명하다. 시음을 위해 와인을 들고 오면 그는 나오지 않고, 문 앞에서 비서가 받아 그에게 전달한다. 오랫동안 파커의 협력자였던 한나 아고스티니Hanna Agostini는 파커의 놀랄 정도로 뛰어난 시음 능력에 대해 다음과 같이 전한다. "로버트 파커는 하루에 60~100종류, 심지어는 그 이상을 시음할 수 있다. 그리고 정말 놀라운 점은, 그 같은 한나절을 보낸 후, 저녁 식사 때 사람들이 그에게 블라인드 테이스팅으로 제공하는 거의 모든 와인에 대해 도멘느domaine도 빈티지vintage도 틀리지 않고 구별할 수 있다는 것이다." 사실 하루에 수십 종류 이상의 와인을 시음하는 것은 엄청난 집중력과 체력은 물론 비범한 후각과 미각을 갖추어야만 가능한 일이다. 파커에 따르면 그는 '1980년대 초부터 지금까지 모두 30만 종류의 와인을 시음했다'고 한다. 그런 파커도 나이는 어쩔 수 없는지, 지금은 자신을 보조할 전문가들로 구성된 팀을 이루고 있다. 자신의 유명 저서인 『프랑스 파커 와인가이드』

의 저술을 위해 보르도, 샹파뉴 그리고 코트 뒤 론만 자신이 직접 시음하고, 나머지 지역의 와인은 자신의 협력자들에게 시음을 맡긴다.

하지만 파커의 점수 매김 방식에 대한 비판도 날이 갈수록 거세지고 있다. 아고스티니는 그녀의 저서 『신화의 해부』에서 파커의 점수 매김 방식이 지닌 문제점들에 대해 조목조목 비판을 가했다. 〈몽도비노Mondovino〉라는 와인 다큐 영화를 제작한 조나탄 노시터Jonathan Nossiter도 파커의 시음 방식이 너무 상업적이고 기계적이라 비판하며, 와인은 무엇보다도 인간의 감성에 관련된 것이라 주장한다. 소위 '파커식 와인'에 대한 비판도 거세다. 파커의 취향은 힘이 넘치고, 오크통에서 숙성시켜 바닐라와 구운 토스트 향이 나는 것으로, 많은 와인 생산자들이 이런 전형적인 와인을 생산하려고 노력한다. 그 결과 와인의 맛이 전 세계적으로 규격화되고 비슷해진다는 사실도 문제로 지적되고 있다. 특히 충분한 발전 가능성을 지니지 않은 보통의 와인일 경우, 오크통과 조화를 이루지 못해 억지스러운 맛과 세련되지 못한 향을 내는 경우가 대부분이다. 사실 파커의 100점제 점수를 보면 우리의 객관식 시험제도와 유사하다. 와인의 개성과 특성이 고려되지 않은 채 일률적이고 산술적으로 등급이 결정되는 메커니즘인 것이다. 그 나름대로 편리함이 없는 것은 아니지만 이 참에 편리 지상주의에 대해 한 번 재고해 볼 일이다.

와인평가는 객관식 시험인가?

전문가들이 와인을 평가하는 방식은 크게 두 가지다. 하나는 20점 혹은 100점 만점의 점수를 매기는 시스템이고, 다른 하나는 등급을 분류하는 시스템이다. 전자는 100점 만점을 기준으로 하는데 로버트 파커가 도입하여 전 세계적으로 유명해졌으며, 후자는 영국의 세계적인 와인 전문가 미카엘 브로드벤트 Michael Broadbent가 고안한 것으로, 별(★)이나 와인 잔(🍷)을 하나에서 다섯 개까지 붙이는 방식이다. 언뜻 그게 그것 같지만, 이 두 가지 시스템 사이에는 엄청난 차이가 존재한다.

우리가 객관식 시험을 칠 때, 20문제 중 열 문제를 맞히면 50점을 받는다. 여기에 대해 이의를 제기할 사람은 없을 것이다. 점수에 모두가 공감하는 객관성과 수학적 정확성이 있기 때문이다. 그렇다면 와인의 경우도 이같은 객관성과 산술적 정확성을 가지고 점수를 매길 수 있을까? 와인은 그 고유한 특성상 개별성과 개성이 매우 강한 상품이고, 맛과 향이란 원래 감성의 영역이기에 주관성과 부정확성이 들어설 가능성이 언제나 존재한다. 그것이 와인의 매력

아니겠는가? 이런 점에서 볼 때 와인은 냉철한 이성을 기반으로 하는 학문보다는 감성에 호소하는 예술품을 닮았다. 뿐만 아니라 떼루아가 모두 다르고, 주조 방식도 와이너리마다 다르기에 그 개성과 개별성은 더욱 두드러진다. 시음을 하는 사람의 관점에서 보면 맛과 향에 대한 기준 또한 매우 주관적일 뿐만 아니라 환경과 시간에 따라 시시각각으로 변한다. 그럼에도 점수의 개념은 원하든 원하지 않든 어떤 확실성을 은연중에 소비자들에게 강요하거나 주입시킨다.

하지만 와인이야말로 이같은 점수로 따지기엔 거리가 먼 제품이다. 미술 작품에서 샤갈 90점, 마티스 95점, 피카소 90점 이렇게 점수를 매길 수 없는 것과 같다. 게다가 와인은 살아있는 생명체다. 꾸준히 변화하고 발전해간다. 이런 와인에 시음을 하는 그 순간 다시는 바뀔 수 없는 최종 선고처럼 점수를 매긴다는 것은 아무래도 문제가 있어 보인다. 적절한 비교가 될지 모르겠지만, 겨우 한 끼 밥값 정도에도 어렵게 팔렸던 고흐의 작품이 요즘에는 천문학적인 가격으로 거래되고 있지 않은가!

오랫동안 100점 만점제의 객관식 시험에 익숙한 우리들에게는 별 거부감 없이 받아들여질 수 있는 시스템일지도 모르겠다. 그래서인지 와인 광고에도 '파커가 ○○점을 준 와인'이라는 점을 강조하는 경우가 허다하다. 하지만 과연 파커가 90점을 매긴 와인이라 해서 우리 각자에게도 그대로 90점이 될 수 있을까? 결코 그렇지는 않을 것이다. 사람마다 나름대로의 경험이 판이하고 감각 기능도 다르게 작용하기 때문이다.

그럼에도 불구하고 실제로 점수를 매기는 시스템은 매우 간편하다. 복잡하게 생각할 것 없이, 파커가 몇 점이라고 했으니 그렇게 믿고 마시면 된다. 최소한 파커의 추종자들에게는 그럴 것이다. 그리고 아마추어들에겐 와인 선택의 중요한 하나의 기준이 될 수도 있다. 하여 '나는 와인에 대해 전혀 모른다. 그러나 내가 좋아하는 와인이 뭔지는 안다' 라는 웃지 못할 말이 유행하기도 한다. 이제 사람들은 떼루아·세파주·생산자를 비롯한 와인의 특성을 규정짓는 주요 요소에 대해서는 무관심하며, 그저 점수만 추종하는 맹신적 경향을 보이고 있다. "내가 어떤 와인을 마셨는데, 파커가 몇 점을 준 와인이야"라는 식의 얘기를 자주 듣는다. 파커의 위력이 하도 대단하다 보니 사람들은 와인을 마시기 전에 이미 심리적으로 압도당할 수도 있다. 파커가 좋은 점수를 준 와인은 좋게 느껴질 수밖에 없을 정도로.

몇 가지 무시할 수 없는 장점에도 불구하고 이 시스템은 와인의 고유한 속성이자 가장 큰 매력인 애매함과 복잡함을 근본적으로 외면하고 있다. 또한 와인이 꾸준히 변화해 가는, 살아있는 생명체라는 것도 무시하고 있다. 뿐만 아니라 같은 와인이라도 여러 상황에 따라 얼마든지 다르게 평가될 수 있다는 불확실성에 대한 가능성을 아예 배제하고 있다. 점수 시스템은 와인이 지닌 불확실성과 애매함을 거부한다. 사람들도 그것이 비록 가상의 혹은 가짜의 '확실성' 이라 해도 그것을 믿기를 좋아한다. 그러는 것이 속 편하고 간단하기 때문이다. 사람들은 대부분 불확실성보다 확실성을 선호하는 경향이 있다. 어떤 상황에서는 꾸며낸 이야기나 신화가 사실보다 훨씬 더 큰 힘과 영향력을 발휘하는 것처럼.

와인 시음에 관한 한 세계에서 가장 경험이 풍부하다고 알려진 브로드벤트는 와인은 어떤 상황에서 시음하느냐에 따라 평가가 달라지며, 동일한 와인이라도 시음할 때마다 다른 평가가 나올 수 있음을 꾸준히 강조한다. 이런 점에서 별이나 와인 잔의 수로 표기하는 등급 분류 시스템은 점수 시스템처럼 (가상의) 산술적 확실성은 주지 못하지만, 여러 가지 여운과 가능성과 불확실성에로의 문을 열어 놓고 있다.

만약 별이 3개인 와인을 60점(다섯 개 중 세 개)이라고 산술적 추론을 한다면 그건 이 시스템의 본질을 모르거나 무시하는 행위이다. 우선 별은 정확한 수치가 아니다. 별의 숫자는 와인의 전반적인 질이나 등급에 대한 개괄적인 평가다. 그리고 얼마든지 있을 수 있는 개인적인 평가의 차이에 대한 여운도 남겨둔다. 뿐만 아니라 각자 자신의 의견과 상상력을 보탤 수 있는 공간도 열어두었다. 굳이 억지를 부려보면 60점 정도에 드는 등급의 와인이랄까.

나는 개인적으로 등급 분류 시스템을 선호한다. 생각보다 자주 "세계 최고의 와인은 무엇인가?"라는 참 단순하면서도 말도 안되는 질문을 받고 당황한다. 그러면 나는 되묻는다. "당신에게 최고의 요리는 무엇인가?" 사실 사람의 입맛은 그때의 상황이나 컨디션에 따라 얼마든지 달라질 수 있다. 또 나이와 더불어도 변한다. 그러니 맛의 영역에는 절대적 혹은 객관적 최고는 없다. 단지 최고로 비싼 것이나 자신이 최고로 좋아하는 것은 존재할 수 있다. 그만큼 맛이 주관적인 영역이라는 사실을 입증해 준다. 그러니 '몇 점'이라는 절대적인 수치의 포로가 되어 상상력의 날개가 잘리는 것보다, 좀 귀찮고 성의 없이 보일지도 모르지만 여러 가지 불확실성의 가능성에 대해 열어 놓고 우리의 보다 적극적인 참여와 상상을 끌어내는 등급 분류 시스템을 추천하고 싶다. 와인은 마시는 사람과 지극히 은밀한 접촉 내지는 개인적인 관계를 이루고 있으니까.

프렌치 패러독스

달팽이 요리를 느긋하게 즐기는 나라, 그러나 시속 300km가 넘는 TGV가 쌩쌩 달리는 나라, 말을 할 때 여러 가지 내용을 횡설수설하는 것 같아도 귀담아 들어보면 앞뒤 논리가 잘 맞아 떨어지게 말하는 기막힌 사람들이 모여 사는 곳이 프랑스다. 친절한 것 같으면서도 조그마한 일에 신경질을 내며 말다툼을 스포츠를 즐기듯 하는 프랑스 사람들. 연간 수천만 명의 외국 관광객이 몰려드는 에펠 탑 부근에 결코 맥도날드의 개점을 허용하지 않는 자존심이 무척 강한 나라. 세계의 유행과 패션을 리드하지만, 보통 사람들은 유행이나 패션에 별 관심이 없는 나라. 수많은 명품을 생산하는 나라지만 실제 거리에서 우리나라 강남과는 전혀 다르게 명품을 보기가 의외로 힘든 나라. 모든 게 느리고 엉성한 것 같지만 또 모든 것이 정상적으로 돌아가는 이상한 나라. 그리고 담배를 많이 피우기로 유명하며, 운동은 별로 즐기지 않지만 세계에서 가장 장수하는 나라도 프랑스다. 이쯤 되면 프랑스를 패러독스의 나라라고 해도 될 성싶다.

오랫동안 프랑스인들의 건강과 장수의 비결은 미스터리로 남아있었다. 이에 착안해 1991년 11월 미국의 CBS 방송은 이 주제로 60분을 꾸며보기로 결정하고, 리용에 있는 국립보건의학연구소INSERM의 세르쥬 르노Serge Renaud 박사를 방문한다. 그 목적은 지방이 많은 음식을 즐겨 섭취하고, 흡연도 많이 하는 반면 운동은 미국인에 비해 적게 하는 프랑스 사람들의 심장병 사망률이 현저하게 낮은 이유와 장수하는 까닭 등 간단하지 않은 주제에 관한 인터뷰였다. 이러한 미스터리는 그때까지 과학적으로 전혀 밝혀지지 않은 상태였다.

인터뷰 중에 르노 박사는 조심스럽게 하나의 가정을 내세웠다. 이 미스터리를 푸는 데 와인이 중요한 역할을 하지 않을까 하는 것이었다. 더불어 그는 소량의 와인을 규칙적으로 마시는 것이 심장혈관 계통의 질병 예방에 효과가 있을 것이라고 가정했다. 이 방송은 전 미국을 열광케 하여 1993년부터 1996년 사이 미국인의 와인 소비는 두 배 이상으로 급증했다. 그리고 이 분야에 대한 연구를 증폭시키는 효과도 가져왔다.

1970년대에 이미 와인과 건강에 대해 십만 명이 넘는 사람들을 대상으로 광범위한 임상실험—당시 의학계에서 가장 많은 컴퓨터를 동원한 것으로도 유명하다—을 행한 캘리포니아 오클랜드의 카이저 퍼머넌트Kaiser Permanent 병원 심장전문의 아서 클라츠키Arthur Klatsky 박사가 이 방송이 나간 후 다시 새로운 연구에 착수하기도 했다. 그의 결론은 심장병 환자 중 와인을 마시는 사람이 마시지 않는 사람에 비해 사망률이 낮다는 것이었다. 비슷한 시기에 하버드 의대Harvard Medical School의 림Rimm 교수는 하루에 1~2잔의 와인을 마시면 심장질환 사망률이 무려 25~45%나 줄어든다는 연구결과를 발표했다. 몇 해 전에는 『뉴욕타임스New York Times』가 포도껍질에 들어있는 폴리페놀의 일종인 레스베라트롤resveratrol 성분이 암 유발 세포를 억제하는 것으로 보인다는 발표를 해 세상을 떠들썩하게 했다. 그러나 와인이 일부 암의 유발 위험을 높인다는 새로운 학설이 최근 프랑스와 영국에서 제기되기도 했다. 물론 하루에 2~3잔 이상 과음(?)을 할 때란 조건이 붙어있다. 사실 와인과 건강의 상관관계는 대단히 민감하고 중요한 사안이기에 우리 모두가 신중해야 한다.

그럼 과연 프렌치 패러독스French paradox는 존재하는 것일까? 프랑스 북부에 거주하는 사람들의 심장병 사망률과 평균 수명은 유럽 여느 나라의 평균과 비교해 볼 때 크게 차이가 없다. 그러니 프렌치 패러독스는 프랑스 하고도 남부 지중해 연안의 사람들에게만 적용된다. 남쪽 사람들의 느긋한 생활 태도, 신선한 과일과 야채의 다량 섭취, 온화한 기후 등이 와인 음주와 함께 영향을 미치는 것이다. 그러니 프렌치 패러독스라기보다는 지중해 패러독스라는 것이 더 정확할 것 같다.

고대 사회 이래로 와인은 인간의 근심을 잠재우고 마음을 즐겁게 해주는 효력이 있다고 알려져 왔다. 사실 서구 사회에서 와인은 2천 년 동안 유일한 항생제이기도 했다. 중세에서 근세에 이르기까지 와인은 치료제로 간주되어 열이 날 때, 통증을 줄이기 위해, 설사를 멈추게 하기 위해, 장티푸스나 빈혈을 치료하기 위해 의사들이 처방하던 약이었다. 외부에 상처가 났을 때도 바르는, 그야말로 만병통치약처럼 여겨졌던 것이 사실이다. 루이 14세의 주치의 파공Fagon은 절대군주에게 건강을 위해 화이트 와인 대신 부르고뉴 산 레드 와인을 마실 것을 처방했다는 기록도 있다. 영국의 의사인 허버든Herbeden은 1786년에 와인이 협심증 환자들의 고통을 들어준다고 기록했다. 프랑스의 경우 1954년까지 모든 병원에서 아침을 제외한 매 끼마다 환자들에게 와인이 제공되기도 했다. 프랑스에서는 와인을 '늙은이의 우유'로 부르기도 하는데, 와인의 강장제적 효능을 짐작하게 하는 대목이기도 하다.

그렇다면 와인이 정말 건강에 좋을까? 이 질문에 답하기 위해서는 우선 와인의 구성성분을 알아보아야 할 것이다. 와인을 구성하고 있는 생물학적·화학적 성분은 놀랄 만큼 다양하고 복잡하다. 지금까지 밝혀진 성분만도 1,000여 가지에 이른다고 한다. 그리고 구성 성분이 다양한 만큼 각각의 함유량도 크게 다르다. 물(80~90%), 에틸알코올(7~10%)을 제외한 나머지 성분들은 극소량이다. 그러니 와인을 마시는 것은 무엇보다도 신선하고 깨끗한 수분을 섭취하는 행위다. 그 밖에 와인에 함유된 성분 중에는 산·칼륨·칼슘·나트륨·철·황산염·인 등이 있다. 와인 속의 산은 인간의 위액과 아주 흡사하여 소화 촉진을 돕는 것으로 알려졌다. 그리고 칼륨과 황산염은 이뇨 효과가 있다고 한다. 또한 와인에는 질소 함유물과 20여 종의 아미노산도 들어있다. 아미노산 중 일부는 인간의 피 속에 들어있는 것과 비슷한 농도를 지니고 있다는 사실이 밝혀지면서 최근 의학계의 주목을 받고 있다. 와인에는 지용성 비타민만 들어있는데, 그 중에서도 비타민 P는 혈관의 모세관을 강화시켜 주며, 출혈(일혈)과 수종(부종)을 막는 데 효과가 있다고 한다.

와인에 함유된 또 다른 성분으로는 산화제·환원제와 셀레늄·크롬·아연·동·마그네슘·불소·요오드·비소 등의 금속 촉매, 그리고 효소 촉매들이 있는데 이는 생명의 근원인 세포번식에 필요한 화학적 작용이 가능하도록 해주는 요소들이다. 뿐만 아니라 와인에는 지금까지도 상당 부분 신비의 베일에 싸여있는 와인의 향을 구성하는 여러 물질들과 다양한 종류의 페놀이 들어있다. 특히 페놀은 강력한 산화방지 효과가 입증되어 중요한 연구의 주제가 되고 있는데 최근 들어서는 레드 와인에 함유된 타닌도 많은 연구가들의 지대한 관심을 불러일으키고 있다.

이처럼 와인에 포함된 성분 중에는 인체에 반드시 필요한 것들이 많기에, 와인이 건강에 좋다는 결론에 이를 수도 있다. 오랜 역사를 통해 보나, 현대의 첨단 연구 결과를 보나, 와인이 분명 건강에 영향을 미친다고 봐야 할 것이다. 그러나 주의하라! 아직도 많은 연구가 진행 중이라 섣부른 속단으로 우리의 소중한 건강을 담보하기엔 충분하지 않다.

다음으로 와인 속 수많은 성분들이 섭취 후 정확히 어떻게 상호 작용하는지 알아야 한다. 그리고 마시는 사람의 체질에 따라 흡수력이 다르다는 것도 문제다. 셋째로 각자의 생활 습관이나 식습관 등이 다르기에 와인이 건강에 미치는 영향만을 따로 증명하기는 어렵다. 끝으로 와인은 어떤 경우에도 치료약은 될 수 없으며, 일정한 조건에서 마실 경우 일부 성인병 예방에 효력이 있을 수 있다는 것이다.

그렇다면 와인을 마시기만 하면 성인병 예방에 도움이 되는가? 그것은 절대 아니다. 이 점에 한해서만은 모든 연구가 의견의 일치를 보고 있다. 와인이 성인병 예방에 도움이 되기 위해서는 규칙적으로 소량을 마실 때만 가능하다고 한다. 부연하자면 하루에 2~3잔을, 그것도 식사 중에 마실 때만 가능하다니 와인이 무슨 처방약도 아니고, 이렇게 마시다가 오히려 스트레스가 더 심해질 수도 있겠다. 그러니 알랭 쉬프르Alain Schiffres의 다음 말을 음미해 보는 것이 좋을 것이다.

최고의 연구에 따르면 우리는 와인이 여러 질병을 예방한다는 그런 시대에

살고 있는 행운을 가졌다. 나는 심장을 위해 한 잔을 마신다. 두 번째 잔은
암을 막기 위해 마신다. 세 번째 잔은 건강한 내 몸을 위해 마신다. 그리고
그 이상은 기쁨을 위해 마신다.

건강에 무척 민감한 우리들이기에 와인이 건강에 좋다는 설이 난무하면서
이에 영향을 받아 와인을 마시는 사람도 없지 않을 것이다. 그러나 굳이 건강
을 위해서라면 몸에 이로운 다른 것도 얼마든지 있지 않은가. 페니실린을 발
명해 무수한 인명을 구한 알렉산더 플레밍Alexander Flemming의 "페니실린은 병
을 치유하지만, 진정 사람에게 기쁨을 주는 것은 와인이다."라는 지적이 귀에
솔깃하다. 그리고 기분이 좋을 때 엔도르핀이 높아지므로 우리의 면역 체계는
자연적으로 강화된다는 사실을 상기하기 바란다. '적당히 그리고 즐겁게'
이것이 질병 예방을 위해 가장 바람직하게 와인을 마시는 방법이지 않을까?

단순한 알코올인가, 문화적 산물인가

로마 신화에 등장하는 야누스Janus는 두 개의 얼굴을 가진 신이다. 선한 면과 악한 면, 즉 양면성을 지닌 신이다. 그런 면에서 와인도 어딘가 야누스를 닮았다고 할 수 있다.

와인의 사회적·경제적·문화적·종교적 역할에 대해서는 오랜 역사를 통해 다양한 접근과 분석이 진행되었다. 반면에 와인과 건강에 대한 본격적이고 과학적인 논의는 최근의 일이다. 물론 고대 그리스 이후 와인은 소량을 규칙적으로 마시면 건강에 유익하다는 것이 일반적으로 받아들여진 정설이었다. 이는 의학적인 연구 결과라기보다는 오랜 세월 생활을 통해 사회문화적으로 받아들여지고 공유된 불문율이었다.

『프랑스의 정체성』이라는 저서로 유명한 프랑스의 역사학자 페르낭 브로델Fernand Braudel은 이 저서에서 "만약 밀이 우리의 오랜 역사 속에서의 산문이라면, 포도나무 특히 와인은 시이며, 우리 국토의 풍광을 밝히고 고귀하게 한다"고 주장했다. 와인이 지닌 문화적 상징성을 그야말로 시적으로 잘 정리한 말이다. 얼마 전 스페인 의회가 와인을 다른 알코올과 분명히 차별화하여 '문화적 산물'로 제정한 것도 맥을 같이 하는 일로 보인다. 그러나 의사들의 주장은 경치를 밝히고, 고귀하게 하는 양지 쪽보다 햇빛이 들지 않는 음지 쪽을 드러내고 있는 경우가 흔하다. 와인이 문화적 산물이 아니라 단순히 알코올의 한 종류에 지나지 않으며 와인이 알코올 중독과 암의 유발을 높인다는 것이다.

주지하는 바와 같이 와인에 대한 의학적 관심은 매우 최근에 들어와서야 일기 시작했다. 그 본격적인 시작은 1990년대 초반에 르노 박사가 프렌치 패러독스를 주장하면서부터다. 이와 더불어 와인과 건강에 대한 본격적인 연구가 여러 나라에서 동시다발적으로 다양하게 진행되었다. 와인이 심장혈관계통 질병, 알츠하이머 등에 예방효과가 있다는 주장과 더불어 여느 다른 알코올과는 성격과 특성이 다르다고 주장하는 학자들이 있는 반면, 와인도 다른 알코올과 다를 바 없이 첫 잔부터 건강에 해롭다고 주장하는 학자들도 있다. 그리고 이들의 논쟁은 날이 갈수록 치열해지고 있다.

2009년 2월 프랑스 국립암연구소L' Institut national du Cancer가 배포한 브로슈어에는 시한폭탄이 하나 장치되어 있었다. 내용인즉 한 방울의 알코올(와인 포함)이라도 마시는 순간부터 암에 걸릴 위험이 높아진다는 것이다. 수백 년 동안 하루에 한 두 잔의 와인은 건강에 좋다는 믿음과 신화가 무참히 깨지는 순간이었다. 국립암연구소의 발표는 곧바로 거센 반발과 논쟁을 촉발시켰으며, 뜨거운 감자는 지금까지 식지 않고 있다. 전문가들 사이에서 진행되고 있는, 때로 거칠기까지 한 논쟁은 일반 소비자들을 더욱 어리둥절하게 한다. 소비자의 입장에서, '소량의 와인도 암을 유발시키는가?'라는 가장 단순한 질문에 확실한 답이 존재하지 않는다니 말이다. 일인당 연 평균 소비량이 54ℓ 나 되고, 450여 AOC를 자랑하며, 6,000만 ㎖를 생산하여, 100억 유로의 매출(이는 단일 상품으로는 곡물류 다음으로 중요한 것이다)을 기록하는 주요한 경제적 산물이 바로 프랑스 와인이다. 게다가 사회문화적으로 와인 소비가 권장되는 분위기이며, 와인 관련 업자들의 막강한 로비가 존재하는 상황에서 터진 이같은 발표는 가히 충격이었고 마른하늘에 천둥 같은 것이었다. 프랑스 국립암연구소의 발표는 국내의 일부 언론에도 보도되었다.

자, 이제 거칠고 뜨거운 논쟁에서 조금 비켜나 여러 전문가들의 상반된 주장을 차분히 한 번 검토해 보자. 이것만이 와인을 소비하는 사람들에게 나름대로의 판단 기준을 제공해 줄 수 있는, 현재로서는 유일한 방안이라 믿기 때문이다.

우선, 와인은 화학적으로 보면 다른 여느 알코올과 같다. 모든 알코올 음료처럼 와인도 에탄올 분자(CH_3, CH_2, OH)를 함유하고 있다. 그리고 모든 연구는 에탄올이 인체에 해롭다는 것을 명확히 증명하고 있다. 통계상으로 보면 알코올은 프랑스에서 담배 다음으로 예방이 가능한 사망 원인 2위란 불명예스러운 자리를 차지하고 있다. 직접적인 원인 외에도 알코올로 인한 교통사고, 폭력 등에 의한 사망을 합치면 문제는 더욱 심각하다. 공공 건강의 열렬한 수호자인 클로드 고트Claude Got 교수는 자신의 블로그에 다음과 같은 글을 올리고 있다. "알코올은 두 얼굴을 가진 제품이다. 그것을 마시는 즐거움과 생산하는 자들 혹은 판매하는 자들의 '경제적 부'라는 측면과 개인적이고 집단적인 '재앙'이란 측면이다. 그리고 후자는 중독·사고·폭력·간경화·정신질환·암 등을 의미한다."

그렇다면 '한 잔의 와인이라도 건강 걱정 없이 마음 편하게 즐길 수는 없다는 말인가?'라는 절박하면서도 핵심적인 질문을 하지 않을 수 없다. 와인은 알코올 음료임에는 분명하지만, 다른 알코올 음료와 확연히 구별되는 아주 특별한 알코올 음료다. 그 이유는 와인을 구성하는 화학적·생물학적 성분이 다른 알코올에 비해 비교할 수 없을 만큼 복잡하고 다양하기 때문이다. 한 잔의 와인 속에는 수백 가지의 분자가 들어있으며, 그 중에서도 특히 포도 껍질과 씨 속에 다량 함유된 강력한 항산화성 물질인 폴리페놀이 주목을 끌고 있다. 폴리페놀은 나쁜 콜레스테롤의 형성을 막아 심장 혈관 계통의 질병 예방에 효력이 있으며, 어떤 경우에는 체중 감소에도 영향을 미친다고 알려졌다. 또한 최근의 연구에 따르면 와인은 알츠하이머 등에 예방 효과가 있다고 한다. 하지만 어떤 메커니즘에 의해 이런 효과가 나타나는지에 대해서는 아직 밝혀지지 않았다.

이제 '와인의 효과를 최대한 누리기 위해 적절한 양은 얼마인가?' 하는 매우 예민하고 까다로운 질문이 남았다. 이 점에 대해서도 전문가들의 의견은 상충하고 있다. 소량을 규칙적으로 소비할 때 일부 병에 대한 예방 효과가 있다 해도, 한 번 마시기 시작하면 상황적 분위기, 개인적 성향, 알코올 분해 능력, 성별, 유전자 등에 따라 천차만별이라 위험 부담이 없는 적당한 양을 확정하기가 어렵다. 그리고 사람에 따라 적당한 양만 소비하기가 무척 어렵기에 특히 젊은 층에게는 권유하지 말아야 한다고 주장한다.

또한 간에서 알코올 분해 효소를 관장하는 유전자가 다르다. 아시아인의 50%는 알코올 분해 효소가 활동하지 않으므로 구토, 붉은 반점의 출현, 어지럼증 등의 현상이 나타나 알코올화 진행이 중단되는 반면, 유럽인들에게는 이런 예방적 현상이 전혀 없다고 한다. 알코올 중독 예방에 관한 한 동양인은 서양인에 비해 유전적으로 유리한 입장을 타고났다고 여겨진다.

그렇다면 와인의 적절한 소비량에 대한 기준은 존재하는가? 대답은 '없다'이다. 프랑스의 건강을 위한 예방 및 교육 국립연구소Institute national de prévention et d'éducation pour la santé나 세계암연구기금World Cancer Research Funds이나 프랑스 국립암연구소의 결론은 와인 소비의 적절한 양을 결정할 수 없다는 쪽이다.

이런 혼란스러운 상황에서 건강을 생각하며 와인을 마시는 사람들에게 유일하게 권장할 수 있는 충고는 매일 혹은 거의 매일 규칙적으로 2~3잔 정도의 소량을 식사 중에 마시라는 것이다. 그리고 누구로부터도 공격당하지 않고 확실하고 안전하게 추천할 수 있는 것은 알코올이 함유되지 않았지만 와인 이상으로 폴리페놀을 함유하고 있는 다른 음식이나 음료를 즐기라는 것이다. 예를 들어 커피·녹차·초콜릿 등에는 와인보다 훨씬 많은 폴리페놀이 들어있다. 그러나 이들이 와인이 주는 독특한 즐거움과 분위기는 결코 제공해주지 못할 것이다. 와인은 여전히 두 얼굴을 가진 야누스의 신비를 간직하고 있으며, 그래서 우리는 여전히 와인을 사랑하는 것이 아닐까?

폴리페놀과 에탄올, 영원한 아군이자 적

레드 와인을 즐기는 사람들은 우선 다양하고 현란한 붉은 색에 매료된다. 다음으로 코를 잔으로 가져가면 다채로운 향의 정원을 만난다. 그리고 한 모금 입에 머금어 혀의 여러 부위로 와인을 굴리면서 단맛·신맛·쓴맛 등을 음미하다가 조심스럽게 삼킨다. 그런데 대수롭지 않게 여겨지는 이 한 잔의 와인은 수백 종류의 화학성분이 함유된, 그야말로 일종의 실험실이다. 포도 속에 함유된 당분이 박테리아와 효모의 작용으로 알코올, 보다 정확히는 에탄올로 전이되는 과정이 발효라는 것은 다 아는 사실이다. 그리고 주조와 숙성과정을 통해 와인은 여러 종류의 산과 향을 얻게 된다.

와인 속에는 크게 두 그룹의 폴리페놀이 함유되어 있다. 플라보노이드 flavonoides와 비플라보노이드non flavonoides가 그것이다. 클레르몽 페랑Clermont Ferrand 국립농산물연구소Inra의 오귀스탱 스칼베르Augustin Scalbert 박사는 여러 다른 음식물에 포함된 폴리페놀의 양을 측정하는 새로운 연구 분야의 개척자다. 그는 450종에 달하는 식재료에 함유된 500가지 폴리페놀에 대한 분석 결과를 내놓았다. 이 연구 결과에 따르면 레드 와인은 화이트나 로제에 비해 10배 이상의 폴리페놀을 함유하고 있다고 한다. 그리고 폴리페놀 중에서도 플라보노이드 타입의 폴리페놀이 레드 와인에 다량 함유된 것으로 밝혀졌으며, 비플라보노이드는 소량 검출되었다. 비플라보노이드 중에서 가장 중요하게 여겨졌으며, 와인의 핵심적 질병 예방 요소로 지명되었던 레스베라트롤은 3.42mg/100mℓ 정도로 지극히 소량이었다.

하지만 현재는 와인에 함유된 폴리페놀 중에서 어떤 것이 진정 건강에 영향을 미치는가에 대한 논란이 일고 있다. 런던의 퀸 메리 의대Queen Mary's School of Medicine의 교수인 로저 코더Roger Corder는 여러 연구 결과를 증거로 제시하면서 프로시아니딘procyanidines이 건강에 영향을 미치는 핵심적 물질이라고 주장하고 있다. 그에 따르면 프로시아니딘은 다른 폴리페놀에 비해 항산화성과 혈관 확장에 보다 뛰어난 특성을 지니고 있다는데, 특히 레드 와인에는 프로시아니딘의 함유량이 레스베라트롤의 함유량보다 거의 1,000배나 높다고 한다.

페놀 익스플로러Phenol Explorer에 관한 또 다른 주요 정보도 밝혀지고 있다. 와인을 제외한 다른 알코올 음료(위스키·럼·맥주 등)에는 폴리페놀이 거의 함유되어 있지 않은 반면 다른 식재료에는 레드 와인만큼, 혹은 그 이상의 폴리페놀이 들어있다는 사실이다. 일반적으로 레드 와인에는 100mℓ당 107mg의 폴리페놀이 들어있는 반면 맥주에는 3.28mg, 위스키에는 1.25mg, 럼에는 고작 0.43mg 들어있을 뿐이다. 같은 와인이라도 로제에는 10mg, 그리고 화이트와 샹파뉴에는 10.4mg의 폴리페놀이 함유되어 있다. 그리고 포도주스에는 100mℓ당 단지 1mg만이 들어있을 뿐이다. 하지만 커피에는 214mg, 녹차에는 89mg 그리고 초콜릿에는 무려 216mg이나 들어있다. 단지 폴리페놀 측면에서만 본다면 커피나 초콜릿 한 잔이 보르도나 부르고뉴 와인을 한 잔 하는 것보다 훨씬 효용성이 뛰어나다.

일 년 전 인터넷을 통해 광범위한 역학epidemiology(생활양식, 사회 환경 따위가 질병에 미치는 영향을 연구하는 의학 분야)을 통해 프랑스인들이 폴리페놀을 섭취하는 근원에 대한 연구를 실시한 세르쥬 에르베르그Serge Herberg 박사에 따르면, 커피가 36.9%로 가장 앞서고, 다음으로 33.6%의 녹차나 다른 차, 그리고 10.4%의 초콜릿이 뒤를 잇는다. 레드 와인은 7.2%로 단지 네 번째에 위치하고 있으며, 6.7%의 과일이 그 다음으로 밝혀졌다. 이쯤 되면 육류를 먹을 때 녹차를 곁들이는 것이 바람직할지도 모를 일이다.

문제는 모든 알코올 음료와 마찬가지로 와인 속에 함유된 에탄올이다. 에탄올은 미세한 분자로 수용성이고 특히 알코올에 잘 혼합되며, 모든 세포에 침투하는 특성을 지니고 있다. 술을 마시고 몇 분 내에 뇌를 비롯한 인체 모든 기관에 퍼져나가며, 섭취한 양에 따라 효과가 다르게 나타난다. 술을 마시면 처음에는 심장박동이 빨라지고 혈압이 오르지만 많이 취하면 반대 현상이 일어난다. 현대 의학은 알코올이 뇌에 영향을 미친다는 것을 입증했다. 미국 메릴랜드 주 베데스다Bethesda 연구소가 2006년 20명의 자원자를 대상으로 행한 연구 결과에 따르면 극소량의 알코올 섭취도 뇌 속 글루코오스의 신진대사를 감소시킨다고 한다. 메사추세츠의 웨슬리 대학Wellesley College이 1,839명을 대상으로 2008년에 실시한 연구 결과는 우리를 더욱 걱정스럽게 한다. 이에 따르면 알코올 섭취량과 뇌의 크기 사이에 상관관계가 존재한다. 즉 알코올 섭취가 많으면 많을수록 뇌의 크기는 반대로 줄어든다는 것이다. 뇌의 일부 지역은 무려 20%나 감소한다고 한다. 그리고 특히 뇌가 성숙단계에 있는 청소년기에 알코올을 섭취하면 그 폐해는 더욱 엄청나다고 한다. 프랑스의 한 국립연구소에 근무하는 미카엘 나실라Mickael Nassila 박사에 의하면 청소년이 알코올을 섭취할 경우 성인의 경우보다 뇌의 신경단위인 뉴런이 2.5배나 많이 죽는다고 한다.

아, 불행한 와인이여! 에탄올을 함유하고 있다는 점에서 와인은 여느 다른 알코올과 다를 바가 없다. 과대한 알코올 섭취는 암·간경화는 물론 뇌에도 나쁜 영향을 주는 만병의 근원이다. 게다가 와인의 도수도 최근 들어서 조금씩 높아지는 경향이 있다. 당장이라도 금주법을 다시 실행해야 할지도 모른다.

아, 행복한 와인이여! 다른 알코올 음료에는 없는 다양한, 그리고 다량의 폴리페놀을 함유한 와인이여! 영원한 형제이자 적인 폴리페놀과 에탄올을 모두 함유한 와인은 분명 두 얼굴을 지닌 야누스의 모습을 하고 있다. 프랑스 샹송의 가사처럼 결국 현명한 사람만이 와인을 제대로 즐길 수 있나 보다.

Why Wine

제2장

모든 와인은
법 앞에 평등한가?

모든 와인은 법 앞에 평등한가?

아이러니하게 들릴지 모르지만, 와인의 등급 설정은 사기와 직접적인 연관이 있다. 많은 와인 생산자들이 엉터리 와인을 생산지역이나 이름을 바꿔 고급 와인으로 둔갑시켜 소비자를 현혹시키고 시장을 흐려놓는 상황이 빈번하게 벌어지자, 이를 방지할 법적 조치의 필요성에 대한 목소리가 높아졌다. 특히 정직하게 우수한 와인을 주조하던 사람들의 불평이 심했기에 마침내 훌륭한 와인의 명성을 보존하고, 소비자를 보호하기 위한 차원에서 정식으로 법적 와인등급이 제정되었다.

와인에 관한 한 거의 모든 분야에서 그렇듯이, 와인의 법적 등급도 프랑스가 시조다. 1919년과 1927년의 두 차례 시도를 거쳐, 1935년에 최고의 와인등급인 AOC 관련 법안이 통과되고 다음 해에는 최초로 AOC 지역이 선정되었다. 우리에겐 조금 생소한 쥬라 지역의 아르부와, 프로방스 지역의 카시스, 코트 뒤 론의 타벨, 그리고 랑그독 루시용 지역의 몽바지약이 처음으로 AOC에 선정된 4개 지역이다. 이와 동시에 AOC의 기준 설정과 지정, 그리고 통제를 위한 '프랑스 와인 원산지명 국가위원회'가 설립되었으며, 이 위원회는 1947년에 '원산지명 국립연구소INAO'로 명칭이 바뀌었다.

AOC의 뒤를 이어 그 아래로 3개의 다른 등급, 즉 우등한정와인AOVDQS (Appellation d' origine Vin De Qualité Supérieure), 뱅 드 페이vin de pays 그리고 테이블 와인vin de table이 첨가된다.

테이블 와인은 현존하는 등급 중에서 가장 낮은 것으로 법적 규제나 제한도 가장 적다. 유럽에서 일반적으로 소비되는 와인으로, 샤토나 도멘느 등을 레이블에 명기할 수 없어 '뷰 팝vieux pape', '프렌치 래빗French Rabbit' 등과 같은 상표 와인으로 판매된다. 여러 다른 지역에서 재배된 포도로 주조할 수도 있고, 유럽의 다른 국가에서 생산된 와인을 섞을 수도 있다. 테이블 와인 중에서 이탈리아의 수퍼 토스카나super toscana라 불리는 와인은 그 지역에서 재배가 허용된 상죠베즈saugiovese나 네비올로nebbiolo보다는 까베르네 소비뇽 등으로 주조되는데, 사시카이아sassicaia나 세계적 명성의 안티노리Antinori가 생산하는 티냐넬로tignanello는 웬만한 최상급 AOC 와인보다 더 널리 알려져 있고 그 가격이 비싸기로 유명하다.

뱅 드 페이는 AOC처럼 선정 기준이 엄격하지는 않지만, 재배지역, 사용 세파주, 단위 면적당 수확량 등에 제한을 받는다. 주로 프랑스의 남서부 랑그독에서 생산되고 있으며, 세파주 와인으로 판매되는 경우가 많다. AOC보다 포도재배나 주조, 특히 세파주 선택에 보다 큰 자유를 누릴 수 있기에 일부러 뱅 드 페이를 고집하는 사람들도 있으며, 심지어 AOC를 스스로 포기하고 떠나는 사람들도 있다. 슈퍼 토스카나와 비슷한 철학을 지닌 이들이 주조한 와인은 주변에서 생산되는 AOC 와인보다 월등히 비싸게 판매되는 것이 허다하며, 도멘느 마스 드 돔므 가삭domaines mas de daumes gassac이 생산하는 라 그랑 주 데 페르la grange des pères가 대표적인 경우다.

우등한정와인은 AOC로 들어가는 대기실 격인데, 이미 거의가 AOC로 승격되었고, 현재는 약 20여 개만 존재한다. 이 등급은 가까운 장래에 사라질 것으로 보인다.

AOC 와인은 기존의 법적 와인 카테고리 중에 가장 높은 것으로, 토질이나 기후 같은 여러 까다로운 떼루아의 조건을 갖추어야만 선정되며 그 밖에도 세파주의 선택, 재배방식, 단위 면적당 재배 나무 수와 수확량, 포도나무의 크기, 포도의 질 등에 대해 엄격한 규제를 받는다. 게다가 1974년부터 매 해 생산한 와인에 대한 성분 분석과 전문가의 블라인드 테이스팅을 통과해야만 계속적으로 AOC를 유지할 수 있으며, 이러한 제반 조건을 충족시키지 못하면 AOC에서 축출된다. 한마디로 AOC 제도는 족보처럼 세습적인 것이 아니라 매 해마다 여러 테스트를 거쳐 개선되는 살아있는 제도다.

그럼에도 불구하고 현재 프랑스의 AOC 제도는 이 제도가 실시된 1935년 이래 가장 큰 도전에 직면해 있다. 현행 AOC 제도에 대한 많은 문제점들이 속속 드러났고, 이에 따른 비판이 와인 업계 안팎으로 날로 거세지고 있기 때문이다.

우선 가장 큰 문제는 AOC의 선정 기준이 외형상으로는 엄격함에도 불구하고, 실제로는 그 선정 과정이 너무 관대하고 모호하다는 점이다. 와인 생산업자들 사이에서 선출된 조합원들이 AOC 선정 위원이 되기에 같은 마을의 누구는 주고 누구는 안 주기가 인간적으로 쉽지 않아 갈라먹기 식인 경우가 허다하다. 게다가 한 번 AOC에 선정되고 나면 비록 결격사유가 드러나도 제명

되는 경우가 '굴 속의 진주보다 흔치 않다'. AOC에 선정된 와인은 매 해 블라인드 테이스팅을 거치지만 처음에 통과하지 못하면 2차, 심지어는 3차까지 테이스팅을 요청할 수 있다. 그리고 3차까지 오면 이미 누가 생산한 와인인지 다 알기에 블라인드 테이스팅의 본래 의의도 사라지게 된다. 뿐만 아니라 그 지역 출신 정치인들도 AOC 선정을 위해 압력을 행사하는 경우가 많은데, 결국 너무 많은 엉터리 와인이 이런 여러 가지 이유로 버젓이 AOC 등급을 받게 되는 것이다. 현재 프랑스의 AOC 와인은 전체 생산량의 46% 정도를 차지하고 있으며, 보르도는 무려 97%가 AOC 와인이다. 그래서 보르도의 경우 네고시앙négociants과 도매상을 포함한 와인 업계 종사자들이 자체적인 컨트롤을 위한 '콸리 보르도Quali Bordeaux'란 조합을 형성했으며, 다른 와인 생산지역도 이같은 조합을 만들어 지역의 AOC 방어를 위해 목소리를 내고 있다.

다음으로 AOC로 선정된 수많은 와인 내부의 등급이 명확하지 않다는 점이다. 같은 지역의 AOC라 해도 생산자에 따라 와인의 품질과 가격이 천차만별이다. 얼마 전부터 AOC 내부에도 질의 등급을 설정하자는 측과 반대하는 측 간에 긴장이 감돌고 있지만, 아직 결론을 내리지 못한 상태다. 따라서 사기 예방적인 측면에서의 효과는 이루었지만 와인 품질의 보장이라는 AOC 시스템의 본래 목적이 희석되어 버려서, 단지 AOC 와인이라 해서 무조건 믿고 구매할 만큼 품질이 보장되는 것은 아니다.

끝으로 AOC 제도의 관장 시스템이 지나치리만큼 민주적이란 것도 문제다. 이 제도의 가장 아래쪽에는 각 AOC 별로 구성된 'AOC 수호조합syndicats de défense des appellations'이 존재한다. 그 위에 '지역별 위원회'가 있고 가장 위쪽에 국가 위원회인 '원산지명 국립연구소'로 구성되어 있으며, 각 단계마다 자신의 이익과 주장을 관철시키기 위해 열성적이다. 물론 최종 결정은 INAO 소관이며, 이를 농림부에서 인준하는 절차를 거친다. 그 결과 와인 업계 종사자들의 조합에서 결정된 사항을 정부가 인준하므로 결국 사법(조합의 결정)이 공법으로 전환하는 희한한 성격도 지닌다.

1935년부터 와인의 질을 보장하고 부정행위로부터 와인을 보호할 목적으로 실시되어 온 프랑스의 AOC 제도는, 그 밖의 다른 국가들에 와인 등급 설정을 위한 기본 모델이 되기도 했지만 정작 이 제도를 처음으로 도입한 프랑스는 위에 열거한 여러 이유로 심각한 위기에 직면해 있는 상황이다. '아무도 자신의 나라에서는 예언자가 될 수 없다'라고 했던가? 게다가 유럽연합 국가들 간의 제도 통합문제까지 겹쳐 있기에 장래 프랑스의 AOC 제도가 어떻게 발전해 나갈지 자못 궁금하며, 눈여겨 볼 일이다.

같은 등급의 천차만별 와인

프랑스의 법적 와인등급 중에서 가장 상위를 차지하는 것이, 앞서 말했다시 피 소위 AOC다. 그 아래로 뱅 드 페이와 테이블 와인이 존재한다. 물론 AOC 바로 다음에 우등한정와인이 존재하지만 이는 AOC로 올라가기 위한 일종의 대기실인데다 그 수도 얼마 되지 않아 무시해도 좋을 정도다. 프랑스를 제외 한 다른 와인 생산국가도 명칭과 구조는 각각 조금씩 다르지만 거의가 프랑스 제도를 모방하고 있다고 보면 된다. 예를 들어 AOC에 해당하는 이탈리아의 명칭은 DOCDenominazione Origine Controllata 혹은 키안티의 경우 DOCG Denominazione Origine Controllata Garantita도 혼용해서 사용하고 있다.

우선 AOC에 대해 살펴보자. 1935년에 4개의 AOC를 선정하는 것으로 시 작한 프랑스의 AOC는 현재 450개를 넘는다. 보르도에서 생산되는 와인의 97% 정도가 AOC이니 보르도 와인은 AOC 아닌 것을 찾기가 어렵다. 따라서 현재 AOC는 그것만으로 와인의 품질을 보장하기에는 너무 허술하고 미약하 다. AOC라는 법적 등급은 같아도, AOC 내부를 자세히 들여다보면 최상과 최악이 공존한다. 그러니 소비자의 알 권리에 속하는 AOC에 대한 보다 나은 이해를 위해 그 내막을 한 번 들여다보는 것이 바람직할 것으로 판단된다.

AOC의 내막을 살펴보면, 그 내부에 여러 계층이 존재함을 알 수 있다. 피라미드의 맨 위쪽엔 그랑 크뤼grand crus AOC가 자리한다. 당연히 제약이 많다. 한 마을 단위에서 생산된 지정된 세파주만으로 와인을 주조해야 하며, 단위 면적당 수확량도 매우 제한적이다. 전설에 따르면 한 유명 소테른saternes의 AOC는 포도나무 한 그루 당 와인 한 잔을 생산한다고 전해지는데, 이는 지극히 사실에 가까운 전설이다.

그랑 크뤼 AOC 바로 아래 크뤼 AOC가 자리한다. 그랑 크뤼 AOC에 비해 수확량이 많기는 하지만 여전히 매우 한정적인 양이다. 사용하는 포도도 한 마을 단위에서만 생산해야 하며, 재배방식에 대한 규정도 까다롭다.

다음으로 AOC 빌라쥬village가 있다. 빌라쥬는 마을 단위보다는 지리적 개념이 광범위하고, 법적 제한도 위의 두 AOC에 비해 조금 느슨하다. 포도 재배는 한 마을 혹은 여러 마을에서 가능하며, 어느 정도 수확량에 대한 제한이 있다.

끝으로 일반 AOCAOC générique가 있는데, AOC로 지정된 한 지역에서 생산되는 모든 와인에 적용된다. 예를 들어 알자스 · 보르도 · 보졸레 · 부르고뉴 · 코트 뒤 론 등이다. 그리고 생산지역의 명칭만 레이블에 붙이는데 appellation **Bordeaux** controlée 이런 식이다. 수확량은 ha 당 40ℓ 정도로 제한되어 있지만, 지역에 따른 차이가 크다.

다음으로 우등한정와인이 있는데, 앞에서도 설명했듯이 AOC로 들어가기 위한 대기실이다. 얼마 전까지는 VDQSvin délimité de qualité supérieure였는데 현

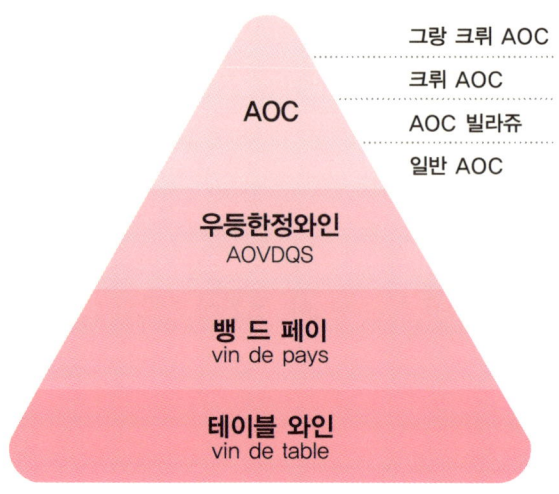

프랑스 법적 와인등급 AOC 그래프

재는 그 앞에 appellation d' origine이 첨가되어 AOVDQS가 되었다. 레이블에는 AOVDQS에다 와인의 이름이나 생산자의 이름이 첨가된다. AOC로 올라가기 위해 각고의 노력을 경주하는 와인이기에 질이 우수한 경우가 많다. AOC에 비해 가격이 저렴하면서 질적인 측면에서 훌륭한 와인이 많으니 자세히 눈여겨 살펴보면 손해 볼 일은 없을 것이다. 단지 생산량이나 생산자 수가 적어 유감이다.

뱅 드 페이는 프랑스의 여러 다양한 와인 생산지역을 두루 보여주고 있다는 점에서 흥미를 끈다. 그리고 그 내부에 3개의 카테고리가 존재한다.

1. 뱅 드 페이라는 표기에다 지역région의 명칭이 따른다
2. 뱅 드 페이라는 표기에다 현département의 명칭이 따른다

3. 뱅 드 페이라는 표기에다 생산지역의 명칭이 따른다

참고로 프랑스에는 행정 구역상 22개의 지역에 95개의 현이 있다. 가장 적은 지역인 알자스에는 오 랭과 바 랭의 두 개의 현이 있고, 가장 큰 지역 중 하나인 론 알프 지역에는 론·이제르·사브와·오프 사브와 등 8개의 현이 있다.

뱅 드 페이 중 일부는 세파주 와인인 것도 있다. 단위 면적당 수확량은 나름대로 제한적이며, 일반적으로 ha 당 85~90hℓ 정도로 높다. 뱅 드 페이라 해도 질을 높이기 위해 생산자가 수확량을 임의로 낮추는 경우도 있으며, 극히 일부이기는 하지만 생산량을 반으로 줄이는 생산자들도 있다. 코트 뒤 론의 에스테르자그esterzagues도 이에 속한다.

뱅 드 페이에 대한 인기는 날이 갈수록 높아지고 있다. 한국에도 수입 판매되는 랑그독 루시용 지역의 4개의 다른 현에서 재배되는 포도로 주조한 뱅 드 페이 독vin de pays d' oc도 한 좋은 예이다. 우선 가격이 부담없고, AOC처럼 여러 제약을 받지 않아 자신만의 독특한 와인을 생산하려는 생산자들이 일부러 뱅 드 페이로 가려는 경우도 있기 때문이다. 이들의 와인은 가격도 만만치 않지만, 특히 빼어난 질과 독특한 개성으로 인기가 높다.

요즘 인기를 끌고 있는 세파주 와인은 포도 재배나 와인 생산에 대한 아무런 법적 제한이 없다. 단 하나 제한이 있다면 레이블에 적힌 포도 품종으로 주조해야 한다는 것이 전부다. 예를 들어 가메이·샤르도네 등이다. 어떤 경우에는 2개의 세파주를 혼용해 사용하기도 하는데, 까베르네 소비뇽·메를로 등이다. 일부 세파주 와인의 경우 까다로운 법적 제한을 받는 공식적인 명칭을 피해 주조의 자유를 누리기 위한 수단으로 사용하기도 한다. 그러다 보니 같은 세파주의 이름을 상표로 붙이고 생산된 와인 사이에 질적인 격차가 하늘과 땅이라, 소비자들이 당혹감을 감추지 못하는 경우도 허다하다. 프랑스에서 유일한 예외는 전통적으로 세파주 와인만을 생산하는 알자스 와인이며, 와인의 질도 우수하다.

테이블 와인은 옛적에는 '상용 와인vin de consommation courante'이라 불렸는데, 여러 지역에서 생산된 포도나 와인으로 주조되며, 레이블에는 단지 뱅 드 타블르, 그리고 상표명만 명시되어 있다.

현재까지의 법적 등급은 여기서 끝난다. 그러나 프랑스 와인을 소비하는 외국인들의 편의를 위해 테이블 와인보다 더 광범위한 명칭이 몇 년 안에 등장할 예정이다. 그 전조로 2009년에 AOC 랑그독이, 그리고 이보다 몇 년 앞서 랑그독 루시용 지역을 중심으로 프랑스 남부 와인appellation sud de France이란 새로운 명칭이 탄생했다. 프랑스 남서부에 위치한 랑그독 루시용 지역은 연간 총 생산량이 무려 1,500만 hℓ나 되는 광대한 프랑스 최대의 와인 산지다. 그리고 2007년부터 코트 드 보르도가 탄생했는데, 이는 그 이전의 코트 드 까스티용, 코트 드 프랑, 코트 드 부르, 프레미에르 코트 드 블라이 그리고 프레미에르 코트 드 보르도를 통합한 것이다.

주로 수출을 위해 보다 더 광범위한 새로운 명칭도 나타나고 있다. 단순히 '프랑스' 혹은 '프랑스의 포도원'이란 명칭이다. 프랑스에서 와인을 생산하는 현은 총 95개 중에서 64현인데 다른 두 지역 혹은 네 지역에서 생산된 뱅 드 페이를 어셈블리한 와인으로, 저가 수출시장 공략을 우선적 목표로 하고 있다. 이 와인은 세파주 이름만 레이블에 기입하면 된다.

이런 혼란과 노력 뒤에는 얼마 전부터 프랑스 와인이 직면한 매우 모순적인 상황이 밑그림을 이루고 있다. 프랑스 와인의 명성은 무엇보다도 그 떼루아의 다양성에 기인한다. 하지만 바로 이같은 다양성 때문에 (즉, 너무 복잡해서) 판매에 지장을 받고 있으며, 이는 특히 수출 분야에 큰 타격을 주고 있다. 한편으로는 다양성의 유지, 다른 한편으로 단순화라는 양립이 불가능한 두 요소 사이에서 갈등한 결과가 뱅 드 타블르보다 더 하위의 새로운 명칭으로 나타나고 있는 것이다.

보르도 와인 등급 1855

19세기는 보르도 와인의 황금기였다. 당시에는 보르도에 샤토를 하나쯤 소유하는 것이 상류층이 향유하는 첨단의 유행이기도 했다. 특히 로트칠드가를 비롯한 부유한 파리의 은행가들은 보르도의 유명 와이너리를 손에 넣기 위해 천문학적인 돈을 지불하는 것도 마다하지 않았다. 메독 지역의 포도 수확기는 그야말로 부자들의 화려한 세속적 축제였다. 각지에서 유명 인사들이 모여들어 혼잡을 이루었으며, 이는 자신들의 부를 세상에 드러내 보이는 중요한 행사이기도 했다. 이 시기는 최신 유행의 옷을 화려하게 차려입은 부유층들이 보란듯이 패션쇼를 즐기던 시기이기도 했다. 또한 보르도, 특히 오늘날 우리들이 찬미하는 메독 지역의 눈에 띄는 샤토들이 경쟁하듯 건축되기도 했다.

게다가 1860년에 조인된 〈영불 교역조약〉은 보르도 와인의 수출에 새로운 전기를 가져왔다. 200년 넘게 영국은 프랑스의 해상 무역을 전면 봉쇄하여 보르도 와인의 수출, 특히 영국 수출에 절대적인 타격을 입혔다. 이는 영국인들을 포트와인으로 돌아서게 한 결정적인 계기가 되기도 했다. 〈영불 교역조약〉

과 더불어 프랑스 와인의 관세는 1815년 이래로 유지되어 왔던 것의 1/20로 크게 낮아졌다. 당시 영국의 재무상은 윌리엄 글래드스톤William Gladstone이었는데, 그의 결정에 따라 다시 보르도 와인을 값싸게 마실 수 있게 된 영국인들은 보르도 와인을 '글래드스톤의 클레릿claret'(영국에서는 보르도 레드를 그렇게 불렀다)이라고 부르며 기뻐하기도 했다. 이 조약 덕분에 1860~1873년 사이 프랑스 와인의 대영 수출은 무려 8배나 증가했다. 더불어 보르도 와인의 생산량도 빠르게 늘어났다. 1858년에 190만 hℓ, 1862년에 320만, 1869년에 450만 그리고 1875년에는 500만을 넘어선다. 참고로 1hℓ는 100ℓ를 말한다.

이와 더불어 보르도 와인의 명성도 날이 갈수록 높아만 갔다. 그 결과 고객의 구매 편의를 위해 와인의 등급을 선정할 필요도 절실해졌다. 포도밭의 가치에 따라 등급을 선정하는 것이 논리적이었을 테지만 보르도의 경우는 도멘느, 즉 상표의 가치가 기준이 되었으며 이는 인간적인 요소도 필연적으로 포함할 수밖에 없는 것이었다. 1855년 이전 시기에는 교역상들이 작성한 가격 리스트가 그대로 품질 보증서가 되었으며, 가장 대표적인 것으로는 1770년에 작성된 로톤Lawton과 1787년의 토머스 제퍼슨Thomas Jefferson 리스트가 있다. 그리고 1846년 찰스 콕스Charles Cocks가 영국에서 발간해 커다란 성공을 거둔 『보르도, 그 와인과 클레릿의 나라』를 들 수 있다. 이 책에서 콕스는 지금껏 작성된 적이 없는 가장 세밀하고 완벽한 보르도 와인 등급을 제안하고 있다. 그리고 등급을 선정하는 최상의 기준으로 '나에게는 가격이 각 와인에 존재하는 것으로 여겨지는 질을 측정하는 최상의 방법처럼 보인다'고 주장하며, '와인의 가격 = 와인의 질'이란 등식을 더욱 확고히 했다. 콕스가 1년만 더 살았어도 1855년 등급이 자신이 설정한 그것과 거의 유사하다는 사실에 매우 만족스러워했을 텐데, 안타깝다.

로톤은 보르도에 정착한 영국의 거대 와인 교역상으로 보르도 와인이 세계적 명성을 얻는 데 지대한 공헌을 한 사람이다. 그리고 잘 알다시피 제퍼슨은 미국의 제3대 대통령이 된 인물로, 벤자민 프랭클린Benjamin Franklin의 뒤를 이어 주 프랑스 미국대사를 역임했다. 이 기간 동안 그는 와인 교역상을 겸하기도 했는데, 1787년 5일 간 메독과 그라브 지역을 방문한 후 보르도 레드 와인 등급 리스트를 작성했다. 네고시앙들이 건네준 가격표에 근거하고 있는 이 리스트는 1855년의 그것과 매우 유사해, 1855년 등급의 시조로 간주되기도 한다. 같은 해 필라델피아로 돌아온 제퍼슨은 보르도 방문 길에 처음 접한 샤토 뒤켐Château d' Yquem에 대해 "내가 프랑스에서 맛본 어떤 와인보다 미국인의 입맛에 맞는 훌륭한 와인"이라 감탄하며, 당시 대통령이었던 조지 워싱턴을 위해 360병, 그리고 자신을 위해 120병을 서둘러 주문했다. 최근에 워싱턴 대통령이 소유했던 것으로 추정되는 샤토 뒤켐 한 병이 옥션에서 무려 2억이 넘는 가격으로 낙찰되기도 했다.

한 국가가 헌법을 제정하거나 조약을 맺을 경우, 우리는 그것이 일정 기간 유효할 것이라 확신한다. 그러나 '잠정적'이란 단서가 붙은 채 세상에 나온 보르도 등급처럼 오랜 세월 동안 변함없이 지대한 영향을 미친 문서는 역사적으로도 매우 드물 것이다. 1855년 파리 세계박람회를 앞두고, 와인 업계 종사자들은 잠정 구매자들의 편의를 도모해 상업적 성공을 거둘 목적으로 서둘러 보르도 와인의 등급 리스트를 작성해야 했다. 보르도 상공회의소의 요청에 의해 보르도 교역상 협의회가 1855년 4월 18일 작성 발표한 이 리스트는 어디까지나 박람회 기간만을 위한 일시적이고 '잠정적'인 것이었다. 믿기 어렵겠지만 바로 이 '잠정적'이란 단서가 붙었기에 당시 리스트에 들지 못한 많은 샤토들의 거센 반발을 그나마 무마할 수 있었다. 그러나 150여 년이 지난 지금까지 바뀐 것이라고는 단지 딱 두 가지밖에 없다. 리스트가 발표되고 얼마 지나지 않아 샤토 캉트메를르Château Cantemerle가 5등급에 첨가된 것과 거의 120년이 지난 1973년에 무통 로트칠드가 2등급에서 1등급으로 격상한 것이 전부다.

로트칠드가는 대은행가 집안이다. 당시 프랑스 대통령이었던 죠르쥬 퐁피두Georges Pompidou도 로트칠드 은행에서 근무를 한 적이 있었다. 지난날 자신을 고용해준 집안에 대한 일종의 보은이랄까? 1960년부터 1등급으로 승격하기 위해 남다른 노력을 기울였음에도 번번히 퇴짜를 맞았는데, 결국 그 꿈을 이루고 마니 이는 '포도밭의 혁명'이라고 할 만큼 대단한 사건이었다. 승격 이전인 1855년 리스트의 1등급에 들지 못한 울분을 삭이기 위해, 그리고 무통의 자존심을 위해 정한 가훈이 재미있다. **"일등은 될 수 없고, 이등은 승낙하지 않고, 무통은 무통이다."** 그리고 1973년 마침내 1등급에 오른 후 이 가훈은 다음과 같이 바뀐다. "이제는 일등, 이등은 했고, 무통은 바뀌지 않는다."

메독과 소테른과는 달리, 생떼밀리옹은 1855년 파리 국제박람회의 덕을 보지 못했다. 그 이유는 당시 생떼밀리옹에서 생산된 와인이 보르도의 교역상이 아닌 리부른Libourne의 교역상에 의해 판매되고 있었기 때문이다. 당시는 그만큼 지역주의가 강했고, 다른 한편으로 보르도 교역상의 영향력이 절대적이었음을 알 수 있다. 1867년에 개최된 파리 국제박람회부터는 생떼밀리옹도 출품이 허용되었다. 하지만 생떼밀리옹이 파리의 상류사회로부터 인증받기 시작한 것은 1889년 이후부터였다.

이 '잠정적' 리스트가 150년을 넘기리라고 믿었던 사람은 당시 아무도 없었다. 이렇게 긴 세월 동안 많은 것들이 바뀌고 달라졌다. 포도밭의 경작면적도 달라졌고, 샤토의 주인이 수 차례 바뀐 곳도 많다. 당연히 변화된 현실에 맞게 이 등급의 수정을 외치는 목소리가 높으며, 이는 와인 전문가들이나 관련 전문기자들이 가장 즐겨 하는 일종의 게임이기도 하다. 그러나 리스트가 지닌 상징성, 특히 상상을 초월하는 상업성 때문에 수정의 시도는 곧바로 '포도밭의 전쟁'을 유발할 위험을 내포하고 있기에, 다수가 내심 현상 유지를 원하고 있다. '잠정적'이라는 꼬리표를 달고 세상에 나온 리스트가 대리석에 새겨진 묘비명처럼 영원할 수 있다는 사실이 놀라울 뿐이다.

선구매 와인

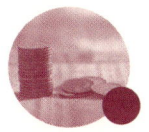

선구매란 무엇인가? 지난 가을 수확한 포도로 주조한 와인을 그 이듬해 봄 아직 오크통 속에서 숙성 중인 상태에서 판매하는 형태를 일컬으며, 구매자는 주문 시 일부를 선금으로 지불하고 18개월 후 와인이 배달될 때 잔금을 치르는 구매 방식이다. 또한 선구매는 세계에서 보르도의 유명 크뤼를 판매하는 데만 적용되는 독특한 와인 판매 방식으로 선구매 시음에 이어 이루어진다. 매 해 3월 말~4월 초 보르도에서는 선구매 시음을 위해 전 세계의 와인 전문가, 와인업계 종사자들 그리고 미디어들이 몰려든다. 이를 통해 선구매 와인의 시장 가격이 결정되는 매우 중요한 행사다.

선구매는 생산자들이 아직 병입도 하지 않은 와인을 판매해 미리 매출을 올릴 수 있고, 구매자들이 주요 크뤼를 비교적 싼 값에 구입할 수 있다는 장점이 서로 맞물려 대성공을 거두고 있다. 세계화와 더불어 보르도의 유명 크뤼를 확보하겠다는 구매자들이 급격히 늘어나면서 이런 현상은 더욱 가속화되고 있다. 이는 또한 유명 보르도의 명성을 더욱 높이는 데도 한 몫을 한다. 파커에 따르면, "프랑스 와인은 훌륭한 와인을 생산하고자 하는 야심을 가진 모든 나라들을 위해 세계적인 기준으로 남아 있으며, 보르도는 변함없는 최상의 크뤼 생산 지역이다."

그렇다면 과연 선구매 와인은 어느 정도 믿을 수 있는 것인가? 세계 최고의 와인 전문가들의 시음을 거쳐 평가를 받으니, 눈감고 믿어도 좋은가? 그 내막을 한 번 자세히 들여다보자. 이미 언급했듯이 선구매 시음은 지난 가을에 수확한 포도로 주조한 와인을 이듬해 봄에 시음하는 것이다. 발효를 거쳐, 기껏 4~5개월 오크통에서 숙성을 거친 새내기 와인이다. 참고로 보르도 AOC는 주조 후 18개월 동안 숙성을 거쳐야만 병입이 가능하다. 그러니 4~5개월 지난 와인은 아직 '신생아'인 셈이다. 신생아를 보고 그 아이의 장래를 점친다는 것은 여간 어려운 일이 아닐 수 없다. 일종의 모험이고, 점성술에 가깝다.

게다가 선구매 시음 때 내놓는 와인은 소위 '기자용 샘플'이라 한다. 이것은 선구매 시음을 위해 최상의 조건에서 소량의 와인을 별도로 주조하는 생산자들이 많다는 것이다. 이들은 어떤 샤토에 속하는 최고의 떼루아에서 생산된 최상급의 포도로 주조한 특별 와인으로 새 오크통에서 숙성을 시키며, 심지어 오크 나무토막을 넣기도 한다. 다시 말해서 와인의 주조에 필요한 모든 테크닉이 단시간 내에 집중적으로 적용되는데, 선구매 시음 때 최대한 숙성된 것처럼 맛과 향을 향상시킬 인위적인 목적에서다.

전문 시음가들, 특히 파커에게는 새 오크통향(나무향이라 표현하는데, 실제는 바닐라와 구운 토스트향에 가깝다)이 배어나야 수준급 와인으로 인정받기에 이를 위한 노력이 눈물겹다. 정상적으로라면 12~24개월이 지나야 이와 같은 향이 와인에 스며드는데, 선구매 시음은 주조 후 5개월 정도에 진행되기에 나무향을 내기에 적합한 특수 오크통에서 급속 숙성을 거치는 경우가 허다하다. 그러나 보니 아무리 전문가가 시음을 한다고 해도, 이 신생아의 장래에 대한 평가가 일종의 '가정'에 그칠 수밖에 없는 것이 엄연한 사실이다.

'기자용 샘플'로 불리는 와인은 생산자에 따라 차이는 있지만, 보통 2,000~3,000병 정도로 소규모 생산되며, 이는 전체 생산량의 5%에도 못 미치는 경우가 대부분이다. 그리고 이같은 사실을 밝히는 경우는 절대 없다. 나머지 95%의 와인이 시음에 사용된 와인보다 질이 떨어질 것이라고 쉽게 짐작할 수 있는 대목이다.

오랫동안 『피가로Le Figaro』지의 와인 전문 기자로 활동하다가 지금은 랑그독에서 와인 생산자로 변모한 샹탈 르쿠티Chantal Lecouty는 와인 생산자들이 암암리에 자행하는 이런 행위에 대해 "와인 주조 통마다 경찰을 동원해 감시할 수도 없고, 기자들은 생산자들이 제공하는 와인만 시음한다."라고 지적하면서, 파커의 기호에 맞추기 위해 인위적으로 소위 '파커 와인barrique Parker'을 주조하는 생산자가 있는가 하면, 아예 주변의 유명 와인을 흉내내려고 시도하는 생산자에 이르기까지 양심적이지 못한 생산자들이 많다고 개탄한다.

그밖에도 선구매 시음에 대해 여러 의문점이 남는다. 도대체 무엇 때문에 이처럼 엉터리 시스템임에도 불구하고 선구매 시음이 그토록 엄청난 영향력을 발휘하는 것일까? 비록 전문가의 시음을 거친 와인이라 해도 18개월 후에나 병입될 와인과 질이 동일하리라는 보장도 없지 않은가? 프랑스의 저명한 와인 전문가이며, 수십 권의 와인 관련 책을 저술한 미셸 도바즈Michel Dovaz는 다음과 같이 강조한다. "만약 보르도 와인을 몇 개월만에 생산할 수 있고 병입하여 판매할 수 있다면 벌써 오래 전부터 그렇게 해 왔을 것이며, 실제 보졸레 누보에서 그렇게 하고 있다. 하지만 보르도의 유명 와인은 약 18개월 정도의 오랜 기간 동안 오크통 속에서 숙성이 필요하다."

50년 전만 해도 보르도의 어떤 샤토도 자신이 생산한 이처럼 어린 와인을 외부 전문가들에게 시음하게 할 생각조차 하지 않았던 것이 사실이다. 하지만 파커의 생각은 다르다. 그는 6개월 된 와인이나 20개월 된 와인이나 "정말 훌륭한 와인은 처음부터 확연히 다르다"고 주장한다. 아주 어린 와인의 장래를 예견할 수 있는 파커만의 독특한 능력인지도 모르겠다. 하여튼 상황이 이렇다 보니, 선구매 와인에 대한 전문가들의 비판이 점점 거세지고 있는 것 또한 부인할 수 없는 사실이다.

또 한 가지 지적해야 할 대목은, 거의 모든 주요 샤토들이 스공 뱅second vin을 생산한다는 사실이다. 최상의 주조통에 든 와인으로 정품을 만들고, 나머지로 2등급(스공 뱅)을 주조하는 것이다. 예를 들어 빠삐용 루즈Pavillon Rouge는 샤토 마고Château Margaux의 스공 뱅이다. 하지만 이에 대한 아무런 법적 기준이 없기에 1등급과 2등급을 어떻게 분류하는지는 각 샤토의 비밀이다. 예를 들어 대규모 주문이 들어올 경우, 원래 스공 뱅을 위해 주조된 것이 정품 주조통과 섞여 판매될 가능성은 얼마든지 있는 것이다. 정품과 스공 뱅의 가격이 3~4배 이상 차이나니, 그럴 만도 할 것이다. 그러므로 선구매 와인 시음이 와인의 질과 빈티지에 대한 일반적인 평가를 가능케 해준다면, 가장 믿을 만한 시음 방식은 병입 후의 시음일 것이다. 이같은 혼란을 차단하기 위해 일부 유명 샤토에서는 정품에 사용하는 양을 공개하기도 한다.

평범한 빈티지로 알려진 2007년의 경우, 라피트 로트칠드Lafite Rotschild · 린치 바지Lynh Bages · 피숑 바롱Pichon Baron 혹은 뒤크뤼 보카이유Ducru Beaucaillou

는 정품을 주조하는 데 사용한 것이 전체 생산량의 30~40%에 지나지 않았다고 발표했다. 보통 빈티지의 경우 50~60%를 정품 생산에 사용하고, 나머지 40~50%는 스공 뱅을 만드는 데 사용하는 것에 비하면 많은 차이가 난다. 하지만 때로는 엄청난 경제적 손실을 감수하면서 이렇게 철저한 품질관리를 할 때만 유명 와인은 그 명성을 유지할 수 있고 장기적인 안목에서 지속적인 성공이 보장될 수 있다. 그랑 크뤼를 생산하는 샤토들의 정직성과 양심을 믿을 수 밖에 없는 것이 와인애호가들의 입장이기도 하다.

Why Wine

제3장

강 따라 와인도 흐르고
부귀영화도 흐르고

강 따라 와인도 흐르고
부귀영화도 흐르고

'강나루 건너서 / 밀밭 길을 / 구름에 달 가듯이 / 가는 나그네'에서 '밀밭'을 '포도밭'으로 바꾸면, 프랑스 주요 와인 산지의 풍광을 나름대로 연상해 볼 수 있을 것이다. 그러나 박목월의 시가 서정적인 우리의 한적한 시골 정경을 멋들어지게 읊고 있다면, 포도밭과 강은 그보다 훨씬 생동감 넘치는 현실적인 공생관계를 유지하고 있다는 차이점이 있다. 물론 강 언덕을 따라 늘어서 있는 포도밭의 풍경도 시의 주제가 되기에 손색없을 만큼 그림처럼 아름답다. 특히 포도 수확이 끝난 후 포도 잎이 노랗게 변해 아름다운 황금색으로 물든 포도밭—여기서 부르고뉴의 코트 도르côte d'or(황금의 언덕)란 명칭이 유래되었다—이 가을 햇볕을 받으면 황금빛 노랑물결에 눈이 부실 정도다.

프랑스는 남으로 지중해 연안에서 북동쪽으로 모젤 지역에 이르기까지, 동북쪽의 라인 강에서 동남쪽의 론 강까지, 남부의 프로방스에서 북부의 샹파뉴 지역에 이르기까지, 극동의 알자스에서 극서의 보르도까지 그야말로 포도밭의 대양을 이루고 있다. 그리고 이들 포도밭 사이로는 어디에나 강이 흐른다.

이제 잠시 프랑스의 주요 와인 산지를 통과하는 강들을 살펴보자. 보르도에는 지롱드와 도르도느 강이, 부르고뉴에는 손과 욘 강이, 코트 뒤 론에는 론과 손 강이, 알자스에는 라인 강이, 발레 드라 루아르에는 루아르 강이, 샹파뉴에는 마르느 강이 각각 흐르고 있다. 뉴 월드 와인의 경우에는 예외도 있지만, 프랑스를 비롯한 유럽의 와인 산지는 이처럼 하나같이 크고 작은 강을 끼고 형성되었다. 그리고 와인 산지와 강의 관계는 단순히 자연적인 조화와 아름다움을 위한 것만이 아니라 와인 산업의 발전에 절대 필요한 불가분의 관계로, 인위적으로 구성되어진 것이다.

그렇다면 포도밭과 강은 어떤 공생관계를 이루고 있을까?

첫째, 역사적으로 보면 강은 최대의 운송로다. 19세기 기차의 시대가 열리기 전까지 강을 이용하지 않고 대규모 수송을 필요로 하는 상품을 보급한다는 것은 불가능했다. 오랫동안 주요 교역 상품이었던 와인이었기에, 그리고 보존기간이 길지 않았던 당시 와인의 특성상 강을 끼지 않고서는 타 지역으로의 대량 운송과 판매가 불가능했을 것이다. 게다가 보르도 지역처럼 바다와 인접하고 있으면 수출도 용이했다. 오늘날 보르도의 세계적인 명성에는 물론 우수한 품질도 중요하지만, 강과 바다의 역할 또한 절대적이었다.

둘째, 강은 포도나무에 필요한 수분을 꾸준히 공급하는 역할을 한다. 포도나무는 좋은 포도를 생산하기 위해 많은 수분을 필요로 하지 않는다. 수분이 지나치면 포도농사를 망친다. 그러나 미량의 수분을 꾸준히 공급하는 것은 포도경작에 중요한 요소가 된다. 따라서 강은 훌륭한 와인을 주조하기 위한 양질의 포도를 재배할 수 있는 자연환경 중 하나다.

셋째, 강은 계곡을 끼고 흐르기 때문에 포도나무를 언덕에 심었을 때 햇볕

쬐기가 좋고, 언덕은 배수를 돕는다. 그런 이유로 대개의 유명 포도산지는 평지가 아니라 모두 언덕배기에 위치하고 있다. 프랑스의 와인 산지를 둘러볼 기회가 있거든 눈여겨보시라. 특히 코트 뒤 론의 북부는 주로 가파른 언덕 위에 포도밭이 형성되어 있으며, 포도 농사를 짓기 위해 밧줄을 잡고 곡예를 하듯 작업을 해야 하는 곳도 있다.

넷째, 강은 주변에 국지성 기후의 형성을 용이하게 해 떼루아의 특성을 높여준다.

다섯째, 강은 아침나절에 잦은 안개를 일어나게 해 세미용sémillon과 같은 일부 세파주에 포도를 적절하게 썩게 만드는 귀부 현상botrytisation이 생기는 것을 돕는다.

이처럼 강과 포도밭은 떼려야 뗄 수 없는 관계이기에, 포도산지는 결국 '강나루 건너 포도밭'을 이룰 수밖에 없다. 그래서 프랑스의 와인 산지에 관심이 있으면, 먼저 강을 눈여겨 살펴보라는 말도 있다. '문화를 와인 병에 담은 나라'로 불리는 프랑스의 와인 산지를 방문할 기회가 있거든 이 점을 염두에 두고 한 번 둘러보기 바란다. 그러면 프랑스의 아름다운 농촌 풍경과 자연에 대한 인식은 물론이고 와인의 역사, 그리고 와인과 와인 생산지에 대한 이해에 적잖은 도움이 될 것이다. 그야말로 일석이조인 셈이다.

부자는 좋은 와인을, 빈자는 많은 와인을!

흔히들 "당신이 어떤 와인을 마시는지 말해주면, 당신이 어떤 사람인지 알수 있다"라고 한다. 와인에 다양한 등급과 특성이 존재하듯이, 어떤 와인을 마시는가 하는 것은 그 사람의 개인적인 성향이나 취미는 물론 사회적 지위까지 엿볼 수 있게 해주는 단서가 되기도 한다. 우리처럼 와인이 지닌 고유의 가치를 즐기기보다는 레이블을 마시는 경향이 있는 사회 분위기에서 마시는 와인의 레이블은 곧바로 그 와인을 마시는 사람의 경제적, 그리고 사회적 레이블이기도 하다.

사실 와인은 시대와 지역, 그리고 문화와 유행에 따라 애호하는 종류나 마시는 방식이 변해왔다. 또한 사회계층에 따라서도 와인의 선택이나 음주 의식이 크게 다르다. 고대 이집트에서 맥주는 일반인들의 음료였던 반면 와인은 우선 신들에게 바치는 신성한 넥타였고, 왕족과 귀족들이 마시는 고귀한 음료였다. 그리고 포도밭을 얼마나 많이 소유하고 있는가가 그 사람이 지닌 사회적 지위의 한 척도가 되었다. 로마시대에는 엄청난 양의 값비싼 고급 와인을 자신의 저택에 저장해 놓고 즐겼던 귀족들과 일반 선술집에서 싸구려 와인에 취하던 병사들 혹은 일반인들이 확연히 구분되었다.

중세 시대의 모든 와이너리는 왕과 영주 그리고 교회에 속했다. 왕자의 탄생이나 전쟁 승리 기념 같은 나라의 중요한 행사에서, 그리고 왕 또는 교황이나 주교 등의 고위 성직자가 방문하는 도시에서 이를 축하하기 위해 소위 '영예의 와인'으로 접대가 이루어졌다. 이 때 일반 백성들은 도시 곳곳에 마련된 '와인의 샘'에서 왕 등이 하사한 와인을 마음껏 즐기면서 축하에 동참했다.

근대에 들어와 귀족과 부르주아의 사회 엘리트층과 노동자 농민이란 사회 계층이 확연히 정립되면서, 이들이 마시는 와인의 종류 또한 분명히 달라졌다. 이와 더불어 와인의 등급도 보다 세분화되어, 고급·중급·하급으로 확연히 갈라졌다. 괴테Goethe는 '부자는 좋은 와인을, 빈자는 많은 와인을 원한다'라고 당시 와인에 대한 사회상을 분석했다.

19세기 초까지 농민들에게 와인은 여전히 고가품이었으며, 일상의 음료가 아니었다. 그러다 19세기 후반에 들어서면서 주로 저급의 와인이 농부들의 상용음료가 되었다. 집에서는 물론 들판에서 일할 때, 동네 주점이나 카바레에서, 마을 축제나 포도 수확기에 와인은 도처에 넘쳐났다. 20세기 중반까지 프랑스 일부 지역에서 성인 남자가 하루에 마시는 와인의 양이 평균 4~12ℓ나 되었다고 한다. 언제 어디서나 편하고 안전하게 마실 수 있는 상수도 시설이 보편화되기 전까지 와인은 물을 대신하는 가장 위생적인 음료였기에, 말 그대로 물처럼 와인을 마셨던 것이다.

비슷한 시기, 노동자들도 임금이 향상되면서 와인에 심취하기 시작한다. 산업화로 인한 인구의 도시 집중화는 주로 이농을 한 노동자들로 가능했기에,

노동자들에게 와인은 이미 익숙한 음료로서 열악한 노동 현실에서 일탈할 수 있는 피난처가 되었다. 1826년 프랑스 노동자의 일인당 연평균 소비량이 123ℓ였는데, 제2차 세계대전 직전에는 200ℓ에 육박했다. 도시 노동자들이 모여 사는 지역에는 주점이 우후죽순처럼 문을 열었다. 파리 근교의 노동자 집단 거주 지역에는 노동자 400명 꼴로 주점 하나가 성업할 정도였다고 하니 놀라울 뿐이다. 에밀 졸라Emile Zola의 『목로주점』에는 이같은 도시 노동자의 생활상이 매우 사실적으로 묘사되고 있는데 "테이블 주변에 와인이 센 강에 물이 흐르듯 흘러넘친다"라고 할 정도다.

사실 19세기 중엽까지 '알코올 중독'이라는 어휘는 존재하지 않았다. 1849년 스웨덴의 의사인 마그너스 후스Magnus Huss가 처음으로 알코올 중독이란 단어를 한 의학 논문에 게재한 것이 프랑스를 비롯한 주요 유럽 국가에 번역되면서, 전 유럽에 커다란 반향을 불러일으켰다. 사실 알코올 중독이란 단어가 나오기 훨씬 이전부터 이미 알코올 중독자는 수두룩했다. 다만 급속한 산업화로 인한 인구의 도시집중화라는 새로운 사회 현상 속에서 주정뱅이와 알코올 중독자에 대한 사회적인 인식이 크게 달라졌다. 이제 알코올 중독은 농민이나 노동자들 사이에 흔히 있는 일상사 정도로 치부되지 않고, 사회를 위협하는 골치 아픈 문젯거리로 사회 전면에 부각되었다. 불과 30여 년 사이에 알코올 중독은 결핵이나 매독과 더불어 '동시대의 페스트'로 전락해 버린 것이다.

반면 새로운 사회의 주역으로 화려하게 역사의 전면에 등장한 부르주아는 절제를 미덕으로 삼았다. 고급 와인만을 구매해 집의 지하창고에 저장해두고, 손님을 초대하면 격식을 갖춰 대접하는 것이 풍습이 되었다. 그리고 이때부터, 즉 19세기에 들어서서 오늘날 같은 소위 코스요리가 본격적으로 발전하기 시작했다. 당연히 와인과 음식의 매치에 대한 관심도 덩달아 높아졌다. 또한 부르주아는 시내 중심에 문을 열기 시작한 고급 카페에서 수준급의 와인이나 샹파뉴를 즐기면서 담소를 나누고 비즈니스를 논하게 되었다. 새로운 유행처럼 등장한 파리 중심가의 카페는 젊은 애인을 유혹하는 장소로도 안성맞춤이었다. 예술가나 혁명가들도 카페로 몰려들어 와인 잔을 기울이며, 시간 가는 줄 모르고 예술과 철학과 사회 문제에 대해 열띤 논쟁을 일삼기 일쑤였다.

최근에 들어와서는 여성의 사회적 지위가 상승하면서, 오랫동안 남성 전유물이었던 와인에 대한 여성의 영향력이 높아지고 있다. 프랑스의 슈퍼에서 판매되는 와인의 60% 이상은 여성들이 구매한다. 훌륭한 여성 소믈리에르 sommelière나 와인 메이커도 많이 나오고, 와이너리를 운영하는 여성들도 점차 늘어나고 있다. 이런 경향에 맞춰, 여성의 취향에 맞는 와인에 대한 관심도 뜨거워지고 있다. 남성보다 후각이 월등히 뛰어난 여성들이기에 분명 남성과는 다른, 또는 앞선 와인 취향을 지니고 있으리라 짐작된다. 프랑스의 고급 식당에서도 여성들이 주로 즐기는 다이어트 음식이나 해조류 등에 맞게 와인 리스트를 바꾸고 있다고 한다. 그래서 주로 생선 요리에 맞는 화이트 와인의 비율이 높아지고 있단다.

사회의 발전과 더불어 와인도 많이 민주화되었다. 여전히 비싼 와인은 돈 있는 사람들이 주로 소비하지만, 취향과 상황에 따라 수준급 와인을 다양하게 선택해서 마실 수 있는 기회가 그만큼 많아졌다. 그런데 우리는 언제까지 레이블label만 고집할 것인가?

인류 최초의 사기는 와인으로부터

와인과 사기의 역사는 와인의 역사와 동일하다고 봐도 무관할 정도다. 인류 최초의 법전인 〈함무라비 법전〉에 이미 와인의 양과 생산지역 등을 속여서 판매할 때 중벌에 처한다는 내용이 기록되어 있을 정도다. 그리스 신화에 등장하는 헤르메스Hermes는 상업의 신인 동시에 도둑의 신이었다. 로마시대에 들어와 헤르메스는 머큐리Mercury로 이름이 바뀌며, 주막 주인이란 뜻으로까지 의미가 확장된다. 그런데 그리스어에서 주막 주인은 사기꾼이란 의미도 함께 지니고 있다. 그러니 와인과 사기는 이미 신화 속에서부터 짝을 이루어 왔다고 보아도 무방하다 하겠다.

와인은 부가가치가 높은 제품인데다 생과일에 비해 보관 기간이 길고, 운송이 간편하며, 간단히 물만 타도 양을 늘릴 수 있기에 어떤 상품보다 쉽게 사기의 유혹에 노출된 상품이었다. 게다가 생산자·네고시앙·도소매업자·카페나 와인 바 등 여러 손을 거쳐 판매되는 제품이기에 그 단계마다 취급하는 이의 농간에 따라 얼마든지 장난이 가능하다. 오늘날처럼 유리병이 보편화되기 전에는 주로 용기의 크기를 속이거나 물을 타는 행위와 같이 양을 조작하는 사기가 가장 빈번했으며, 다음으로 생산지역이나 빈티지를 속여 싼 와인을 비싼 와인으로 둔갑시키는 사기가 유행했다. 알다시피 와인은 80~90%의 물과 9~15%의 알코올로 구성되어 있기에 물을 탄다고 해서 쉽게 부정행위가 눈에 띄지 않는다는 엄청난 장점(?)도 지니고 있다. 예를 들어 와인에 5% 정도 물을 첨가했다 해서 이를 금방 식별해낼 수 있는 사람은 생각보다 많지 않을 것이다. 하기야 그리스 시대나 로마 시대에는 와인에 물을 타지 않고 마시는 것을 야만으로 간주하지 않았던가!

1924년 무통 로트칠드의 소유주였던 필립 드 로트칠드Philippe de Rothschild 남작이 처음으로 샤토에서 병입을 시작한 혁명이 일어나기 전까지, 와인은 생산자들이 발효를 시킨 후 오크통째로 교역상들에게 넘겼다. 숙성과 병입은 물론 레이블 붙이는 작업도 교역상들이 맡아서 했다. 프랑스에서 오크통째로 런던이나 암스테르담 혹은 브뤼셀로 팔려나간 와인이 어떤 조건에서 숙성되고 병입되었는지, 그리고 레이블은 내용물과 일치하게 양심적으로 붙였는지 확인하기란 거의 불가능했다. 한마디로 원하기만 한다면 얼마든지 부정행위를 할 수 있는 조건을 곳곳에 갖추고 있었으며, 실제로도 그랬다.

게다가 '와인'이란 단어의 정의에도 문제가 있다. 모든 인도-유로피언 언어에서 '와인'이란 단어는 산스크리트의 베나에서 나왔다. '사랑받는'이란 의미의 베나는 식물의 즙으로 만든 알코올 음료였다. 다시 말해 '베나'는 포도로 주조한 알코올이 아니었다. 그러니 '와인'의 일반적 의미는 과일이나 식물의 즙을 발효시켜 만든 술이다. 독일의 사과와인Apfelwein, 영국의 체리와인cherry wine 등이 여기에 속한다. 그러나 프랑스 법에 따르면 와인은 '100% 포도즙만을 발효시켜 만든 알코올 음료'로 한정한다. 나라에 따라 와인에 대한 정의의 불명확성도 부정행위를 용이하게 하는 요인으로 작용하기도 했다.

와인은 1·2·3차 산업이 집약된 거의 유일한 상품이다. 포도농사, 주조, 그리고 판매라는 여러 단계를 거쳐야 한다. 그러기에 각 과정마다 부정행위를 할 소지가 그만큼 더 높다. 정해진 떼루아가 아닌 다른 곳에서 재배한 포도를 섞는다든지, 주조과정에서 법적 허용치 이상으로 지나치게 당분이나 황을 첨가한다든지, 레이블을 속이거나 고급 와인에 싸구려 와인을 첨가한다든지 하는 것들이다. 1935년에 프랑스에서 처음으로 실시된 AOC제도도 알고 보면 오래전부터 다반사로 행해지던 이같은 사기행위를 막아보자는 고민 끝에 나온 것이다.

그리고 이와 같은 부정행위를 방지하기 위해 와인의 법적 등급이 생겨나고, 그 밖에 기타 와인에 관련된 무수한 법안들이 실효되고 있다. 그러나 법이 있다고 해서 다 지켜지는 것은 아니다. 만약 그렇다면 세상에 범죄가 존재하겠는가. 몇 년 전 보르도의 한 유명 샤토가 좋은 와인을 싸구려 와인과 블랜딩해서 판매하다 적발된 사건이 이를 증명한다.

최근 들어서는 유명 와인의 위조품도 등장하고 있다는데, 주로 중국과 일부 아시아 국가에서 보르도나 부르고뉴의 최상급 와인을 가짜로 만들어 판매한다고 한다. 페트뤼스·마고·무통 로트칠드·로마네 꽁띠Romanée Conti 등 세계적으로 명성이 높은 와인이 주요 희생자라 한다. 그리고 그 방법도 다양해서 아예 와인부터 병과 레이블까지 모두 가짜인 경우가 있는가 하면, 본래의 빈병을 구해 그 안에다 다른 와인을 채우는 경우도 있다. 뉴욕의 고급 식당에서는 손님들이 마시고 간 고급 와인의 빈 병을 아예 모두 깨어버리는 것을 결의

할 정도이니 가짜 와인이 생각보다 많다는 것을 명심해야 할 것 같다.

또 다른 사기의 방법으로는 빈티지가 뛰어나고 오래된 것으로 레이블만 바꾸는 경우도 있다. 동일한 와인이라고 해도 빈티지에 따라 값의 차이가 엄청나다는 것은 잘 알려진 사실이다. 이런 경우는 그래도 사기치고는 점잖은(?) 사기라 해야 할지 모르겠지만 이 경우는 웬만한 전문가라 해도 확인하기가 어렵거나 거의 불가능하다. 예를 들어 1980년대 빈티지를 1960년대 빈티지로 둔갑시킨들 누가 제대로 구별할 수 있겠는가? 주어진 와인의 양쪽 빈티지를 여러 번 마셔보아 눈감고도 판단할 수 있을 정도의 숙련된 아마추어나 전문가는 세계에서도 손꼽을 정도 아니겠는가! 와인의 도사로 불리는 로버트 파커의 고백에 따르면, 그도 일 년에 몇 번은 빈티지를 속인 와인을 시음할 때가 있단다. 그래도 그는 그 사실을 밝혀낼 수 있는 사람이니, 다행이라 해야 할지 불행이라 해야 할지 모르겠다. 보통 사람 같았으면, '모르는 게 약'이라고, 마냥 감동하며 즐겼을 텐데.

인류의 역사를 통해 본 와인과 사기는 매우 밀접한 관계를 형성하고 있다. 일확천금의 탐욕이 인간의 성품에서 완전히 사라지지 않는 한, 앞으로도 와인과 사기는 계속 끈끈한 동반자 관계를 유지할 것이다. 문제는 정밀한 측정 기구와 기타 과학의 발달로 사기술도 보다 교묘해지고 대담해지고 있다는 사실이다. 게다가 종류를 최상급 와인에만 한정시킨다 해도, 그 와인들을 모두 꿰뚫고 있는 사람은 지극히 드물 수밖에 없다는 현실이 와인의 사기를 더욱 부추기며 용이하게 한다는 사실이 슬프다.

페트뤼스 빈 병 하나가 600유로!

정말 상상조차 하기 싫은 가정을 한 번 해보자. 당신이 많은 노력과 돈을 들여 구입한 최상급 프랑스 와인이 혹시라도 가짜라면? 이런 기분 나쁜 상상을 하는 것 자체를 회피하는 사람들도 있을지 모르겠다. 와인을 위조품으로 만든다는 게 가능할까? 그러나 현실이 가끔 상상을 초월하기도 한다.

지금까지도 와인 위조에 대한 얘기는 여러 이유로 상당히 터부시되고 있다. 하지만 세계화와 더불어 버젓이 명품의 반열에 올라선 로마네 꽁띠·뒤켐·무통 로트칠드·페트뤼스 등등 프랑스의 거의 모든 유명 그랑 크뤼는 어디에선가, 그리고 누군가에 의해 모조품이 만들어져 판매되고 있다고 봐야 한다. 특히 일부 아시아 국가에서 이런 지탄받아야 할 행위가 가장 많이 자행되고 있다는 것도 공공연한 비밀이다. 2년에 한 번씩 상하이에서 개최되는 '빈엑스포 아시아Vinexpo Asia' 조사 결과에 따르면, 와인 소비가 급성장하고 있는 아시아 지역의 2008년 와인 시장은 약 50억 달러로 추정되며, 특히 유명 그랑 크뤼의 소비가 많다고 한다. 월등한 빈티지로 알려진 2005년산 그랑 크뤼를 주문하겠다며 싱가폴·마카오·홍콩 등지에 진출한 유럽의 와인상들에게 우편으로 백지 수표를 보낸 사람들도 있었다 한다.

　가격에 구애받지 않고 프랑스의 최상급 그랑 크뤼를 구매하겠다는 아시아의 졸부들이 넘쳐나는 우스꽝스러운 상황은 수단과 방법을 가리지 않고 돈을 벌어보겠다는 위조범들에게는 그야말로 사기를 위한 최상의 떼루아를 형성해 준다. 가장 간단한 위조는 적당한 수준의 와인에다 레이블만 살짝 바꾸어 일등급 그랑 크뤼로 속이는 것이다. 한 병에 몇 천만 원을 호가하는 무통 로트칠드 1945년과 같은 아주 귀한 와인은 마셔본 사람이 거의 없으니, 1980년산을 레이블만 1945년으로 바꿔 붙인다면 그것을 단박에 알아볼 사람이 이 지구상에 몇 명이나 될까! 무통 로트칠드의 경우, 중국에 처음 판매를 시작했을 때 너무도 가짜가 많다는 사실을 확인하고, 자체 고유의 판매망을 새로 조직한 후 다시 새롭게 중국 시장을 공략해야만 했던 아픈 경험도 있다.

　최상급 와인의 위조는 비단 중국을 비롯한 아시아 국가만에 해당되는 이야기는 아니다. 미국의 경우 1990년대 초부터 이미 시작되었다. 이미 비

로마네 꽁띠(왼쪽), 뒤켐(오른쪽)

무통 로트칠드(왼쪽), 페트뤼스(오른쪽)

워진 그랑 크뤼 병에다 다른 와인을 채워 사기를 치는 일이 빈번해지자, 미국의 일부 유명 고급 식당들은 손님들이 마신 그랑 크뤼 빈 병을 모두 깨버리기로 결정하기에 이르렀다. 짐작하겠지만, 이유는 간단하다. 빈 병이 위조 그랑 크뤼를 만드는 사람들 손에 넘어가는 것을 사전에 방지하자는 것이다. 달리 말하면, 생각 이상으로 많은 위조 그랑 크뤼가 시장에 돌아다닌다는 것을 역으로 입증해준다. 2007년 말에 페트뤼스 한 병이 이베이에서 600유로에 팔렸다! 있을 수 없을 만큼 가격이 저렴하다. 그러나 이 값은 빈 병 값이었다! 로버트 파커의 지적처럼, 와인은 다른 어떤 명품들과 달리 레이블과 코르크를 제외하면 아무런 보증서도 없는 유일한 명품인 것이다.

테이스팅을 통해 와인의 품질과 가격에 맑은 날과 흐린 날을 선포하는 파커도 가짜 그랑 크뤼에 대해 주의와 경고를 게을리하지 않고 있다. 그는 자신의 저서 한 장을 자신이 테이스팅을 통해 직접 판별한 모조 와인에 할애하고 있을 정도다. 그 리스트를 보면, 명품 와인의 위조가 어느 정도인지 짐작할 수 있다. 무통 로트칠드 1975, 러 펭Le Pin 1989와 1982, 라플레르Lafleur 1982와 1975, 페트뤼스 1982, 슈발 블랑Cheval Bland 1947, 르플레브Leflaive가 생산한 몽라쉐Montrachet 1992, 쟈끄 레이노Jacques Reynaud가 주조한 라야스Rayas 1990, 라투르 1928 그리고 마고 1900까지 가짜가 있었다고 한다. 그 밖에도 레이블에는 보르도의 훌륭한 빈티지로 유명한 오 브리옹Haut Brion 1961과 라투르 1970이라 적힌 것을 테이스팅한 경험을 언급하면서, 오 브리옹은 1967 그리고 라투르는 1978인데 빈티지를 속였다는 사실을 발견했다고 적어 놓았다.

이들 사기 와인은 모두가 암시장에서 거래되는 것들인데, 그 중심이 런던이다. 한 때 전 세계 언론을 떠들썩하게 했던 라피트Lafite 1784와 브란느 무통

Brane Mouton(무통 로트칠드의 옛 이름) 1787의 일화는 와인 위조의 극치를 보여준다. 토마스 제퍼슨이 소유했던 와인으로 알려졌던 이 환상적인 두 병의 와인은 미국의 억만장자 윌리엄 코흐William Koch의 소유물이 되었다. 그는 이 와인이 진품이라는 것을 입증하기 위해 치열한 법정 투쟁도 불사했지만, 결국 모조품으로 결론이 나는 해프닝이 있었다.

그러나 불행히도 그랑 크뤼의 사기는 이 정도에서 끝나지 않는다. 4~5년마다 한 번씩 대규모 와인 스캔들이 터지고 있다. 일반 AOC가 페트뤼스로 둔갑을 하는가 하면 아르헨티나에서 주조된 최상급 부르고뉴도 있고, 쿠바에서 만든 모에 샹동Moët et Chandon도 시장에 나돌아 다니는 것이 부인할 수 없는 현실이다. 1992년엔 수백 병에 달하는 가짜 마고와 라피트 1900년산이 시장에 나돌아 세상을 떠들썩하게 만들었다. 벨기에의 한 네고시앙이 장난을 친 것이며, 결국 그는 구속되었다. 수사 과정에서 그는 보르도의 가장 유명한 20개 샤토에서도 자체적으로 사기를 치고 있다는 정보를 검찰에 고백했다.

요지는 아주 오래된 빈티지에다 최근의 빈티지 와인을 섞는다는 것이다. 와인을 수십 년 넘게 오래 보관하다 보면 상당한 부분 코르크를 통해 증발되어 양이 눈에 띌 정도로 적어진다. 이를 보충하기 위해 같은 빈티지 와인을 따서 채우는 것이 정상인데, 실제는 거의가 최근의 빈티지 와인으로 채운다는 것이다. 이를 소위 '다시 가다듬은retapés'이라 일컫는데, 특히 메독과 생떼밀리옹에서는 아주 흔하게 있는 일이다.

노르망디 상륙작전 50주년을 기념해 프랑스 대통령 관저인 엘리제궁에서 초대받은 귀빈들에게 대접한 와인은 무통 로트칠드 1945년산이었다. 그런데 이 와인이 최근 와인으로 '다시 가다듬은' 것으로 언론에 발표되면서, 경찰이 페트뤼스·라피트·슈발 블랑·무통 등 보르도의 주요 와이너리를 전격 수사하여 아주 오래된 빈티지를 압수하는 역사상 유래가 없는 사건이 벌어지기도 했다.

하지만 오랜 기간 와인을 보관하기 위해 새로운 코르크로 갈아 끼우는 것을 제외하면 '다시 가다듬는' 행위에 대한 아무런 법적 규정이 존재하지 않기에, 이는 전적으로 각 샤토가 알아서 결정한다. 그 동안 일반인에게는 철저히 베일에 싸여있던 이같은 사실이 세상에 밝혀지면서 경찰이 개입하는 사태까지 벌어졌지만, 결과는 그 누구에게도 만족스럽지 못했다. 벨기에 네고시앙 한 명만 구속되었고, 보르도의 유명 와인은 그 명성에 커다란 흠집이 나버렸다. 그리고 여전히 수백 혹은 그 이상의 가짜 최상급 와인이 인터넷과 경매 등을 통해 버젓이 세상에 돌아다니고 있다. 우리 모두가 파커가 아닌 이상, 최상급 와인을 구했다 해도 그 진위 여부를 가려야 하는 숙제는 여전히 남는 것이다.

와인은 리비도를 자극하는가?

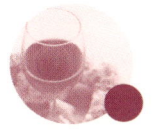

프랑스의 한 유명 시사주간지가 와인 특집을 낸 적이 있다. 어느 한 페이지에 카툰이 삽입되어 있는데, 남녀가 소파에 앉아 와인을 마시는 장면에서 여자가 말한다. "알코올은 리비도libido를 낮춘다는데…" 이에 남자가 회심의 미소를 띠면서 뒤질세라 대꾸한다. "봐, 내 의도가 얼마나 순수한지 알겠지."

고대로부터 사랑을 줄거리로 하는 문학작품이나, 사랑의 장면을 묘사하는 그림, 노래, 춤에는 와인을 즐거움의 주제 혹은 소재로 삼은 것들이 헤아릴 수 없을 정도로 많다. 고대 그리스와 로마의 신화에서부터 현대의 문학이나 예술작품에 이르기까지 와인과 사랑의 관계는 여러 다양한 형태로 표출된다. 그리고 많은 경우 와인이 관련된 사랑은 플라토닉한 사랑이라기보다는 관능적이고 육체적인 사랑이다.

히포크라테스 이래로 와인과 사랑에 대한 상반된 주장이 팽팽히 맞서고 있다. 나이, 계절 그리고 상황에 따라 와인은 사랑하는 연인들에게 값진 자극제가 되는가 하면, 위험한 정력 감퇴제로 인식되기도 한다. 그러나 섹스 후에 마시는 와인의 빠른 원기 회복 효능에 대해서는 의견의 일치를 보이고 있으니 그나마 다행이라 하겠다. 프랑스의 유명 샹송 가수인 조르쥬 브라상스Georges Brassens는 '가을의 좋은 우유'로 와인을 노래하기도 했다. 프랑스에서 유행하던 속담에 "구월의 와인은 여자들을 눕게 한다"라든가 "(와인을) 마실 줄 아는 사람은 사랑도 할 줄 안다"라는 것들이 있는데, 이는 모두 사랑에 불을 지피는 와인의 탁월한 기능을 강조한 것이다.

와인의 이름에도 사랑을 연상케 하는 것들이 더러 있다. 보졸레의 생 따무르Saint Amour(사랑의 성인)와 부르고뉴의 샹볼 뮈지니에서 생산되는 일등급 와인인 레 자무레즈Les Amoureuses(연인들)가 대표적이다. 이 두 와인은 그 이름 덕분에 밸런타인데이에 연인들이 많이 찾는 와인으로도 유명하다. 그러나 와인과 사랑을 논할 때 가장 으뜸은 누가 뭐래도 샹파뉴다. 다양한 과일과 꽃향이 코를 자극하는가 하면 톡 쏘는 듯한 상큼한 맛과 쉽없이 솟아오르는 거품은 사람의 마음을 들뜨게 하고 육감을 자극하기에 나무람이 없는 와인이 바로 샹파뉴다. 카사노바나 돈 주앙도 샹파뉴가 없었다면 그들의 능력을 유감없이 발휘하기는 힘들었을 것이다. 『돈 주앙의 가장 아름다운 사랑』의 저자인 프랑스 작가 바르베 도르빌리Barbey d'Aurevilly는 돈 주앙을 다음과 같이 묘사하고 있다. "그는 샹파뉴 잔을 들었다. 우리 조상들이 마셨던 진정한 샹파뉴 잔이었던 플뤼트la flute라 부르는 길쭉하고 날씬한 잔에, 어쩌면 우리들의 가슴에 쏟아지는 천상의 음악 때문에."

레드 와인을 평할 때 가끔 '사랑스러운'이라고 표현하기도 하는데, 와인이 부드럽고 소박하면서도 마시는 이의 기분을 좋게 해주고, 여성적일 경우에 사용한다. 부르고뉴의 볼레이volnay가 이런 종류에 속하는 와인으로 유명하다.

볼레이는 사랑스러운 와인일 뿐 아니라 사랑하는 연인들끼리 마시기에도 손색이 없는 와인이다.

　와인과 사랑에 스포트라이트를 맞춘 그림들도 무수하다. 폼페이의 벽화에서 볼 수 있는 포르노적인 그림에서부터 중세의 성을 암시하는 작은 조각들, 16~7세기 고대 신화를 형상화한 그림들, 18세기 화폭에 자주 등장하는 귀족적 에로티시즘, 19세기 인상주의 화가들이 즐겨 그린 파티의 모습, 주정뱅이의 피폐한 모습을 리얼한 터치로 그린 그림 등에 이르기까지 전 시대에 걸쳐 나타나는 다양한 작품들이 있다. 그러니 기회가 있으면 루브르나 다른 유럽의 박물관을 '와인과 사랑'이란 테마를 잡아 방문해보는 것도 흥미로운 일이 될 것이다.

와이너리로 몰려든 거부들

프랑소와 피노François Pinault, 베르나 아르노Bernard Arnault, 닷소Dassault, 푸조 Peugeot, 부이그Bouygues, 베르타이머Wertheimer, 몽메자Momméja, 뱅상 볼로레 Vincent Bollroré, 마이클 슈마허Michael Schmacher! 우리들에게는 그리 썩 익숙한 이름이 아닐지도 모른다. 그러나 조금만 내막을 들여다보면, 금방 고개를 끄덕일 것이다. 그렇다면 이들의 공통점은 무엇일까? 답은 억만장자에다 슈마 허를 제외한 나머지 모두가 주요 와이너리를 하나 혹은 여러 개 소유하고 있 다는 점이다.

피노는 쁘렝땅 백화점을 비롯해 여러 대규모 유통망을 거느린 거대 그룹 PPL의 회장이다. 1993년에는 모든 와인 애호가들이 꿈에 그리는 샤토 라투르 Château Latour를 손에 넣었다. 정확한 거래액은 비밀에 부쳐져 있지만, 당시 500~600만 프랑(90만 유로) 정도에 매입한 것으로 추정되며 현 시가는 600만 유로 정도로 감정되고 있다. 불과 15년 사이에 무려 6~7배가 뛴 것이다! 와인 가격도 천정부지로 치솟았다. 2000년 산 마그넘Magnum 한 병이 3,588유로(600

만 원 이상)에 거래되고 있다. 훌륭한 빈티지로 소문난 2005년산은 선구매에서 병당 매우 높은 가격인 350유로(60만 원)에 팔려나갔다. 2007년도에 병입된 이 와인은 현재 인터넷에서 1,300유로로 거래되고 있다.

아르노는 루이뷔통·모에 샹동을 비롯한 주요 샹파뉴·헤네시 꼬냑 등을 소유한 LVMH 그룹의 회장으로, 말 그대로 명품산업의 세계 일인자이다. 그는 1998년 오랜 지인인 알베르 프레르Albert Frère와 함께 생떼밀리옹의 특일등급 premier grand cru classé 'A' 인 샤토 슈발 블랑을 사들였다. 선구매 가격을 보자면 1993년에 병당 120프랑(18유로), 2001년에 130유로 그리고 전문가들에 의해 예외적인 빈티지로 꼽히는 2005년산은 무려 400유로로 가격이 하늘 높은 줄 모르고 치솟았다. 2000년에 들어 아르노는 일찍이 토마스 제퍼슨의 언급으로 더욱 유명해진 샤토 뒤켐을 보르도의 정통 와인명가인 뤼르 살뤼스Lur Saluces 가로부터 힘든 공략 끝에 마침내 손에 넣는 데 성공했다.

프랑스 최대 거물들인 피노와 아르노는 각각 디오르와 구찌의 소유자로 이미 명품 시장에서 칼날을 세운 전투를 벌여왔는데, 이제는 이 영역이 최상의 포도밭과 와인으로까지 번졌다. 그리고 이런 현상은 프랑스의 다른 거부들에게도 영향을 미친 것으로 보인다. 샤넬의 소유주인 베르타이머 가는 마고에 위치한 2등급 와인인 샤토 로잔 세글라Château Rausan Ségla를 이미 소유하고 있었는데, 1996년 생테밀리옹 1등급인 샤토 카농Château Canon을 구매했다. 또한 프랑스 최대의 TV 방송인 TF1과 이동통신 회사를 거느리고 있는 세계 최대의 건설 회사 부이그 그룹은 현재 생테스테프에 위치한 환상적인 2등급 와인인 샤토 몽로즈Château Montrose를 소유하고 있다. 에르메스 그룹의 소유주인 몽메자 가는 리스트락에 샤토 푸르카 호스텐Château Fourcas Hosten을 소유하고 있으며, 이 샤토는 그들의 지기인 로트칠드가의 소유인 샤토 클라크Château Clarke에 인접해 있다.

자동차 그룹으로 유명한 푸조가는 소테른의 일등급 와인인 샤토 귀로Château Guiraud의 소유자다. 이 와인은 나폴레옹의 패망에 충격을 받아 레이블을 조기처럼 검정색으로만 붙인 것으로도 유명하며, 지금도 여전히 같은 레이블을 사용하고 있어 한눈에 구별하기 쉽다. 볼로레는 언론과 금융의 거부로, 니콜라 사르코지Nicolas Sarkozy 대통령과 가장 친분이 가까운 한 사람으로도 유명하다. 대통령 당선자가 지중해에서 볼로레 소유의 거대한 요트 위에서 휴가를 보내는 사진이 공개되면서 여론의 지탄을 받기도 했으며, 이후 '블링블링blingbling 대통령'이란 달갑지 않은 별명을 얻기도 했다. 볼로레는 다른 프랑스 거부들과는 달리, 보르도가 아닌 프로방스 지방의 라 크루와 발메La Croix Valmer를 소유하고 있다. 어쩌면 그의 화려한 요트 위에서 자신의 와이너리를 감상하고 싶었는지도 모르겠다. 그밖에 라팔 전투기 등 군수산업의 일인자인 닷소 그룹은 동명의 샤토 닷소Château Dassault를 소유하고 있으며, 자신들이 운영하는 전용기 임대 회사의 제트기를 이용하는 고객에게는 항상 샤토 닷소를 제공한다.

페라리를 몰면서 일곱 차례나 연거푸 포뮬러 원F1의 전설적인 챔피언이었던 슈마허의 경우는 조금 동정심을 자아내게 한다. 그는 10여 년 전에 프랑스 남부의 유명 휴양도시인 생 라파엘Saint Raphaël 근처에 15ha에 달하는 도멘느 드 테르 오트Domaine de Terres Hautes를 사들였다. 자신의 유명세를 앞세운 와인을 생산하겠다는 확실한 신념과 함께. 불행히도 양조장 건물을 건설하는 데 필요한 허가를 얻지 못해, 생산한 포도를 다른 양조장에 팔아넘기는 것으로 만족해야 했다. 하지만 운 좋은 사람에게는 불행도 행운이 되는지, 그 사이 그가 구매한 토지의 가격이 천정부지로 치솟았단다.

도대체 무슨 이유로 거부들이 앞 다투어 유명 포도밭으로 몰려드는 것일까? 여기에는 여러 가지 이유가 있는 것으로 보인다. 스위스 UBS 은행의 자회사인 와인 은행Wine Banking의 사장 쟝 뤽 꾸페Jean Luc Coupet에 따르면, '매입은 각기 독특한 논리를 따른다'고 한다. 먼저 성주처럼 살면서 자신의 와인을 마시고 싶다는 개인적인 욕망이 우선적인 동기를 유발한다. 그리고 유명 와인의 유명세를 통해 인맥을 넓히고, 자신들 그룹의 이미지 홍보에도 활용하는 것이다. 이런 현상은 이미 19세기부터 있어 왔고, 대표적으로 로트칠드가를 들 수 있다.

하지만 이것만이 거부들이 경쟁하듯 와이너리를 사들이는 이유의 전부는 아니다. 와이너리를 매입하는 것은 새로운 형태의 투자인 것이다. 게다가 부자들에게 부과하는 높은 부유세를 피할 수 있는 절호의 기회이기도 하다. 포도경작이란 농업분야에 투자함으로써 세금 혜택을 받기에, 부자들에 대한 세금부과가 프랑스에 비해 상대적으로 낮은 벨기에나 영국으로 이주를 하지 않아도 되는 좋은 방편인 것이다. 한 거대 투자자본가의 말을 빌리면, 이는 '세금을 분산시킬 수 있는 한 방편이며, 증권의 수치를 쳐다보는 것보다 (포도밭을 쳐다보는 것이) 유쾌하다'고 한다.

하지만 가장 큰 이유는 유명 와인의 상상을 초월하는 수익성이다. 빈티지에 따라 매 해 가격의 차이는 있지만, 전반적으로 보르도의 유명 와인가격은 부르는 게 값일 정도다. 보르도 일등급 와인을 한 병 생산하는 원가는 10~15유로 정도로 추산된다. 높이 잡아 15유로라 해도 2000년 빈티지는 선구매에서 병당 343유로에 거래되었다. 23배의 폭리로, 병당 이윤이 자그마치 328유로다! 예를 들어 100ha의 재배면적을 가진 샤토 라피트 로트칠드의 경우 선구매 가격만으로 1억 180만 유로의 판매 이익을 챙길 수 있다는 계산이 나온다. 모두 선구매로만 판매하지 않으니, 실제 수익은 이보다 훨씬 높을 수밖에 없다. 수익성이 이 정도니 돈 냄새를 누구보다 잘 맡는 거부들이 유명 와이너리로 몰려드는 것은 너무도 당연해 보인다. 그야말로 일석다조一石多鳥인 것이다.

와인 VS 신경안정제

사람들이 술을 마시는 이유는 수도 없이 많을 것이다. 그 중에서도 일상의 스트레스를 날려버리는 가장 간단하고 손쉬운 수단으로 술잔을 기울이지 않을까. 프랑스는 수면제를 비롯한 신경안정제 복용이 세계에서 가장 많은 나라다. 프랑스 국립 통계국의 자료에 따르면 1960년부터 2007년 사이 신경안정제의 소비는 거의 제로에서 6,000만 케이스로, 기하급수적으로 늘어났다. 이는 프랑스 사람 한 명당 한 케이스의 분량이다! 같은 기간 프랑스인의 와인 소비량은 127ℓ에서 54ℓ로 격감했다. 통계 수치로 보면 와인 소비량과 신경안정제 소비량은 반비례한다.

과연 이 두 사건 사이에 어떤 인과관계가 있을까? 소위 '행복의 알약'으로 불리는 신경안정제 복용의 급증은 비단 프랑스뿐만 아니라 지속적인 스트레스에 시달리는 산업화된 국가에 거주하는 현대인들에게 나타나는 일반적인 현상일지도 모른다. 게다가 프랑스인들의 지극히 예민한 성격과 훌륭한 의료 보험 제도도 신경안정제 시장의 폭증에 크게 기여했을 것이라고 본다.

역사적으로 와인은 최상의 '진정제'로 간주되었다. 신경안정제가 개발되기 이미 2500년 전 그리스의 비극 시인 에우리피데스Euripides는 〈바카이Bakchai〉에서 인간을 위해 핵심적인 두 가지 신성神性이 존재한다고 했다. 첫째는 인간을 먹여 살리는 대지이고, 둘째는 포도를 주조해서 만든 와인이라 전제하면서 와인은 '가련한 인간을 고뇌로부터 해방시킨다'고 주장했다.

사실 고대 그리스 시대부터 현대에 이르기까지, 와인이 인간의 정신과 육체의 건강에 미치는 영향에 대한 언급은 헤아릴 수 없을 정도로 많다. 현자 중의 현자로 칭송받는 소크라테스는 와인에 대해 '사람의 성격을 부드럽고 점잖게 해주며, 걱정을 덜게 하고 기쁨을 증가시켜 주기 때문에 꺼져가는 인생의 불꽃에 붓는 기름과 같은 것'이라 했고, 그의 수제자 플라톤은 '늙음의 쓸쓸함에 대한 치유제'인 와인 덕분에 '젊음을 되찾을 수 있고, 절망을 잊을 수 있다'라 했다. 의학의 아버지 히포크라테스 이래로 의사들은 환자의 치료를 위해 자주 와인을 처방하기도 했다. 미국의 역사지리 학자인 댄 스타니슬라프스키Dan Stanislavski는 그리스 문명에 미친 와인의 영향을 다음과 같이 매우 일목요연하게 정리했다.

와인은 신비주의자들에게 흥분을, 모든 시민들에게 일체감을, 그리고 천대받는 자들에게 사회적 소속감을, 부끄러움을 잘 타는 자에게 용기를, 정신적으로 고통 받는 자에게 마음의 안정을 주었다. 와인은 사랑하는 이들에게는 정력제, 고통 받는 자들에게는 위안, 의사들에게는 항생제, 그리고 끝으로 불행한 자들에게는 활력의 근원이었다. 신비롭고 독특한 특성 이외에도 와인은 경제적 장점을 제공했다. 결코 포화 상태를 모르는 시장이 존재하는 것이다. 와인은 맛과 효과가 좋을 뿐만 아니라 물이 귀하고 오염된 나라에서는 위생적이기도 하다.

10여 년 전부터 프랑스의 많은 정치인들은 알코올이 건강에 미치는 악영향에 대해 매우 민감한 반응을 보이고 있다. 와인에는 입술도 대지 않는 사르코지 대통령이 당선되면서, 이같은 현상은 더욱 심화되고 있다. 해석에 따라 결론이 달라질 수 있는 사망원인, 교통 사고율 등의 여러 통계수치를 앞세워 사회 전반적인 분위기를 안티 알코올 쪽으로 몰아가고 있는 것이다. 물론 여기서 알코올은 와인을 포함한다. 이는 2003년 스페인 의회가 와인을 다른 알코올과 구분해 '문화적 산물' 로 격상시킨 것과 뚜렷한 대조를 이룬다.

그렇다면 와인은 다른 알코올과 다른가? 이에 대한 하나의 답으로, 1990년 9월 독일의 프라이부르그에서 개최된 〈유럽 와인 생산지역 대표자 회의〉에서 프랑스 대표단이 제안한 〈와인 헌장〉의 전문을 참고해 보자.

와인의 역사는 인류의 역사와 분리될 수 없다. 포도원과 인간 작업의 결실인 와인은 단순한 소비재로 간주될 수 없을 것이다. 수천 년 전부터 인간의 동반자인 와인은 신성성이자 세속성이기도 하다. 와인은 문명의 가치이고, 삶의 질의 기준이다… 와인은 유럽과 세계의 여러 지역에서 경제발전뿐만 아니라 기술과 과학발전을 위한 하나의 필요조건이다…

와인 생산자들의 헌장이니 당연히 자신들의 이익을 최대한 대변하려는 의도가 눈에 띤다. 하지만 상당한 역사와 문화적 진실을 내포하고 있기도 하다.

세상에 수도 없이 많은 알코올이 존재하지만, 와인처럼 다양하고 많은 상징성·문화성·역사성·경제성을 지닌 알코올은 없다. 그리고 최소한 유럽에서 항생제가 발명되기 전까지 와인처럼 오랜 세월 치료제로 사용된 알코올도 없을 것이다.

소량을 규칙적으로 즐기면서 마신다는 전제 하에, 와인은 괴테가 말했듯 '인간을 기쁘게 해주고, 기쁨은 모든 미덕의 어머니'가 될 수도 있다. 사람의 기분이 좋을 때 저항력이 높아져 병에 걸릴 확률이 낮아진다는 것은 의학적으로도 검증된 사실이다. 오늘 밤, 누군가와 느긋하게 와인을 한 잔 나누면서, 신경안정제는 잠시 잊어버리면 어떨까.

스타의 와인은 와인의 스타인가?

와인은 많은 스타들에게도 관심의 대상이다. 세계적으로 유명한 영화배우, 감독, 가수, 운동선수들이 와인에 대한 애정과 열정에다 자신들의 유명세를 마케팅에 활용해 와이너리를 운영하고 있다. 어떤 의미에서 스타들의 스타가 와인이 된 것이다. 밥 딜런Bob Dylan 같은 가수는 와이너리에 자신의 이름만 슬쩍 빌려주고 돈을 챙기는 경우이며, 일부 연예인들은 직접 와이너리에 투자하고 마케팅에까지 적극적인 경우도 있다. 여기에 뒤질세라 프랑스와 세계의 거부들도 유명 샤토를 앞 다투어 매입해 자신들의 이미지 개선과 사업에 십분 활용하고 있다.

프랑스의 영화배우 중 와인에 가장 열정을 가진 사람은 단연 제라르 드파르디외Gérard Depardieu다. 〈마농의 샘〉·〈몬테크리스토 백작〉 등 여러 주요 영화에서 주역을 맡았던 프랑스 국민 배우인 그는 기발한 발언을 자주 해 사람을 놀라게 하기도 한다. "이제 나를 발기시키는 것은 와인밖에 없다"라고 호언할 정도이며, 프랑스의 여러 지역에 와이너리를 소유하고 있다. 〈남과 여〉

란 영화로 우리에게도 잘 알려진 쟝 루이 트랭티냥Jean Louis Trintignant, 〈제 5
원소〉·〈레옹〉 등을 제작한 뤽 베송Luc Besson 등도 와인에 대한 남다른 애정
을 갖고 있으며, 실제 와이너리를 소유하고 있다. 펜싱으로 무려 여섯 번이나
올림픽에서 메달을 획득한 필립 리부Philippe Riboud는 프로방스 지역에 위치한
110ha의 포도밭에서 연간 50만 병을 생산하고 있으며, 아예 와인생산업자로
완전히 전향한 경우다.

　이런 현상은 비단 프랑스에 한정된 것만은 아니다. 〈대부〉·〈택시 드라이브〉·
〈지옥의 묵시록〉 등 걸출한 작품으로 우리들에게도 익숙한 프랜시스 포드 코
폴라Francis Ford Coppola 감독은 엄청난 와인 애호가라 한다. 그가 나파 벨리에
약 300ha에 달하는 거대한 와이너리를 소유하고 있으며, 여러 다양한 종류의
와인을 생산하고 있다는 것은 널리 알려진 사실이다. 그가 생산하는 와인 중
'로빈슨Robinson'은 오푸스 원Opus One, 할렌 에스테이트Harlen Estate 등과 더불
어 병당 가격이 300달러를 호가하는 나파 벨리 최고급 와인 중에 하나이기도
하다.

　영국의 유명 축구선수인 데이비드 베컴David Beckam과 포뮬러 원에서 수차
례 챔피언을 지냈던 카레이싱의 천재 독일의 마이클 슈마허도 프랑스 남부에
포도밭이나 와이너리를 소유하고 있다. 앞서 말했듯이 불행히도 슈마허의 경
우는 매입한 포도밭 내에 주조 시설을 위한 건축 허가가 나오지 않아 자신의
명성을 업은 와인을 직접 생산하지 못하고, 수확한 포도를 이웃 와이너리에
팔아넘기고 있단다. 차 핸들을 잡으면 그 누구도 막을 수 없겠지만, 포도밭에
서는 그도 마음대로 하기는 힘든가 보다.

　그렇다면 스타들이 자신의 명성을 내걸고 만드는 와인의 질과 가격은 어느

정도일까? 그들의 화려함이나 몸값만큼이나 멋지고 비싼 와인일까? 꼭 그렇지는 않으니 지레 주눅들 필요는 없다. 드파르디외가 앙주에서 생산하는 샤토 드 티네Château de Tigné는 병당 5~18유로 사이이고, 트랭티낭이 생산하는 AOC 코트 뒤 론의 도멘느 루즈 그랑스Domaine Rouge Grance는 4~11유로 정도 한다. 뤽 베송이 프랑스 남서부 에로에서 생산하는 AOC 생 쉬니안saint Chinian의 도멘느 서노Domaine Senaux는 약 5유로 정도로 누구나 쉽고 부담없이 구매할 수 있는 가격이다. 이는 물론 프랑스 현지 판매가이다.

세계의 유명 스타들이 자신들의 명성과 명예를 걸고 생산한 와인이기에, 그들의 와인에 대한 순수한 열정과 사랑에 일부러 긁어 트집을 잡고 싶지는 않다. 하지만 유명세는 치를 만큼 치른 사람들이 유명 와이너리로 몰려드는 현상을 어떻게 설명하면 좋을까? 우선 와인을 사랑하는 개인적인 취향이 작용했겠고 그 다음으로 물질적, 그리고 비물질적인 여러 이해타산도 고려했을 것이다. 그리고 이것만은 아닌 다른 이유도 있을 것이라 여겨진다. 와이너리로 몰려드는 유명 스타들의 변덕스러운 심리를 모두 이해하기는 어렵겠지만, 하여튼 스타의 와인인지, 아니면 와인이 진짜 스타인지 헷갈린다.

생산지역과 사용하는 세파주 등이 달라 간단히, 그리고 일괄적으로 판단하기는 불가능하지만, 위에 언급한 스타들이 생산하는 레드 와인의 특성을 살펴보면 대체로 타닌이 높아 몸체와 구조가 탄탄하고 다양한 붉은 과일향이 나는 것들이다. 일반적으로 가격 대비 질이 좋다는 전문가들의 평가를 받고 있으니, 기회가 있으면 한 번 마셔보라고 권하고 싶다. '같은 값이면 다홍치마'라고, 크게 비싸지도 않으면서 대중의 스타가 만든 와인이라는 심리적인 프리미엄도 기대해 볼 수 있으니까.

Why Wine

제4장

역사의 재판정에서 언제나 승리한 와인

행복한 우연, 와인의 탄생

인간이 호모 에렉투스 사피엔스 사피엔스Homo Erectus Sapiens Sapiens로 행세한 이래로 와인은 인간의 삶 여러 분야에 깊이 관여해 왔다. 신을 찬양하기 위해, 사자의 영생을 기원하기 위해, 기쁜 일을 축하하는 자리에, 괴로움을 익사시키기 위해, 기분과 사기 진작을 위해, 와인은 늘 인간과 함께 해왔다. 때로는 와인 때문에 전쟁이 발발하기도 했고, 때로는 포도 수확을 위해 전쟁이 멈춰지기도 했다. 그만큼 당신이 마시는 한 잔의 와인 속에는 오랜 인간의 역사와 문화가 비밀스러운 코드처럼 담겨있다.

그렇다면 인류 역사상 최초로 와인을 발견(?)한 사람들은 과연 누구일까? 터키의 휘육, 시리아의 다마스, 레바논의 비블로스 또는 요르단 등에서 행해진 고유적 발굴 과정에서 신석기 시대인 1만 년 전의 것으로 추정되는 많은 양의 포도 씨가 출토되었다. 이들은 모두 야생의 포도 씨였다. 하지만 최초로 인간이 재배한 포도 씨가 발견된 곳은 지금으로 치면 흑해 연안의 그루지아였으며, 시간은 약 7,000~9,000년 전으로 거슬러 올라간다. 이 시기는 유럽과 근동의 인류사회가 수렵채집생활을 마감하고 농경을 위해 정착하던 시기였으며, 청동기와 도자기의 사용이 시작되던 시기였고, 또한 초기의 문자가 모습을 드러내던 문명 태동의 중요한 시기였다. 우연의 일치인지 모르지만, 노아의 방주가 일어났던 곳도 코카서스 지역에 위치한 아라라트 산이라고 전해진다. 성경에 의하면 인류 최초로 포도나무를 심고 와인을 주조했던 사람이 바로 노아다.

이 정도로 와인의 기원에 대한 모든 비밀이 단번에 벗겨지는 것은 물론 아니다. 단지 와인의 시초에 자생하는 야생의 포도가 존재했으며, 어느 순간부터 인간들이 와인 주조에 보다 적합한 포도나무를 골라 경작하기 시작했다는 것은 분명하다. 하지만 인류 최초의 와인이 정확히 언제쯤, 어디에서, 누구에 의해 주조되었는지는 여전히 베일에 싸여있다. 따라서 최초의 와인이 발견되는 상황을 이해하기 위해서는 얼마간 독자들의 상상력이 필요하다.

현재의 흑해 연안과 근동 지역은 기후가 온화해 야생의 여러 과일과 곡물이 자라기에 적합했을 것이며, 포도나무도 무성했으리라 짐작된다. 아직 농경생활이 채 정착되지 않은 채집과 수렵의 시대였기에 식용성이 높은 포도와 곡물은 다른 작물들에 비해 신석기인들이 가장 즐겨 채집하는 인기 품목이었을 것이다.

그렇다면 인류 최초의 와인은 언제쯤 누가 어떻게 만들었을까? 아니, '어떻게 해서 발견되었는가?'라는 표현이 더 정확할 듯하다. 인류 최초의 와인은 분명 우연의 산물이라고 여겨지기 때문이다. 우연치고는 참으로 다행스럽고 행복한 우연 아닌가! 이제부터 인류 최초의 와인이 탄생하는 짜릿한 순간을 나름대로 한 번 재현해 보려 한다. 거의 1만 년 전으로 거슬러 올라가는 '행복한 우연'과의 만남을 시도해 보자.

   늦여름의 어느 날, 으레 그랬듯이 한 남자가 동굴을 나와 채집을 떠났다.
한낮의 무더위를 피하기 위해 이른 아침 동굴을 나섰던 우리의 원시인은
점심나절 채집한 포도송이를 들고 동굴로 되돌아와, 잘 익어 먹음직스러운
포도송이를 동굴 한 구석의 움푹 패인 바위에다 저장했다. 새나 다른 짐승
들로부터 귀중한 채집물을 보호할 양으로 그 위에다 편편하고 무거운 돌판
지를 올려놓았다. 그리고 서둘러 이웃 남정네들과 오후 사냥에 나섰다. 이
날따라 사냥은 힘겨웠고, 평소보다 시간도 더 걸렸다. 사냥으로 지친 몸을
이끌고 동굴로 돌아왔을 땐 이미 땅거미가 내리고 있었다.

   목도 마르던 차, 문득 낮에 두고 온 포도 생각에 그 쪽으로 눈을 돌렸다.
헌데 이게 도대체 무슨 일인가! 포도송이 자체의 무게에다 올려놓은 돌의
무게로 바위 움푹한 곳에 포도즙이 흥건하게 고여 있는 게 아닌가? 게다가
그 즙에서 생전 처음 보는 거품까지 일고 있지 않은가(현대적인 표현으로 하자
면 즙 짜기가 일어남과 동시에 발효가 진행 중이었으며, 원시인들이 금방 인식하지는 못
했지만 인류 최초의 와인이 탄생하는 황홀하고도 역사적인 순간이었다). 호기심에 가
득 찬 원시인은 손가락으로 포도즙을 찍어 입으로 가져갔다. 아, 그 짜릿한
맛! 지금껏 느껴 보지 못한 색다르면서도 묘한 맛이 아닌가. 힘든 사냥 끝에
목도 마르던 차라 그는 양손으로 거품이 일고 있는 액체를 벌컥벌컥 들이
켰다. 바위 움푹한 곳에 고였던 넥타가 바닥이 날 때까지.

   그런데 이게 무슨 신의 조화인가?! 목마름이 싹 가신 것은 물론 포만감과
더불어 괜히 기분이 들뜨고 머리가 가벼워질 뿐만 아니라, 세상 온갖 근심

과 두려움이 사라지지 않는가! 이제 그는 혼자 소리 내어 웃기 시작했다. 삶이 온통 현란한 장밋빛으로 바뀌었다.

역사란 무수한 우연을 담고 있다. 행복한 우연이 있는가 하면 그렇지 못한 우연도 있다. 와인의 탄생은 누가 뭐래도 행복한 우연 중에 하나일 것이다.

장래 인류 역사를 바꿀 만큼 엄청난 기적이 일어난 후, 원시인들은 야생 포도나무 중에서 와인 주조에 적합한 것들을 골라 경작을 시작했을 것이며, 이와 더불어 와인을 주조하기 시작했을 것이다. 자연적으로 발생하는 우연한 현상을 발견하고 나서 필요할 때 언제나 재생이 가능하도록 자연의 법칙을 터득하는 인간의 능력은 예나 지금이나 놀랄 만하다. 세심한 관찰을 통해 자연현상을 재생시킬 수 있는 인간의 탁월한 능력 덕분에 와인은 이제 인간이 원하면 주조할 수 있는 음료가 된 것이다. 프랑스의 문호 빅토르 위고Victor Hugo가 '신은 단지 물을 창조했지만, 인간은 와인을 만들었다' 고 인간의 창의력과 위대함을 칭송한 것이 결코 대문호의 호기어린 장담만이 아님을 엿볼 수 있는 대목이다.

이후 원시인들은 모닥불을 피워놓고 와인을 마시는 흥겨운 축제 문화를 만들어 갔을 것이다. 그러나 와인은 그 이상의 것을 인간에게 제공해 주었다. 와인이 주는 야릇한 취감과 해방감으로부터 인간의 정신과 영혼이 새로운 단계로 발전해 나갔다. 술이 취한 상태에서 삶과 죽음에 대한 의문이 생겨나고, 사후의 세계에까지도 관심을 갖게 된다. 한마디로 와인은 인간으로 하여금 보다 형이상학적인 질문에 접근하게 하는 자연스러운 매개체로서의 역할을 하게 된 것이다.

이때쯤 원시인들은 포도와 와인을 영원히 존속시켜 나가야 할 필요성을 절감하게 된다. 또한 좋은 포도 품종을 선택해 적합한 토양에다 옮겨 심고, 천적으로부터 포도나무를 보호하려는 노력과 더불어 재배와 주조 기술의 향상에도 힘을 쏟는다. 이때부터 죽은 사람의 관 속에 와인이 든 항아리와 포도나무 가지를 잘라 넣어, 사자가 저승에 가서도 포도를 재배하고 와인을 마실 수 있기를 기원하는 장례 풍습이 생겨나기 시작했다. 그들에게 와인 없는 천당은 상상할 수 없었는지도 모르겠다.

올림포스 신전에서 신의 물방울까지

세월과 더불어 모든 것은 변한다. 와인도 예외는 아니다. 사용하는 포도 품종이 변하고, 맛과 향이 변하고, 주조 방식이 변하고, 마시는 방법이나 예절도 시대와 더불어 변한다. 시대에 따라 와인을 대하는 사람의 태도도 바뀌고, 사회 문화적 의미나 상징도 바뀐다. 그리고 그 변화를 견인하는 중심에는 언제나 와인의 경제성이 자리한다.

고대 그리스에서 와인은 디오니소스Dionysos 신이 된다. 신과 인간이 아무런 장벽 없이 교류하는 것이 신화의 세계다. 그러나 디오니소스의 경우는 신화라기보다 차라리 현실에 더 가까웠다. 사람들은 신의 넥타인 와인을 마심으로써 실제로 신을 마셨던 것이다. 저녁 향연의 마지막을 장식하는 심포지엄symposium을 통해 주신인 디오니소스를 찬양하고, 인간의 자유와 영혼을 고양했다.

다른 한편으로 그리스 시대에 와인은 야만을 벗어나게 해주는 문명의 전도사로 인식되었고, 도시 국가 시민들의 일체감을 형성시켜주는 매개체였으며,

주요한 교역상품의 역할을 했다. 와인의 뛰어난 상품성 덕분에 먼 나라와의 교역은 물론 새로운 문화와 활발한 교류가 가능했다. 호머의 서사시인 『일리아드와 오디세이』에는 와인에 관한 이야기가 상세히, 그리고 자주 등장한다. 시칠리아 섬의 외눈박이 괴물 클리오페Clyope의 포로가 된 그는 고향인 이타크에서 가져간 도수 높은 와인을 그 괴물에게 먹여, 취한 그의 외눈을 칼로 찌르고 탈출했다고 한다. 와인이 일종의 비밀 무기 역할을 했다고 할까. 기원전 500년 경, 프랑스의 마르세이유에 처음으로 와인을 전파한 사람들도 그리스인들이었다.

로마에서도 와인은 여전히 신(바커스)의 위치를 지킨다. 바커스Bacchus를 찬양하는 바카날레bacchanales 축제가 도처에 성행했고, 귀족·군인·일반인 할 것 없이 모두들 와인에 심취했다. 로마제국 시대에는 포도 재배가 프랑스와 스페인 등 유럽의 다른 지역으로 빠르게 확산되었으며, 주조 기술도 괄목할 만한 발전을 이루었다. 또한 크뤼의 개념이 본격적으로 생겨났는데, 대표적으로 알려진 것이 팔레룸falerum이다. 이 최상의 크뤼는 일반 와인에 비해 값이 4배 정도 비쌌다고 한다.

로마의 멸망은 곧 중세의 시작이다. 흔히 암흑기라고 불리는 이 시기에도 와인은 꾸준히 발전을 거듭한다. 수도원의 빠른 확산이 중세 시대 와인의 발전을 이끈 것이다. 거의 모든 수도원 주변에는 포도밭이 형성되었고, 수도원 내에는 주조시설이 갖춰졌다. 와인은 수도사들의 일상 음료로 쓰였으며 수도원의 경제적 자립을 위해 절대적이었다. 참고로 당시에 어떤 수도원에서는 일인당 하루 평균 8ℓ 를 마셨다는 기록도 있다. 특히 시토Citaeux와 클리뉘Clugny 수도원의 역할이 대단했으며, 오늘날의 클로 드 부조Clos de Vougeot나 본느 로마네Vosne Romanée의 명성도 알고 보면 그들 덕분이다.

중세 시대에는 왕이나 주교 등이 어떤 지역을 방문할 때, 그 지역 모든 사람들에게 와인이 공짜로 지급되었다. 왕자의 탄생 등 국가의 경사 때도 마찬가지였다. 도시나 마을의 여러 곳에 소위 '와인 샘'이 설치되어, 누구나 마음껏 와인을 마실 수 있었던 행복한 시절이었다. 당시만 해도 와인은 희귀성과 높은 가격 때문에 아무나 마실 수 있는 음료가 아니었으니, 백성의 기쁨이 얼마나 컸겠는가! "왕 만세!", "왕의 만수무강을!"하고 외치는 군중들의 소리가 들리는 듯하다.

다만 한 가지, 고대부터 중세에 이르기까지 개별적인 잔이 없어 큰 뿔잔이나 청동 잔에 와인을 가득 부어 돌려가면서 마셨다. 우리식 술잔 돌리기와는 다르지만, 이는 많은 위생상의 문제를 일으켰다.

근세로 들어오면서, 새롭게 역사의 전면에 등장한 부르주아 사회와 더불어 와인은 여러 면에서 보다 세련되어져 갔다. 유리잔과 유리병이 등장하고, 식사도 한꺼번에 모든 것을 차려 놓고 먹던 것에서 차츰 코스 요리로 바뀐다. 특히 병입 덕분에 와인의 운송과 서빙이 수월해졌고, 무엇보다도 와인의 오랜 보관이 가능해짐으로써 와인에 대한 전혀 새로운 경험의 장이 열리게 된다. 와인의 다양화가 급속히 진행되었고, 가격별로 세분화된 와인 등급이 등장하기 시작한다. 더불어 대도시에는 와인이나 다른 음료를 판매하는 카페가 문을 열기 시작했고, 이는 상류층이 선호하는 만남의 장소가 되었다.

19세기는 와인에 엄청난 변화가 일어난 시기다. 전 세기말에 일어났던 프랑스 혁명의 폭풍은 포도밭에까지 불어닥쳤다. 교회나 왕실 재산의 몰수 그리고 경매에 의한 처분은 포도밭의 세분화를 초래했다. 철도의 시대가 열려 와인의

〈술 마시는 사람들〉, 고흐, 1890, 유화, 59.4×73.4cm, 시카고 미술연구소 소장

대량 운송이 용이해지면서 와인 생산에 적합하지 않은 프랑스 북부 지역의 와인 산지는 하나 둘 지도에서 사라져간 대신, 남부의 와인 생산자들은 전례 없는 호황을 누리게 된다. 1855년 파리 세계박람회에 맞추어 저 유명한 보르도 와인 등급 리스트가 작성되었고, 18세기 말부터 신흥 와인 산지로 각광을 받던 메독 지역에 화려한 샤토들이 건설되는 것도 주로 이 시기다. 그리고 무려 200여 년 동안 영국의 해상 봉쇄로 영국 시장 진출이 막혔던 프랑스 와인이, 1860년 〈영불 상업협약〉으로 풀리게 된다. 한마디로 프랑스 와인의 황금기였다. 그러나 필록세라phylloxéra라는 전염병으로 프랑스와 유럽의 포도밭이 초

토화되는 전대미문의 위기를 맞은 것도 19세기 말이다.

19세기는 또한 와인에 부여되었던 신성한 상징성이 날개도 없이 추락하는 시기였다. 일찍이 15세기 종교 전쟁에서부터 시작된 와인의 비신성화 혹은 세속화 작업은 실증주의와 마르크시즘을 거치면서 가속화되었다. 니체Nietzsche가 "신은 죽었다"라고 외쳤을 때, 기독교에서 그리스도의 피로 상징되던 와인의 높은 상징성에 사형선고가 내려진 것이나 다름없다. 한마디로 19세기는 와인의 황금기이며 동시에 암흑기라고 할 수 있으며, 명암이 교차하는 것이 아니라 공존한 시대였다.

20세기는 와인의 위기로 문을 연다. 필록세라를 퇴치할 수 있는 대책을 마련하지 못했으며 그 피해가 아직 채 복구되지 않은 상황에다, 1918년에 시행된 미국의 금주법 때문이다. 게다가 제1차 세계대전이 발발하여 와인 생산에 더욱 어려움을 보탠다. 유럽의 포도밭은 필록세라란 자연 재앙에 의해, 그리고 미국의 나파 벨리는 금주법이란 인간의 무모함과 어리석음에 의해 큰 타격을 받는다. 결국 필록세라는 30여 년 만에 퇴치되고, 결코 명예스럽다고 할 수 없는 금주법도 마침내 역사의 뒤안길로 사라진다.

제2차 세계대전 후부터 와인 세계에는 그 전 시대와 비교해 전혀 새로운 바람이 불어닥친다. 구대륙에서는 와인 소비가 꾸준히 줄어드는 반면, 신식 마케팅을 앞세운 뉴 월드 와인들이 1980년대부터 급속히 성장하기 시작한 것이다. 이와 더불어 구대륙의 보통 와인들은 거대하게 밀려오는 뉴 월드 와인의 거친 파도에 심각한 위기를 맞고 있으며, 새로운 진로를 모색하느라 노심초사하고 있다. 반면 고급 와인들은 돈 주고도 사기 힘들 만큼 더욱 인기와 명성을 누리고 있다. 여기에는 새로운 시장인 아시아나 러시아의 묻지마 식 고급와인

사재기와 레이블 중심의 소비도 한 몫을 한다. 그리고 경제 분야에서와 마찬가지로 포도밭에도 양극화 현상이 날이 갈수록 심화되고 있다.

다른 한편으로, 와인의 소비는 꾸준히 감소하는 반면 와인에 대한 사람들의 이해와 지식은 물론 열정도 더욱 높아지는 매우 역설적인 현상이 일어나고 있다. 하여 '와인은 덜 마시면서 말은 더 늘었다'라는 우스갯소리가 나오기도 한다. 이제 와인은 식탁에서 물처럼 마시는 음료라기보다, 어떤 특정한 행사(생일, 크리스마스, 가족 모임 등)에 등장하는 특별한 음료로 자리 잡아가고 있다. 오늘날 와인은 문화적 가치를 지닌 상품일 뿐만 아니라 그 자체가 하나의 문화 내지는 문명의 현상이 된 것이다. 와인을 다룬 일본 만화 『신의 물방울』이 한국에서 공전의 베스트셀러가 되고, CEO들의 필독서가 되었으며 심지어 와인의 종주국 프랑스에까지 번역되어 인기를 누리고 있다. 참 흥미로운 문화적 현상이라 하지 않을 수 없을 것이다.

영원한 스타, 디오니소스와 바커스

아, 디오니소스! 그리고 그의 로마적 분신 바커스! 수천 년이 지나고도 주름 하나 없는 만년 청년, 만인의 주신! 기독교가 로마제국의 국교로 선포된 이후 그 이전의 많은 이교도 신들이 우상으로 몰려 박해받으며 사라져 갔음에도 비틀즈나 롤링 스톤스처럼 변함없는 인기를 누리는 세계적 스타! 한국인들이 수십 년 동안 애용하는 피로회복제에까지도 붙은 그 이름, 바커스! 그들이 누리는 불멸의 인기의 비결은 과연 무엇일까?

크라프H. Krappe에 따르면 '신화란 특별한 성격을 지닌 이야기이며, 그 속에서 신들은 한 가지 혹은 여러 가지의 중요한 역할을 수행'한다. 그리고 보테로 J. Bottero는 '이미지화된 철학'으로 신화를 정의한다. 이런 관점에서 볼 때, 신화는 그냥 흥밋거리로 읽는 이야기 따위와는 확연히 구별된다. 신화는 확실하고 분명한 것이라곤 존재하지 않는 인류 문명의 여명기에 이것이라고 분명한 답을 제시하지는 않지만, 이곳은 위험하니 피하라거나 조심해야 한다는 사실을 알려주거나 암시하는 밤바다 위의 등대 같은 구실을 한다고 믿는다. 고대인들은 자연과의 교감과 그들의 상상력을 동원해 인간의 올바른 삶을 위한 일종의 행동 규범을 만들었으니, 그것이 바로 신화가 아닐까 한다. 그 밖에도 신화는 세월과 더불어 개념화가 이루어지면서 철학의 모태가 되었다. 신화 속에는 고대인들의 삶에 대한 지혜가 상징의 형태를 빌려 다양하게 표현되어 있다. 결국 신화란 새로운 현대적 해석을 통해 늘 거듭나는 것이다.

그리스의 주신 디오니소스는 그 탄생과정부터가 예사롭지 않다. 그는 신들의 왕인 제우스Zeus와 인간인 세멜레Sémélé 사이에서 잉태되었다. 호기심 많은 세멜레가 인간으로 변신한 제우스에게 신 본래의 모습을 보여 달라고 억지 애원을 하자, 이에 못 이긴 제우스는 마침내 신의 모습을 드러낸다. 신 중의 신마저도 아름다운 여자 앞에서는 약해지는가 보다. 하지만 불행히도 인간이 진짜 신의 모습을 보면 그 엄청난 빛에 순식간에 타버리고 만다. 세멜레의 운명도 그랬다. 문제는 세멜레가 임신 중이었다는 사실이다. 태아는 제우스에 의해 부랴부랴 세멜레의 자궁에서 꺼내져 극적으로 구출된다. 제우스는 자신의 넓적다리를 찢고 그 안에다 태아를 집어넣고 꿰맨다. 그리고 달수가 차서 디오니소스는 세상에 나온다. 하여 디오니소스의 또 다른 이름이 '두 번 태어난'이기도 하다.

그러나 질투에 불타는 제우스의 본 부인 헤라Hera의 노여움을 피해 그는 이집트, 시리아, 그리스의 다른 지역으로 여자로 변신해서 숨어 다니는 운명이 되었다. 게다가 집요한 헤라의 추적으로 인해 디오니소스의 신변은 안전하지 못했다. 혼외정사에서 난 아들이라 더욱 애착이 갔던지, 제우스는 아들을 아주 먼 나라인 니사로 보내, 님프들로 하여금 디오니소스를 보살피게 하였다. 일부 학자들은 디오니소스란 '니사의 신'이란 뜻으로 니사에서 유래한다고 주장하기도 한다. 경우야 어떠하든 젊은 디오니소스는 힘든 방랑의 길을 가야 했고, 그 와중에 포도 재배와 와인주조 법을 배워 인간에게 전했다.

그렇다면 디오니소스가 우리에게 전하고자 하는 근원적인 메시지는 과연 무엇일까? 고대 그리스인들이 와인에 열광한 데는 그만한 이유가 있었다. 우선 와인은 뛰어난 교역성으로 경제발전의 견인차 역할을 했다. 다음으로 와인은 다른 어떤 것과도 비교할 수 없는 삶의 기쁨을 제공해 주었다. 끝으로 와인은 경제와 기쁨을 넘어 신비로운 의미를 지녔는데 그것은 와인의 신, 즉 디오니소스에 대한 의식으로 나타났다. 그리고 바로 여기에 디오니소스가 지닌 중요한 신화적 의미가 함축되어 있다.

디오니소스는 올림포스Olympus 신전에 이름을 올린 거룩한 12 신들 중에 유일하게 인간을 어머니로 해서 태어났다. 신과 인간의 사랑이 가능했던 것이 그리스 신화의 세계였지만, 거의 대부분의 신들은 신들 간의 관계에서 근친상간으로 태어났다. 게다가 그리스 시대에 인간의 권리를 누리는 사람은 자유로운 남성들뿐이었다. 그런데 디오니소스가 사회적 약자인 여성으로 분장하여 다닌 것은 시대적 상황으로 보아 예사롭지 않은 행동이고 역할이다. 끝으로 올림포스의 신들은 완벽, 조화, 규율, 중용과 같은 우주적 질서를 상징하지만, 유독 디오니소스만 불완전, 부조화, 열정, 광기, 파괴, 축제 등 일반적인 신의 이미지와는 전혀 다른 모습을 보여준다. 게다가 디오니소스는 겉모양새도 어딘가 동양적이었다고 하는데, 그리스인들이 매텍métèque이라 부르던 이방인의 형상을 하고 있었다. 한마디로 디오니소스는 신의 반대편에 자리한 신이며, 어머니가 인간이면서 와인을 통해 신과 인간을 연결하는 독특한 신이다.

그리스의 작가 에우리피데스의 마지막 비극 〈바카이〉는 이같은 디오니소

〈바커스〉, 벨라스케스, 1628~29, 캔버스에 유화, 165.5×227.5cm, 마드리드 프라도 미술관 소장

스의 특성을 잘 묘사하고 있다. 뿐만 아니라 이 작품은 모든 식물을 관장하는 신이었던 디오니소스가 와인의 신으로 전문화되는 과정을 보여주는데, 이 시기는 또한 그리스의 경제가 급속히 팽창하며 와인이 그 경제 발전의 견인차 역할을 하는 시기와 일치하기도 한다.

니체는 젊은 시절 『비극의 탄생』이란 빼어난 저서에서 아폴론Apollon과 디오니소스를 비교하면서, 디오니소스의 이런 대칭적 혹은 균형적 역할을 강조하고 있다. 그에 따르면 아폴론의 미와 중용은 감춰진 고통 위에 근거한 것이며, 이를 일깨워주는 것이 바로 디오니소스라고 한다. 따라서 "아폴론은 디오니소스 없이는 살 수 없었으며", 디오니소스의 무절제는 "고통에서 탄생한 진실, 모순, 기쁨이 자연의 심장에서 솟아오르는 언어로 말하는 것처럼 드러난다."고 하였다. 어딘가 동양의 음양 철학과 닮은 것 같기도 하다. 오행의 항구적 운동 속에서 떼려야 뗄 수 없는 상호보완의 관계인 음양처럼 아폴론의 역할이 양이라면, 디오니소스의 그것은 음이 아닐는지.

탄생과 성장과정에서 짐작할 수 있겠지만, 생명력과 불 같은 열정을 지닌 다분히 불완전하고 인간적인 성격의 신이 디오니소스이며, 이는 인간 중심과 존중의 사상인 휴머니즘이 싹튼 고대 그리스의 사회 환경과도 맞아떨어지는 부분이 있다. 신들과 마찬가지로 인간은 주어진 질서와 조화 속에서만 살 수는 없는 것이다. 우리가 속하는 우주에 생명을 불어넣기 위해서는 부조화와 파격, 재창조를 위한 파괴와 같은 끊임없는 자극과 운동이 절대 필요하다는 것을 디오니소스는 우리들에게 깨우쳐주고 있다. 이런 의미에서 와인과 그 취기, 그리고 축제 등은 디오니소스적이다. 더불어 와인은 인간의 지적 능력과 정신을 고양시키고, 삶에 기쁨과 환희를 부여하는 세속적인 의미도 함께 부여받는다. 신과 인간이 함께 즐기고, 신과 인간의 교감을 가능케 해주는 매개체이기도 하다. 와인이 신이 되고, 신이 된 와인을 인간이 마시는 일체감이 이루어진다.

그리스 시대에는 디오니소스를 기리는 다양한 의식이 곳곳에서 행해졌다. 그 중에서도 심포지엄은 저녁 향연의 마지막 부분으로, 해가 진 후 성인의 남녀가 모여 거나하게 와인으로 술판을 벌여놓고, 토론하고, 광란하고, 뜨거운 사랑을 나누는 의식이었다.

로마의 바커스는 그리스어의 바코스Bakkhos를 라틴어로 옮긴 것에 불과하다. 로마 제국 초기에 바카날레로 불리던 바커스 숭배의식은 지배 권력에게는 경계의 대상이었다. 지배 권력은 통제가 쉽지 않은, 이같은 대중적 인기를 누리는 집단행동을 두려워했던 것이다. 하지만 대중의 여론에 밀려 줄리어스 시저는 바카날레의 금지령을 철폐하게 된다.

바커스 의식은 기독교에도 큰 영향을 미쳤던 것으로 알려졌다. 박해를 받던 기독교가 마침내 로마제국에 의해 허용되는데, 로마 당국에 의해 당시의 기독교인들은 바커스의 추종자들로 간주되었다. 기원 4세기 말, 기독교의 신학자들은 에우리피데스의 〈바카이〉를 재발견하게 되며, 이를 통해 기독교의 복음과 디오니소스가 겪은 박해를 동일한 선상에서 해석한다. 그들은 에우리피데스가 기독교에 길을 열어주기 위해 영감을 받은 것으로 간주했다. 콘스탄티노플의 주교였던 그레고리 나지안조스Gregoire Nazianzos는 〈그리스도의 열정〉이라는 비극을 썼는데, 이 속에는 에우리피데스의 〈바카이〉를 그대로 인용하는 부분이 상당히 많다.

지금까지도 디오니소스적 혹은 바커스적 축제라는 표현을 쓴다. 이것은 질펀하게 마시고 어느 정도 광기를 부리는 축제다. 인간의 삶이 활력을 띠고 창조적이기 위해서는 이런 파괴와 일탈이 분명 필요하다는 것을 디오니소스는 갖은 박해를 받으면서도 몸소 실천하며 보여주었다. 예술가들에게만이 아니라 인간은 누구나 나름의 '창조적 취기'가 필요한 것이다. 그리고 이런 전통은 오늘날까지 계속되고 있다. 유럽의 주요 와인 산지에서 거행되는 바커스 축제가 바로 그것인데, 기독교적인 종교 행사와 뒤섞여 벌어지는 경우도 많다. 그 중에서도 스페인 리오하의 하로와 독일 라인 지역에서 벌어지는 축제는 그 규모나 분장과 진행의 독특함 때문에 많은 사람들이 몰린다. 17세기 화가인 벨라스케스Velasquez는 바커스를 평범한 스페인 농부처럼 그렸는데, 오늘날 우리들에게 바커스는 과연 어떤 모습일까?

전쟁도 멈추게 한 와인의 마력

와인과 전쟁은 모두가 남성적인 이미지를 지니고 있다는 공통점이 있다. 적어도 20세기 중반까지는 그랬다. 왜냐하면 전쟁만큼이나 와인도 남성의 특권이고 전유물이었기 때문이다. 고대와 중세 시대의 전쟁은 그 양상의 처참함에도 불구하고 남성 지배적인 사회가 즐겨 하는 일종의 스포츠였다. 그리고 전쟁은 오랫동안 인구 조절과 경제적인 관점에서 하나의 필요악으로 간주되기도 했다. 제1차 세계대전, 그리고 특히 제2차 세계대전이란 엄청난 대가를 치룬 후에야 전쟁에 대한 인류의 인식이 절대적 부정으로 기울어졌다. 오랫동안 신성한 신의 넥타로 간주되었던 와인도 19세기 후반 알코올리즘의 폐해가 심각한 사회문제로 등장하면서 그 신성성이 바닥에 떨어졌다. 그렇다고 이 지구상에서 전쟁이 없어진 것도 결코 아니고, 와인이 사라진 것도 아니고, 알코올리즘이 퇴치된 것도 물론 아니다.

고대 이래로 와인은 전사의 술이기도 했다. 평범한 남정네들이 와인에 심취한 것 이상으로 군인들은 와인을 퍼마셨다. 특히 전쟁에 나간 군사들에게 와인은 두려움을 쫓아주고, 사기를 북돋워주는 마약이나 다름없었다. 때문에 무기의 원활한 공급 이상으로 와인의 공급이 중요하게 여겨졌다. 그래서인지 취기에 관한 군사적 표현이 많다. 진창 술에 취한 상태를 '끝내기' 혹은 '박살내기'로 표현하며, 와인을 마시기 위해 잔과 병을 준비하는 것을 '무기를 꺼낸다'라고 한다. 18세기에 '투구를 쓴다'고 하면 만신창이가 되도록 퍼마신다는 뜻이었다. '사브레sabrer(검으로 베다)'라 해서, 기병사관학교 교생들이 검으로 샹파뉴 병의 목을 잘라서 마시는 풍습이 유행한 적도 있었다. 지금까지도 샹파뉴를 거나하게 마신다는 표현을 이렇게 사용하고 있다. 우리의 폭탄주 문화도 군대에서 시작되었다고 들은 적이 있는데, 술과 군대 그리고 전쟁 사이에 '남성성', '폭력성' 같은 것들을 연상시키는 어떤 공통된 특성이 존재하는 모양이다.

역사를 들여다보면 와인의 사회 경제적 위력이 대단했음을 알게 된다. 당시 와인은 가장 중요한 교역 상품이었다. 따라서 일 년에 한 번뿐인 포도 수확은 경제와 사회생활 전반에 절대적인 영향을 미쳤다. 게다가 1년 이상 와인 보관이 불가능했던 당시 상황으로 보아, 한 해의 수확을 잃는다는 것은 곧 다가올 한 해 동안 와인을 마실 수 없다는 것과 같은 의미였다. 만약 그랬다면 도처에서 폭동이 일어났을 것이 분명하다. 상황이 이 정도고 보니, 앞서 말했듯이 포도 수확을 위해 전쟁을 멈추고 심지어는 주교가 나서서 영주들에게 전쟁 중에 남의 포도밭을 훼손하는 행위를 금지하는 맹세를 권유했다는 기록도 보인다.

1591년 앙리 4세가 파리를 포위했을 당시 포도 농가를 소유한 부르주아들은 휴전을 허락받았으며 군대의 보호하에 포도 수확을 했다. 20세기 초 프랑스의 파이에르Faillère 대통령은 루피용Loupillon이란 와이너리를 소유하고 있었는데, 포도 수확기가 되면 매년 특별 기차편으로 대통령 궁을 떠나 손수 포도를 수확하러 갔었다는 일화는 유명하다. 포도 수확의 중요성이 중세시대에만 한정되었던 것은 물론 아니다.

위궤양으로 고생했던 나폴레옹이었기에, 그의 초상화에는 위장 부위에 한 손을 찌르고 있는 모습이 자주 눈에 띈다. 소화 촉진을 돕기 위해 나폴레옹이 가장 선호했던 와인은 부르고뉴의 그랑 크뤼 샹베르텡chambertin이었다. 1812 년 수십만 대군을 거느리고 러시아 원정을 떠날 때, 그 수많은 군사들이 마실 엄청난 양의 와인을 운송하는 일이 군사작전만큼이나 중요하게 여겨졌다. 당연히 나폴레옹 황제가 선호하는 샹베르텡도 빼놓을 수 없었다. 그러나 야전에서 러시아의 강추위에 마시기 적당한 온도를 유지해 제때에 황제에게 제공한다는 것은 결코 쉬운 일이 아니었다. 매번 차가운 와인 병을 자신의 품에 안아 데워야 했던 것이 나폴레옹 전담 요리사의 가장 큰 골칫거리였다는 일화가 전해 온다.

나폴레옹이 워털루 전쟁에서 패한 이후부터 독일은 프랑스의 와인 셀러를 약탈하는 새로운 취미를 즐겼다. 지리적인 근접성 때문인지, 아니면 선호하는 와인이라서 그랬는지는 모르지만 특히 샹파뉴를 주로 약탈했다. 나폴레옹 전쟁 후인 1814~1815년 동안 자그마치 60만 병의 모에 샹동이 라인 강을 건넜다. 게다가 독일과 연합했던 러시아 군대도 승자로서 한 몫을 톡톡히 챙겼다. 이때부터 러시아의 군인과 왕실은 샹파뉴의 열렬한 애호가가 되었다. 얼마 지나지 않아 러시아에서 이룬 베브 클리코Veuve Cliquot와 크리스탈Crystal을 비롯한 샹파뉴의 상업적 대성공을 엿볼 수 있는 대목이다. 러시아 군대에 샹파뉴를 전쟁 노획물로 빼앗기긴 했지만 후에 상업적 성공으로 충분히 보상을 받은, 남는 장사였다 하겠다.

제1차 세계대전 당시 프랑스 동부전선의 참호 속에서 사투하던 병사들에게 상상을 초월할 만큼 많은 양의 와인이 공수되었다. 그만큼 실탄 분배의 중요성 이상으로 와인의 보급이 군인들의 사기 진작을 위해 중요하게 여겨졌던 것이다. 당시 참호 속에서 추위와 죽음의 공포와 싸우면서 군인들이 즐겨 부르던 와인 관련 노래가 있다.

> 반가운 와인, 포도의 순수한 넥타
> 휴가 나갔던 병사가 이따금
> 한두 병 가져오지
> 한 모금을 마시고 나면
> 각자 자기 고향을 되찾지
> 그리고 눈시울이 뜨거워지지
> 반가운 와인이여!

당시 군인들에게 와인은 단순한 사기진작을 위한 음료를 넘어, 고향에 대한 끈끈한 그리움이기도 했던 것이다.

와인을 매개로 열렬히 평화의 메시지를 노래했던 작가도 있다. 1915년 노벨문학상을 수상한 부르고뉴 출신의 평화주의자이자 작가였던 로맹 롤랑Romain Rolland은 1914년 유럽에 짙은 전운이 감돌던 시기에 고향으로 내려와 와인을 평화의 상징으로 삼아 글을 썼다. 그가 1918년에 발표한 소설 『콜라 브뢰뇽 Colas Beugnon』은 종교전쟁이 절정에 달했던 시기에 생존했던 와인 양조자이자 목수였던 사람의 이름에서 따온 제목인데, 그는 '와인의 천둥'은 원하지만 결단코 '전쟁의 천둥'은 원하지 않는다고 목소리를 높였다. 그에게 바커스 신을 찬양하며, 와인을 즐겨 마시는 행위는 어리석고 처참한 전쟁을 거부하는 일상 속의 의미 있는 저항이었다.

평화주의자답게 롤랑은 사랑과 인류애를 주제로 다음과 같은 주옥같은 시를 남기기도 했다.

형제들이여, 우리 서로 가까이 다가앉자
우리를 떼어놓은 모든 것을 잊어버리자
적이란 존재하지 않는 것
이 세상에는 다만 불행하고
불쌍한 사람만 존재하는 것
우리가 계속 가질 수 있는 행복
유일한 행복이 이 세상에 있다면
그것은 우리가 서로를 이해하면서
살아가는 것뿐이다

와인을 한 잔 하며 이 시를 음미해 보면 특별한 의미로 가슴에 아로새겨질 것이라 믿는다. '전쟁과 평화 사이에 와인의 진정한 역할은 무엇일까?' 하는 의문과 함께 말이다.

기도하듯 빚고,
물마시듯 마시다

와인과 기독교는 예사관계가 아니다. 그러나 기독교가 본격적으로 포도 재배와 와인 주조에 열을 올리기 시작한 것은 중세 시대 수도원의 발전과 궤를 같이 한다. 생필품의 자급자족을 원칙으로 삼는 수도원이기에, 거의 모든 수도원 주변에는 포도밭이 조성되었고, 수도원 내에는 와인 양조장이 건설되었다. 처음엔 미사에 사용할 와인의 생산이 주 목적이었지만, 시간과 더불어 와인은 수도원의 살림살이를 위한 가장 중요한 교역 상품이 되었고 여러 축제나 귀빈을 맞을 때 없어서는 안 될 음료가 되었다. 이와 더불어 경작면적도 급속도로 확장되었다. 수도원 운동이 전 유럽으로 빠르게 전파되면서, 기독교와 와인은 같은 속도로 '실 가는 데 바늘 가는 것' 처럼 함께 확산되었다.

여러 종파 중에서도 포도 재배와 와인 발전에 가장 크게 기여한 종파는 클뤼니 수도원을 창설한 베네딕트bénédict 파와 시토 수도원을 창시한 시스테르시안cistérciens 파다. 프랑스의 유명 방송인이자 작가이며, 특히 와인에 깊은 조예를 가진 베르나르 피보Bernard Pivot에 의하면 '그들은 아침 예배와 저녁 예배

사이에 포도밭을 경작하고 그들의 영혼과 와인을 함께 키웠다'고 한다. 물론 아침 예배와 저녁 예배 사이에 그들이 직접 주조한 많은 양의 와인을 마시는 것도 잊지 않았다. 심지어 와인을 마시지 않는 신부는 절대 출세할 수 없었다고 할 정도다. 1590년 스트라스부르의 주교였던 요한 폰 마너샤이드Johann von Manersheid는 〈폼 호른Vom Horn〉이란 귀족 출신 성직자들로만 구성된 음주회를 구성했는데, 회원들은 뿔잔을 원샷하는 것이 규율이었다. 문제는 뿔잔이 무려 4ℓ짜리였다는 것이다. 이런 관습 때문이었는지, 마너샤이드 주교는 33살이란 젊은 나이에 일찌감치 신의 부름을 받았단다.

이 두 수도원은 규모도 대단했지만, 800년 이래 오늘날 부르고뉴 와인의 명성을 가능케 한 시조들이며 일등 공신들이다. 특히 그랑 크뤼인 클로 드 부조는 시스테르시안 파의 빼어난 작품이다. 그리고 클뤼니 주변의 마콩macon은 물론, 모든 와인 애호가들이 일생에 한 번쯤은 마셔보고 싶어 하는 동경의 대상 로마네 꽁띠를 포함한 본느 로마네는 베네딕트 교단의 환상적인 작품이다. 두 교단은 교세의 확장과 더불어 유럽 전역에서 포도를 재배했으며, 스위스, 독일, 스페인에서도 와인의 보급과 발전에 크게 기여했다.

그러나 가장 많은 재배 면적과 최상의 와인을 생산한 곳은 역시 프랑스다. 이상하게도 보르도에는 그들의 자취를 거의 찾아볼 수 없지만 남동부 지역, 발레 뒤 론, 발레 드 라 루아르 지역에서는 포도 경작과 와인 주조가 대단히 활발했으며, 오늘날 루아르 지역의 유명 화이트 와인인 상세르sancerre·뮈스카데muscadet·푸이 퓌메pouilly fumé 등은 그들 덕분에 존재한다고 해도 좋을 정도다.

오늘날까지 세계적인 명성을 누리고 있는 독일 라인가오의 최상급 화이트 와인인 클로스터 에버바흐Kloster Eberbach는 시스테르시안의 유산이고, 그와 쌍벽을 이루는 슐로스 요하니스베르그Schloss Johannisberg는 베네딕트 교단의 유산이다. 특히 이곳에서 생산되는 바이스바인Weisswein의 명성은 대단하다. 하지만 1775년 슐로스 요하니스베르그에서 최초로 귀부에 이른 포도로 와인을 주조한 것은 지극히 우연이었다. 이에 대한 당시의 자세한 기록이 남아있는데, 내용은 이렇다. 그 당시 슐로스 요하니스베르그는 풀다Fulda 수도원의 관할이었는데, 포도 수확은 반드시 책임신부의 허락을 받아야 하는 사항이었다. 출타 중인 신부에게 와이너리의 책임자였던 요한 엥게르트Johann Engert가 수확기가 되었다는 전갈을 보냈지만, 알려지지 않은 이유로 편지의 전달이 늦었으며 결국 포도 수확을 하라는 답신을 받았을 때 요하니스베르그 포도밭의 포도는 썩어있었다. 소위 '귀부 현상'이 진행되었던 것이다. 이렇게 해서 멋진 우연의 일치로 저 유명한 독일 최초의 늦깎이Spätlese 와인이 탄생하게 된다.

수도원은 와인 생산량의 증가는 물론 특히 질의 향상에도 엄청난 기여를 했다. 전문가들의 의견에 따르면 당시 수도원이 생산한 최상급의 와인을 오늘날 우리가 마신다면 그 맛에 매우 실망할 것이라고 한다. 그만큼 맛에 대한 시대적 격차가 크고, 오늘날의 포도 재배 기술과 와인 주조 기술이 발전했다는 말이다. 그러나 중세 시대에는 수도원에서 생산한 와인이 최상급으로 여겨졌다. 흔히 일을 매우 꼼꼼히 잘 할 경우 "베네딕트 수도사처럼 일한다"라고 한다. 그들의 이런 정신은 포도밭을 가꾸고 와인을 주조하는 데에도 그대로 적용되었다. 사실 현존하는 부르고뉴의 복잡하고 섬세하기 그지없는 떼루아의 분류는 그 당시 수도사들에 의해 이뤄진 것이다. 그 정확성이 현대 과학의 잣대로 보아도 놀랄 정도란다. 그러니 당시 수도사들이 포도 재배와 와인 주조에 기울인 노력과 정성은 그들의 기도만큼이나 절실했는지도 모른다.

검소와 절제를 신조로 삼는 수도원 생활이지만, 와인이 이처럼 흘러넘치니 도를 지나치는 신부나 수도사가 나오지 않으리라는 법도 없다. 게다가 가톨릭에서는 와인 음주를 금하지도 않는다. 사실 중세 시대에서 취기에 얼굴이 벌건, 혹은 몸을 가누지 못하고 식탁에 팔을 괸 수도사를 풍자와 해학으로 그린 수많은 그림들이 나왔다. 뿐만 아니라 신의 영광을 위해 언제든 마다 않고 술잔을 드는 용맹한 수도사를 주인공으로 삼은 대중 문학도 흔하다. 가장 잘 알려진 몇 명만 예로 들어 보자. 엄청난 대중적 인기를 누리던 로빈 후드의 친구 턱Tuck 수도사, 언제고 술 마시기를 마다하지 않는 초서Chaucer의 『캔터베리 이야기』에 나오는 신부, 그리고 그 모두들 중에서도 단연 최고의 자리는 라블레Rablais의 작품 『가르강튀아와 팡타그뤼엘Gargantua et Pantagruel』에 등장하는 쟝 데 앙토메르Jean des Entommeures 수도사다. 그는 말술에다, 와인을 마시면 힘이 장사가 되어 적들을 모두 혼비백산하게 만드는 희대의 영웅이었다.

신대륙의 발견과 정복에 박차를 가하던 시기는 신대륙에 기독교가 활발히 전파되던 시기이기도 했다. 더불어 포도 재배와 와인 주조도 활기를 띠었다. 반면 같은 시기 구대륙 유럽에서는 와인이 더할 나위 없이 큰 위험에 처해 있었다. 종교개혁 운동의 결과로 비롯된 30년 종교전쟁은 유럽의 많은 지역을 초토화시켰으며, 수많은 수도원이 폐쇄되어 그 결과·포도밭의 황폐화와 양조에 사용되던 기구들의 대량 파괴라는 불행한 사태가 벌어졌다. 30년 간 진행된 참혹한 전쟁으로 유럽의 와인 생산량은 급속히 줄어들었으며, 특히 중앙 유럽의 와인 생산량은 유례없이 감소했다. 포도 재배에 최적의 기후를 지녔으며 종교전쟁에서도 비켜난 유럽의 남동부 지역에서만 와인 생산량이 겨우 현상을 유지할 정도였다. 중세 이후 포도 경작과 와인 주조에 기여한 수도원의 절대적 역할을 감안한다면, 무수한 수도원의 폐쇄는 곧바로 와인 생산량의 감소와 질의 저하를 의미하는 것이었다.

다행히도 17세기 중반을 넘어서면서 유럽의 와인 생산은 여러 면에서 눈부신 발전을 거듭한다. 저 유명한 샹파뉴가 처음으로 주조된 것도 바로 이 시기다. 샹파뉴의 수도로 불리는 랭스에서 그리 멀지 않은 오빌리에Hautvillier 수도원의 수도사이자 양조를 담당하던 기술자였던 돔 페리뇽Dom Pérignon이 병입 이후에 진행되는 2차 발효를 발견하고 코르크를 비롯해 이를 제어할 수 있는 기술을 개발함으로써, 그 이전까지는 병마개가 시도 때도 없이 '펑' 하고 터져나와 속을 썩이던 이 지역의 골칫거리 와인을 축제의 와인이자 왕들의 와인인 샹파뉴로 화려하게 변신시켰다. 샹파뉴조차도 수도원과 수도사의 작품인 것이다.

수도원이 와인의 발전에 미친 영향은 오늘날까지 많은 영역에서 발견된다. 와인 레이블에 수도원의 그림이나 부조 같은 것이 들어가 있는 것들이 많은가 하면, 당시의 수도원 이름을 그대로 사용하고 있기도 하다. 이제 수도원에서 생산하는 와인은 그리 흔하지 않다. 하지만 수도원의 영향은 여전히 전수되고 있으니, 오늘날 와인 애호가들에게 수도원은 종교와 상관없이 감사의 대상이 되어야 할 것이다.

성경 속의 와인

기독교에서는 와인이 곧 그리스도의 피이자 생명으로 상징되기에, 성경에는 특히 창세기부터 요한복음에 이르기까지 와인이 넘쳐흐른다고 해도 지나친 말이 아니다. 『와인의 역사』의 저자인 고티에J. F. Gautier에 의하면 성경에는 무려 441번에 걸쳐 포도와 와인에 대한 기록이 나오며, 예수가 행한 스물 네 번의 잠언 중에 네 번이 와인에 관한 것이라 한다. 『성직자의 책』에서는 수차례에 걸쳐 "와인은 인간을 위해 생명 같은 것이며, 사람의 마음을 가볍게 해주고, 영혼에 기쁨을 가져다 준다"라고 와인을 한껏 예찬하고 있다. 포도나무와 와인이 없었다면 성경의 부피도 상당히 줄어들었을 것이 분명하다.

성경의 〈창세기〉를 들춰보면 와인에 신성성을 부여하고 있을 뿐만 아니라, 와인을 신(하느님)의 선물로 간주하기도 한다(창세기 27장과 28장). 또 '노아의 방주' 편에는 농부였던 노아가 대홍수 직후 처음으로 이 땅에 포도나무를 심었다고 나오며, 와인을 마시는 일이 빈번했음을 시사하는 대목이 곳곳에 보인다. 노아는 와인을 마시고 900살이 넘게 장수한 인물로도 유명하다. 19세기 프랑스에서 널리 유행했던 대중가요 중에는 이같은 성경 속의 역사를 세속적으로 재미있게 풍자하면서, 최초로 포도나무를 심은 노아를 높이 찬양하는 것이 있어 소개한다.

노아, 우리의 족장
과연 방주 때문에 유명할까?
아니야, 그의 가장 고귀한 행위
그건 바로 포도나무를 심었다는 거야
익사하지 않은 그를 찬양하세

한마디로 인류에 대한 복음처럼 포도나무를 전파한 노아에 대한 진한 애정의 표현이며, 깊은 감사이고 찬양이라 할 것이다.

그리고 무엇보다도 예수가 행한 첫 번째 기적도 물을 와인으로 바꾸는 것이 아니었던가! 『와인 레슨 20』의 저자 레이몽 담블리Raymond Dambly는 그의 저서를 제일 먼저 예수에게 바치고 있는데, 그 이유는 "가나의 혼인잔치에서 물을 와인으로 바꾸신, 그리고 그 반대가 아닌 훌륭한 생각을 하신 예수 그리스도께 이 책을 바친다. 만약 그가 와인을 물로 바꾸셨다면 아무도 '기적이야' 라고 외치지 않았을 것이며, 인류의 모습도 달라졌을 것은 자명하다."라는 것이다. 예수를 위해서도 와인 애호가를 위해서도, 그리고 인류의 문명을 위해서도 정말 다행한 일이 아닐 수 없다.

선택 받은 이스라엘 백성은 '야훼의 포도나무'로 비유되고 있으며, 〈요한복음〉에는 "나는 포도나무요, 너희는 가지다"라는 대목도 나온다. 그리고 예수는 말한다. "너희가 인자의 살을 먹지 아니하고 인자의 피를 마시지 아니하면 너희 속에 생명이 없느니라. 내 살을 먹고 내 피를 마시는 자는 영생을 가졌고 마지막 날에 내가 그를 다시 살리리라."

가톨릭에서 영성체란 그리스도의 몸인 빵과 피인 와인을 받아먹는 상징적인 의식이지 않은가! 옛날에는 글을 읽을 수 있다는 것은 성직자나 귀족 등 지극히 일부의 사람들에 한정된 특권이었다. 그래서 성당은 무식한 일반 백성들을 위해 성경의 주요 내용을 수많은 부조나 스테인드글라스로 표현하여 글을 읽지 못하는 사람들에게 성경의 내용을 전파하고 신앙심을 고양하는 역할을 했다. 그러니 성당은 그 자체가 형상화된 성경이나 다름없었다. 당연하지만 유럽의 수많은 성당 건물에서도 모자이크나 부조를 통해 포도나무나 포도나무를 심는 노아의 모습을 흔하게 볼 수 있다.

기독교에서 포도나무는 부활과 영생은 물론 다산과 부를 상징하기도 한다. 그리고 마지막 성찬에서 성찬식에 와인의 사용을 의무화하고 그 상징성을 규정한 것도 예수다. 〈마태복음〉 26장에 나오는 '최후의 만찬' 부분을 한 번 살펴보자.

> 그들이 음식을 먹을 때에 예수께서 빵을 들어 축복하시고 제자들에게 나누어 주시며 "받아먹으라. 이것은 내 몸이다" 하시고, 또 잔을 들어 감사의 기도를 올리시고 그들에게 돌리시며 "너희는 모두 이 잔을 받아 마셔라. 이것은 나의 피다. 죄를 용서해주려고 많은 사람을 위하여 내가 흘리는 계약의 피다. 잘 들어두어라. 이제부터 나는 아버지의 나라에서 너희와 함께 새 포도주를 마실 그 날까지 결코 포도로 빚은 것은 마시지 않겠다" 하고

말씀하셨다.

스페인이 남아메리카를 정복한 후 미사를 위한 와인이 필요했다. 운송 수단이 열악하고, 보관을 오래 할 수 없었던 당시의 상황으로 볼 때 본국에서 와인을 운송한다는 것은 불가능했다. 물론 와인 없이 미사를 본다는 것도 있을 수 없는 일이었다. 그래서 포도 재배를 시작한 것이 오늘날 아메리카 대륙의 와인의 기원이기도 하다. 후에 멕시코에서 추방당한 수도사들이 미국 남부에 정착해 처음으로 세운 포도농장의 이름은 다름 아닌 '미션 그레이프mission grape' 였다. 선교와 와인의 보급은 시대와 장소를 불문하고 불가분의 관계나 마찬가지다.

와인이 일상생활과 기독교 의식에 자주 사용되다 보니 당연히 과음으로 인한 불상사도 벌어졌을 것이다. 그래서 성경에는 과음을 경계하는 대목도 여러 군데 눈에 띈다. 『신약성서』의 〈묵시록〉에는 와인을 신의 노여움으로 해석하고 있으며, 과음에 대해 살벌할 만큼 엄중한 경고를 하고 있다. 뿐만 아니라 〈창세기〉 10편과 19편에도 과음으로 인한 노아와 롯의 무서운 재앙을 적나라하게 묘사하고 있다. 그러니 성경은 인류 역사상 최초의 과음 경고에 대한 일종의 조약 같은 의미를 지니기도 한다.

기독교의 성인들도 과음에 대한 경종을 울리기는 마찬가지다. 6세기 프랑스 남부 아를의 주교였던 세제르Césaire는 연회의 마지막에 산 자, 죽은 자, 성인, 천사의 이름으로 건배를 드는 것을 금지시키는 내용을 〈백성들에게 하는 설교Sermons au people〉에 담고 있다. 성 바오로 사도도 그의 편지 중에서 노아와 롯의 지탄할 행위를 예로 들면서, "절제를 하며 와인을 마시는 사람만이 와인이 좋다는 것을 안다"라고 주장하며 과음하지 말 것을 엄중히 경고하고 있다.

이처럼 성경 속에 비친 와인은 최상과 최악의 양면성을 모두 지니고 있다. 포도나무가 부활과 영생을, 그리고 와인이 그리스도의 피와 생명으로 상징되는가 하면 만취해서 알몸으로 잠든 노아의 추한 모습이나 딸들이 권하는 와인에 취해 두 딸과 차례로 근친상간을 자행하는 롯의 폐륜적 행위같은 모든 죄악의 근원으로 묘사되기도 한다. 그러니 와인은 구원의 길이자 동시에 죄악의 근원이기도 하다. 특히 와인 자체를 문제 삼는다기보다, 과음에 대한 경종을 울리고 있다고 해야겠다. 하여튼 성경의 내용이 이러하니 오늘날까지도 기독교의 종파에 따라 와인이나 술에 대한 해석과 입장이 분분한 모양이다.

역사의 재판정에서 언제나 승리한 와인

고고학의 발달, 그리고 새로운 선사 유적지의 발굴 등과 더불어 포도 재배와 와인 주조에 대한 역사는 계속 시간을 거슬러 올라가고 있다. 현재로서는 약 8,000년 전 지금의 그루지아(코카서스) 지역에서 인류 최초로 와인 주조가 이루어졌다는 데 거의 대부분의 학자들이 의견의 일치를 보는 것 같다. 이후 포도 재배와 와인 주조는 남서쪽으로 확산되어, 오늘날의 이란, 터키의 북부, 메소포타미아 그리고 팔레스타인을 거쳐 고대 이집트에 이른다. '가나안의 땅'인 팔레스타인은 고대 이집트인들에 의해 '젖과 꿀이 흐르는 땅'이 아니라, '와인이 강물처럼 흐르는 나라'로 인식되었다.

이집트 시대의 주요 알코올 음료는 맥주였다. 와인은 주로 주변 국가인 시리아와 팔레스타인에서 나일 강 수로를 통해 수입되다가, 기원전 약 3천년 경부터 그 원료인 포도 재배가 시작되었다 한다. 맥주가 일반인들의 음료였다면, 와인은 신들에게 바치는 신성한 넥타였으며 왕과 귀족들이 마시는 고급 음료였다. 많은 피라미드 안에서 포도 재배와 와인 주조에 관한 상세한 벽화

와인을 보관하는 옹기인 앰퍼러

는 물론 와인을 담은 흙토기인 앰퍼러들이 무수히 발견되는 것으로 보아, 와인의 사회경제적 그리고 종교적 역할의 중요성을 짐작하고도 남는다. 황금 마스크의 출토로 너무나 유명한 투탕카멘의 피라미드에는 수많은 보석과 함께 와인을 담은 옹기가 다량 출토되었다. 그리고 옹기에는 생산지역, 생산년도 등이 자세히 기록되어 있어, 마치 오늘날 와인 레이블을 보는 듯하다. 이는 당시 이집트인들의 와인에 대한 관심과 주조 기술이 상당했음을 짐작케 한다. 파리의 콩코드 광장에 세워진 오벨리스크에 새겨진 상형문자에도 와인에 관한 기록이 여러 곳에 적혀 있다고 한다.

로마시대 이래 오랜 세월 동안 와인은 가장 중요한 교역 상품이었다. 유럽 와인의 시발점이 그리스였다면, 그 확장과 전파 그리고 포도 재배와 와인 주조 기술의 눈부신 발달은 로마인들의 공로다. 인간 중심의 자유로운 그리스 정신과는 달리, 로마는 군대를 근간으로 형성된 군사국가다. 따라서 초기에는 30세 이하 남성과 모든 여성에게 음주가 엄격히 금지되었다. 그러나 로마인들이 와인에 심취하기까지는 그리 오랜 세월이 걸리지 않았다. 이미 크뤼의 개념이 분명했던 로마 시대에 귀족들은 최상급 크뤼를 자신들의 저택 에다 다량 저장해놓고 즐겼으며, 일반인들은 싸구려 와인을 선술집 격인 타베 르네 비나리에tavernae vinariae에서 시도 때도 없이 마셨다고 한다. 이처럼 와인 이 사회와 경제에 미치는 영향이 대단했기에, 로마제국의 확장을 위한 전쟁을 와인 판로를 넓히기 위한 목적이라 주장하는 역사가도 있을 정도다.

중세 시대의 와인 교역은 오늘날 원유 교역에 비교될 정도다. 포도 수확을 위해 하던 전쟁을 일시적으로 멈춘 기록도 허다하다. 뿐만 아니라 '신의 휴 전'이라 해서 주교가 영주들에게 남의 포도나무를 뽑거나, 피해를 주는 것을 금지하는 서약서에 맹세를 하도록 한 기록도 있다. 그만큼 와인은 문화뿐만 아니라 현실 경제에 미치는 영향이 대단했다.

중세는 또한 유럽 전역에 수도원이 확산되고 번성하던 시기였다. 그리고 주 로 수도원에서 포도를 재배하고 와인을 주조했다. 수도원의 영향은 오늘날까 지도 미치고 있다. 프랑스의 460여 AOC 와인 중 100개 이상이 당시 수도원 의 이름을 그대로 사용하고 있는 것만으로도 충분히 짐작이 가능하다.

중세 이후 와인은 부침을 반복하면서 발전한다. 20세기 상수도가 상용화되 기 전까지 와인은 파스퇴르가 지적했듯이 '가장 신선하고 위생적인 음료'였 다. 대부분의 전염병이 오염된 물로 인해 비롯되었다는 사실을 기억한다면 쉽 게 이해가 가능할 것이다. 뿐만 아니라 먹을 것이 충분치 않던 시절에 와인 은 '취감과 동시에 만복감을 주는', 즉 일꾼들의 기분을 고무하는 술이자 배 를 든든하게 해주는 음식이기도 했다. '와인은 늙은이의 우유'라든가 '일꾼에 게 와인을 먹이면 두 마리 황소보다 일을 더 잘한다'란 프랑스 속담도 이를 뒷

받침한다.

19세기 말 필록세라란 해충이 프랑스와 유럽의 포도밭을 쑥대밭으로 만들어버렸다. 뒤이어 1918년에 연방의회를 통과한 미국의 금주법도 와인에 일격을 가했다. 알코올 도수 1% 미만의 음료만 판매를 허용하는 금주법은 특히 미국의 와인 산업에 치명타를 입혔으며, 나파 밸리를 비롯한 미국의 와이너리들이 재건되기까지는 금주법이 철폐되고도 많은 노력과 시간이 필요했다.

반면에 본격적인 열차의 시대와 더불어 와인의 대량 수송이 가능해지면서, 와인의 보급이 빠르게 확산되었으며 와인 생산지역의 판도도 크게 달라졌다. 철도가 없던 시절에 사람들은 좋든 싫든 그 지역에서 생산되는 와인을 마시는 데 만족해야 했다. 철도 시대와 더불어 와인 생산에 양호한 기후를 지닌 남부 지역 와인이 대거 대도시로 들어왔으며, 북부 지역의 와인 생산지역은 하나둘 지도에서 사라져 갔다. 철도 시대가 개막되기 이전에는 파리 지역이 프랑스에서 가장 큰 와인 생산 지역이었다는 사실을 알고 있는 사람은 그리 많지 않을 것이다. 지금도 몽마르트에서는 지극히 상징적이기는 하지만 연간 약 2,000병의 와인을 생산하고 있는데, 이는 현존하는 파리 지역의 유일한 포도밭이다.

미국이 금주법을 시행하여 술을 악마처럼 보고 있을 때, 유럽은 제1차 세계대전이 막바지에 이르고 있었다. 최전선의 참호 속에서 공포와 추위와 싸우는 군인들에게 와인은 총알 이상으로 중요한 것이었다. 후방에 남은 사람들이 보내는 위문품 중에 와인은 가장 중요한 품목이었다. 전국적으로 와인 모으기 운동이 벌어졌으며, 이에 참여하는 것이 일종의 국민적 의무처럼 여겨지던 시기였다.

제2차 세계대전이 끝난 1945년 프랑스의 연간 일인당 와인 소비량은 200ℓ
가 넘었고, 1954년까지 모든 병원에서 식사 때마다 와인이 나왔다. 현재 소비
량은 50ℓ 정도로, 계속해서 줄어드는 추세다. 동시에 와인에 대한 사람들의
태도가 크게 달라졌다. 안전한 상수도 덕분에 더 이상 물마시듯이 와인을 마
시지 않는다. 적게 마시는 대신 와인 클럽 등에서 와인을 제대로 알고 즐기려
는 노력을 아끼지 않는 사람들은 훨씬 많아졌다. 어떤 의미에서 와인은 사회
적 신분의 한 단면을 보여주는 상징이며 문화적 아이콘으로 자리를 잡았다.
한마디로 이제 와인은 단순한 음료의 차원을 넘어 일종의 문화가 되었다. 사
람들은 양보다는 질, 그리고 다양함과 색다름을 추구한다. 와인의 사회적 문
화적 위상이 확 달라진 것이다.

1980년대 이래 뉴 월드 와인의 발전이 눈부시다. 이미 잘 알려진 호주나 칠
레는 물론 중국, 인도 심지어는 태국에도 와이너리가 생겨났다. 중국은 이미
세계 5대 와인 생산국으로 자리를 잡았다. 전 세계 와인 생산량이 소비량보다
많아 위기를 맞고 있지만, 와인은 계속 새로운 역사를 쓰고 있다. 역사의 재판
정에서 언제나 승리한 저력을 바탕으로.

끝으로 방대한 와인의 역사를 불과 몇 페이지로 요약한다는 것은 불가능하
며, 지나친 비약이 있을 수밖에 없기에 위험한 작업이기도 하다. 와인의 역사
에 좀더 관심 있는 독자들은 필자의 책인 『WINE & CULTURE, 문화로 풀어
본 와인 이야기』나 휴그 존슨의 『세계 와인의 역사』 등을 읽어보는 것도 좋을
것이다.

Why Wine

제5장

와인이 와인 이상인 나라
프랑스

문화를 와인 병에 담은 나라

프랑스 하면 제일 먼저 연상되는 것이 무엇일까? 에펠탑·개선문·베르사이유 궁전·루브르 박물관과 같은 역사 기념물. 향수·화장품·패션·가방 같이 사람의 마음을 설레게 하는 명품. 에어버스·TGV·원자력 발전소같은 최첨단 기술. 프랑스 대혁명·프렌치 키스·프렌치 패러독스·요리·프랑스식 삶의 예술l' art de vivre. 루이 14세·나폴레옹·드골·파스퇴르… 각자의 이해와 경험에 따라 하나 혹은 여러 가지를 떠올릴 수 있을 것이다. 한 나라를 상징하는 것들을 이만큼 많이 지닌 행복한 나라가 이 지구상에 프랑스 외에 또 있을까!

그런데 여기서 와인을 뺄 수 있을까? 프랑스와 와인을 따로 떼어서 생각한다는 것 자체가 난센스일 것이다. 2,000년이 넘는 장구한 세월 동안 프랑스의 역사·문화·사회·경제·미각에 미친 와인의 영향은 상상을 초월한다. 조상들로부터 물려받은 가장 오래되고 소중한, 그리고 여전히 진행형인 경제활동의 주역인 동시에 살아있는 유산이 바로 와인 아닌가! 프랑스란 이름 뒤에는 어쩔 수 없이 유명 와인 산지이자 그 지역에서 생산되는 와인의 통칭이기도 한 보르도·부르고뉴·코트 뒤 론·알자스·샹파뉴 등이 그림자처럼 붙어 다니기 마련이다.

프랑스에서 와인은 단순한 알코올 음료를 넘어, 영국의 차茶나 네덜란드의 치즈처럼 일종의 '토템 음료'의 자리를 차지하고 있다. 영국인들이 날씨로 대화를 시작한다면, 프랑스인들에게는 와인이 빈번한 대화의 주제가 된다. "와인 없는 식탁은 태양 없는 하루와 같다"라고 호들갑을 떨 정도다. 그러니 프랑스인들과 친해지려면 와인을 대화의 주제로 삼으란 충고가 그리 과장되게 들리지 않는다. 보들레르가 "와인을 마시는 것은 천재를 마시는 것"이라 흥분하고, 시인 폴 엘뤼아르Paul Eluard의 말대로 '와인이 와인 이상'으로 간주되는 나라가 바로 프랑스로, 프랑스 사람들의 와인에 대한 자부심은 지나칠 정도다.

이와 같은 거의 종교적 차원의 와인 예찬으로 미루어 보아, 그리고 일반적으로 받아들여지는 상식에 근거해 볼 때, 프랑스 와인이 세계 최고의 명성을 누리고 있다는 데는 별다른 이의가 없을 것으로 믿는다. 그루지아·그리스·이탈리아의 와인은 프랑스보다 훨씬 오랜 역사를 지니고 있다. 생산량으로 보아도 프랑스는 스페인과 이탈리아의 뒤를 이어 세계 3위에 그치고 있다. 최근 들어서는 뉴 월드 와인의 공격적인 마케팅 전략에 중하위급 와인이 심각한 위기를 맞고 있는 것도 부인할 수 없는 현실이다. 그렇다면 프랑스 와인이 유명세를 누리는 구체적인 이유는 무엇인가? 여러 복합적인 요인들과 관점의 차이로 간단하지는 않지만 네 가지 핵심적인 이유를 들어 설명해보자.

첫째, 역사와 전통이다. 이는 20세기 이상 단절 없이 와인을 생산하고 발전시켜 온 저력이다. 2,000년이 넘는 장구한 세월 동안 프랑스 와인은 모든 분야에서 꾸준히 발전해 왔다. 포도 재배기술, 새로운 품종개발, 양조기술은 물론 판매와 서비스에 이르기까지 와인에 관한 한 프랑스는 언제나 앞서왔다. 그리고 와인의 사기행각을 막기 위한 노력의 일환으로 제정된 AOC 제도도 프랑스가 원조이며, 다른 와인 생산 국가에서도 이 제도를 모방하고 있다. 병 입이나 레이블 분야에서도 프랑스는 선구자적인 역할을 했다.

둘째, 포도를 재배하기에 적합한 천혜의 자연조건이다. 다시 말해 떼루아의 독특함과 우수함이다. 가나안이 '젖과 꿀이 흐르는' 선택된 이스라엘의 땅이 라면, 프랑스는 최고의 와인을 주조할 수 있는 '선택된 포도 재배의 땅'이라 할 수 있다. 게다가 와인주조에 사용되는 주요 세파주들도 거의 전부 프랑스 가 원산지다. 현재 뉴 월드에서 생산되는 주요 세파주 와인들의 면면을 보는 것만으로도 충분할 것이다. 까베르네 소비뇽·메를로·시라·샤르도네·소비 뇽 블랑 그리고 심지어 아르헨티나나 칠레 등에서 주로 경작되어 그곳이 원산 지인 것처럼 인식되기도 하는 말벡까지도 알고 보면 프랑스가 원산지다. 까베 르네 소비뇽과 메를로 하면 보르도의 유명 와인이 자연스레 연상될 것이고, 시라 하면 코트 뒤 론 북부의 빼어난 코트 로티나 레르미타쥬가 당연히 떠오 를 것이다. 그리고 샤르도네 하면 부르고뉴의 최상급 화이트 와인이나 샹파뉴 를, 와인을 조금 아는 사람이라면 누구나 생각하지 않겠는가! 그러니 뉴 월드 의 세파주 와인은 이런 프랑스 와인의 오랜 명성을 등에 업고 있다 해도 지나 치지 않을 것이다.

셋째, 최상의 와인을 만들려는 프랑스 사람들의 부단한 노력과 열정, 그리 고 뛰어난 창의력과 천재성을 간과해서는 안된다. 최초로 오크통을 제작하고, 선진 양조기술을 앞서 개발한 것도 프랑스 사람들이다. 오늘날 세계의 와이너 리를 내 집 드나들듯 누비며 와인의 질적 향상을 위해 양조기술을 고가로 컨설팅하고 있는 소위 세계적 플라잉 와인메이커들도 거의가 프랑스인이다. 그 중에서도 특히 전 세계 11개 와이너리를 경영하는 와이너리 대표이자, 13개 국 130여 와인 산지를 누비며 400여 개 와인에 대한 컨설팅과 제조자의 역할 을 병행하고 있는 와인 전문가 미셸 롤랑의 오대양 육대주에 걸친 영향력은 가히 놀라울 정도다.

끝으로 프랑스 와인에 최대한의 부가가치를 부여하며 전 세계를 무대로 마 케팅과 판매를 주도하는 교역상인 네고시앙들의 능력도 빼놓을 수 없다. 오늘 날 많은 프랑스 와인의 명성이 있기까지는 그들의 역할이 절대적이었다. 그들 이 없었다면 오늘날 보르도 와인의 명성은 그리 대단하지 않을 수도 있을 것이 다. 뿐만 아니라 보졸레 누보나 샹파뉴의 눈부신 상업적 성공은 그들의 뛰 어난 상상력과 훌륭한 마케팅 전략이 없었다면 절대 불가능했을 것이다.

이와 같이 프랑스는 와인 종주국으로서의 역할을 지금껏 꾸준히 수행해 오 고 있다. 세계적으로 명성을 얻고 있는 이탈리아의 슈퍼 토스카나, 스페인의 리베라 델 두에로Ribera del Duero 그리고 미국 나파 벨리의 오푸스 원 등도 알 고 보면 보르도 와인의 전통과 양조기법은 물론, 사용하는 포도 품종마저 거 의 비슷하다는 것도 프랑스 와인의 영향력을 그대로 보여주는 단적인 예이다.

물론 프랑스 와인도 여러 도전에 직면해 있다. 최상급 와인이야 나오기 바 쁘게 팔려나가지만, 보통의 일반 와인과 AOC 와인은 뉴 월드 와인에 밀려 판 로를 찾기가 어렵다. 1935년 이래 프랑스 와인의 질을 보증해왔던 AOC 제도 도 운영상의 문제와 남용으로 심한 비판에 직면해 있다. 프랑스인들의 와인 소비가 급격히 감소하고 있다는 현실도 프랑스 와인의 장래에 먹구름을 드리 운다. 글로벌 시대에 복잡한 떼루아 와인만을 고집할 것이 아니라, 보다 쉽게 고객에게 다가갈 수 있는 세파주 와인으로의 전향을 외치는 목소리도 있다. 그러나 프랑스 와인은 고유의 전통과 질을 고수할 때에만 본래의 종주국 자리를 고수할 수 있다는 주장도 동시에 힘을 얻고 있다. 새로운 도전의 앞에 선 프랑스 와인의 장래가 자못 궁금해진다.

프랑스 공화국의 와인 셀러

상상하기 어렵지 않겠지만, 대통령 궁인 엘리제, 국회·상원·헌법재판소·외무성을 비롯한 각 부처와 감사원 등 프랑스 공화국의 주요 기관들은 모두 전통적으로 고급 와인만큼이나 많고 다양한 와인을 갖춘 환상적인 셀러가 있다. 각 기관의 와인 셀러는 어떤 의미에서 프랑스 공화국의 얼굴이고 자랑이고 위엄이며 전통이다. 그리고 매 해 이 셀러를 보충하기 위한 적지 않은 예산이 책정되며, 당연지사지만 새 와인을 선정 구매하고 셀러를 관리하는 전문 소믈리에sommerlier들이 배치되어 있다.

국회의장을 지냈으며, 와인보다 맥주를 선호하는 쟈크 시라크Jacques Chirac 전 대통령과 가장 가까운 사이로 알려진 쟝 루이 드브레Jean Louis Debré는 와인 애호가로 알려져 있다. 그는 2007년 헌법재판소장을 역임하면서 이 기관의 셀러에 샤토 카르보니외Château Carbonnieux 레드와 화이트 그리고 여러 생산자의 퓔리니 몽라쉐Puligny Montrachet 그랑 크뤼 등을 구매한 후 다음과 같이 말했다. "이것은 장기 보관 와인으로 나의 후임자들이 나를 생각하며 이 훌륭한 와인을 마실 것이다." 보르도 레드, 특히 샤토 베이쉬벨Château Beychevelle을 선호하는 드브레는 국회의장 당시 주요 외빈들에게 국회 방문기념으로 고급 와인한 상자를 선물한 일화로도 유명하다. 일부 외빈들은 선물로 받은 와인을 자신들이 직접 챙기기 위해 프랑스 방문 일정을 반나절 앞당길 정도로 열정을 보이기도 했을 만큼, 이 선물의 인기와 위력은 대단했다.

프랑스 공화국의 와인 셀러 중에서도 으뜸은 역시 엘리제궁의 셀러다. 1만 5,000병 정도가 소중히 보관된 이 셀러는 프랑스 최상급 와인의 전시장이기도 하다. 샤토 오존느Château Ausone · 페트뤼스 · 피작Figeac · 샤토 뒤켐 등 보르도와 소테른의 최상급은 물론, 부르고뉴와 빈티지 샹파뉴도 최상급만 저장되어 있다. 그리고 엘리제궁의 셀러는 보안상의 이유로 그 누구에게도 방문이 허락되지 않는 것으로도 유명하다. 단지 대통령으로부터 필요한 와인을 꺼내오라는 명을 직접 받은 사람만이 들어갈 수 있다. 우연인지 모르지만 이 셀러는 엘리제궁 지하에 위치한 프랑스 원자 무기를 총괄 지휘하는 벙커인 쥬피터Jupiter와 지척에 위치하고 있단다.

프랑스의 대통령이 거주하고 집무하는 곳이기에, 엘리제궁에서 공식 비공식 방문자들의 식사 때 제공하는 와인은 언제나 최상급이었다. 그러나 2007년 현 니콜라 사르코지 대통령이 엘리제궁의 주인이 되면서 예산 절감이라는 미명 하에 손님의 등급에 따라 제공하는 와인의 등급도 엄격하게 나뉘어졌다. 예를 들어 외국의 왕이나 대통령에는 최고급 특별 와인, 장관급에 해당하는 방문자에게는 보르도 크뤼 클라세Crus Classés의 3등급 혹은 4등급 와인 이런 식이다.

다음으로 유명한 셀러는 프랑스 상원의 그것이다. 상원 의원들의 평균 연령이 높아서인지, 주로 클래식한 와인들이 셀러를 채우고 있다. 샤토 탈보Château Talbot · 린치 바지 · 레오빌 바르통Léoville Barton 등. 하지만 상원의 셀러 관리자인 스테판 리비에르Stéphan Rivière에 따르면 일반에게 잘 알려지지는 않았지만 독특한 와인인 디디에 다그노Didier Dagueneau · 앙리 마리오네Henry Marionnet · 도멘느 생 니콜라Domaine Saint Nicolas 등과 헝가리의 도멘느 디스뇌쾨Domaine Disnoekoe도 있다고 한다. 애국심이 남달리 강한 상원이 외국 와인을 마신다고 할지 모르겠지만, 디스뇌쾨는 사실상 프랑스 자본이 소유하고 있다.

국무총리 공관은 마티뇽Matignon이라 불린다. 셀러가 없을 수 없고, 공식 셀러 관리자도 있다. 어떤 이유에선지는 모르지만, 왕조시대부터 마티뇽의 셀러는 언제나 파견 근무로 나온 해군 장교가 관리를 맡는다. 현재 관리장교는 클로드 블뤼제Claude Bluzet인데, 그는 총리실을 공식 방문한 영국의 엘리자베스 2세 여왕에게 예상을 뒤엎고 전혀 유명세가 없는 '프로비냐주Provignage'라는, 투렌느에서 생산되는 화이트 와인을 제공해 세상을 놀라게 했다. 매우 특이하고, 또한 19세기 말 필록세라에서 살아남은 몇 안되는 포도밭이란 독특한 역사를 지니고 있다고는 하지만 시중에서 병당 40유로(6만 원, 2010년 기준)도 채 나가지 않는 와인을 영국 여왕을 모신 식사에 감히 내놓았다는 사실만으로도 세간의 화제에 올랐다. 총리 공관이라 해서 예산절감의 방침에서 벗어날 수는 없겠지만, 필자의 생각으로도 너무 지나치지 않았나 싶다.

프랑스 외무성 꿰 도르세Quai d' Orsay는 그 업무의 성격상 프랑스를 대외에 드러내는 쇼룸이고 특히 격식을 깍듯이 갖추는 곳으로 유명하다. 꿰 도르세의 셀러에는 1만 병의 최상급 와인들이 랭스 출신의 셀러 관리인인 티에리 부롱Thierry Bouron에 의해 세밀하고도 철저하게 관리되고 있다. 그 중에서도 특히 외국 손님을 많이 영접하기 때문에, 빈티지 샹파뉴와 부르고뉴의 유명 최고급 화이트들을 가장 잘 갖춘 곳으로 유명하다. 외무성의 한 대변인은 "와인은 우리의 (외교) 메시지 전달을 용이하게 해 주는데 도움이 된다"라고 설명한다. 프랑스 와인의 위력은 외교 분야에도 적지않은 영향력을 발휘하는 것이다.

프랑스의 외교를 총지휘하는 화려하고 자존심이 강한 외무성이라 할지라도, 세월의 변화와 자본의 힘 앞에서는 어쩔 수 없나 보다. 2007년 11월 12일 꿰 도르세는 유명 샹파뉴 제조사인 돔 페리뇽의 프로모션을 위해 주요 살롱을 대여했다. 돔 페리뇽은 우리에게 루이뷔통으로 너무도 잘 알려진 LVMH 그룹의 자회사이다. 엄선된 명사 500명을 초대한 이 행사에서 돔 페리뇽은 병당 가격이 1,150유로(200만 원)나 하는 특별 퀴베cuvée 와인인 '돔 페리뇽 이노테크 Dom Pérignon oenothèque 1993'의 출고식을 성대히 거행했다. 많은 프랑스 외교관들의 거센 저항에도 아랑곳없이 돈이 되면, 그리고 필요하다고 판단되면 공화국의 살롱도 대여할 수 있는 평등(?) 혹은 황금만능의 시대에 우리는 살고 있는 것이다. 아니면 돔 페리뇽의 위력을 외교에 활용해보려는 나름대로의 계산이 있었는지도 모르겠다.

1848년 프랑스에 다시금 혁명의 기운이 감돌 때, 개혁파들은 지방을 돌면서 방켓banquet(연회)을 열었고, 이를 통해 〈7월 왕정La monarchie de Juillet〉을 뒤엎고 새로운 혁명을 준비할 수 있었다. 그 이후부터 '공화국은 식탁 위에서 자신의 힘을 과시하는 습관을 갖게 되었다'고 한다. 선거나 기관의 행사 등에는 의례 '공화국 방켓le banquet républicain'이 베풀어졌다. 하지만 이런 시절은 이제 역사가 되고 말았다. '나온 배'가 사회적으로나 문화적으로 지탄의 대상이 되는 시대에, 많이 먹고 마시는 행위는 야만적이고 몰상식한 것으로 규정하는 '유일사상'이 지배하는 이상한 세상이 되었다. 와인과 음식은 이제 더 이상 풍요로움이나 감흥을 나누는 정치적 상징이 아니라, 공직자의 발목을 잡는 요물이 되어버렸다. 배가 나오고 후덕하게 보이는 이웃집 정 많은 아저씨 같은 정치인이 득세하던 시대는 끝나고 오바마처럼 날씬하고 스포티한 정치인이 대중의 인기를 얻는 시대에 우리는 살고 있는 것이다.

같은 하늘 아래 낮과 밤이 공존한다

2007년 보르도·부르고뉴·샹파뉴 세 지역 와인의 총 수출액은 자그마치 67억 2,000만 유로에 달했다. 이를 프랑스가 자랑스럽게 여기는 최첨단 기술의 주요 수출품과 견주어보면 129대의 에어버스, 92대의 인공위성, 288대의 TGV 수출과 맞먹는 엄청난 금액이다. 같은 해 프랑스의 모든 와인, 꼬냑 및 다른 브랜디의 총 매출액은 150억 유로이며, 그 중 수출액은 93억 4,000만 유로(62%)에 달한다. 와인은 프랑스 전체 수출 품목 중에서 당당히 2위에 해당한다. 또 다른 프랑스 주요 산업인 자동차 산업과 비교해 보면, 보르도·랑그독 그리고 샹파뉴 와인의 경제성은 프랑스의 모든 자동차 산업(르노, 푸조, 시트로앵)을 합한 것만큼이나 중요하다. 누가 보아도 프랑스에서 와인은 그 문화적 상징성만큼이나 경제성이 높으며 중요한 상품이라는 현실을 이해할 수 있을 것이다.

1900년 세계박람회가 파리에서 개최되었다. 당시 프랑스 대통령이던 에밀 루베Emile Loubet는 이를 기념하기 위해 자그마치 2만 9,695명이나 되는 프랑스의 모든 시장市長을 튈러리 공원에 초대해 그야말로 대규모 향연을 베풀었다. 이를 위해 연어 2,000kg, 꿩 2,430마리, 닭 2,500마리, 마요네즈 1,200ℓ 그리고 무려 5만 병의 와인(프레냑 블랑·생 줄리앙·부르고뉴·샹파뉴)이 제공되었다. 와인만 보면 초대 받은 사람 일인당 평균 2병에 가까운 양을 비운 셈이다. 오늘날 국빈 초대 등 주요 외교 행사의 만찬에 와인은 3명당 1병이 원칙인 것과 비교하면 격세지감을 느끼지 않을 수 없다.

왕조시대에는 왕이나 귀족들이 자주 이처럼 거창한 향연을 베풀었다. 이는 왕과 귀족의 권위와 부를 상징하고 드러내는 수단이었다. 또한 부의 과시와 권력을 드러내는 일종의 정치적 행위이자 행사이기도 했다. 그리고 이런 전통은 프랑스 혁명 이후에도 소위 '공화국 방켓'이란 이름으로 계속되었다. 그 당시는 대다수의 시민이 배불리 먹고 마실 수 있던 시기가 아니어서, 공화국의 이름으로 시민들이 배불리 먹고 얼큰하게 취할 수 있는 좋은 기회였다.

그러나 프랑스의 이같은 오랜 전통은 최근에 들어와 심각한 위기를 맞고 있는 것처럼 보인다. 현 사르코지 대통령은 저 유명한 샤토 뒤켐을 권해도 잔에다 입술도 대지 않는, 그야말로 물만 마시는 사람으로 유명하다. 그가 대통령이 된 이후 대통령 궁인 엘리제궁의 와인 구매 예산이 45%나 격감했다고 한다. 물론 국가 예산을 최대한 긴축해야 한다는 숭고한 목적을 들어서. 그의 천성적인 와인 기피성향을 안다면 그리 놀라운 일이 아닐지 모르지만, 와인의 나라 프랑스의 대통령으로서는 어딘가 어울리지 않는 것 같다.

문제는 여기서 끝나지 않는다. 파리 시장으로 당선되기가 바쁘게 베르트랑 들라노에Bertrand Delanoë 시장은 파리 시청의 와인 셀러에 보관된 와인 중 최상의 와인을 경매에 붙여 팔아치우기로 결정했다. 한 병이 법정 최저임금보다

비싼 와인을 여론의 눈총이 따가워 어떻게 마실 수 있겠느냐는 것과 시 예산의 긴축이란 '정치적으로 정당한' 두 가지 이유를 내세워 가장 훌륭한 5,000병을 경매에 붙여버렸다. 그렇게 확보된 96만 유로(약 16억 원)는 파리 시 총예산의 1/6,250에 지나지 않는, 그야말로 '새 발의 피'에 불과하다. 이런 '정치적으로 정당한' 쇼에 대해 미국과 영국의 언론들은 매우 냉소적이었다. 엄청난 훼손으로 얻은 우스꽝스러운 절약이라며, 이는 결국 '프랑스의 쇠퇴'를 나타내는 한 징표라고 프랑스를 비아냥거리는 즐거움을 마다하지 않았다.

영국의 역사학자 테오도르 젤딘Theodore Zeldin은 그의 저서 『프랑스 열정의 역사』에서 프랑스인과 와인의 특별한 관계를 다음과 같이 기술하고 있다. "와인은 프랑스 사람들의 생활에서 정치적 혹은 사회적 사상이 수행했던 역할만큼이나 대단하고 복잡한 역할을 수행했다."

사실상 1789년 프랑스 대혁명 이후로 와인은 노동 계급의 징표가 되었다. 와인의 보급이 중단될지도 모른다는 소문과 위기감이 1789년 7월 바스티유 감옥을 습격하는 결정적인 요인으로 작용했음을 알고 있는 사람은 그리 많지 않을 것이다. 그로부터 1세기가 채 지나지 않아 1871년 3월 파리에서 민중봉기가 일어나 구성된 역사상 첫 노동자계급의 혁명자치정부인 파리 코뮌 당시에 굶주린 혁명군이 바리케이드 위에서 와인으로 배를 채웠으며, 전투에 참가한 사람들이 만취하여 비틀거리며 진군했다는 역사는 유명하다. 그래서 대중의 인기를 누렸던 와인을 '인민의 피'라 부르기도 했다. 이런 전통은 최근까지 프랑스 '공산당 축제(매 해 9월 초에 벌어지며, 공연 등 여러 행사가 벌어지는 대중적 인기를 누리는 행사)' 기간에 겨우 명맥을 유지하는 정도다.

이런 현상과 더불어 프랑스의 와인 소비는 해가 갈수록 급속히 저하되고 있는 추세다. 제2차 세계대전 직후인 1945년 프랑스의 일인당 연간 와인 소비량은 200ℓ를 넘었다. 그야말로 물처럼 와인을 마시던 시대였다. 현재는 54ℓ를 겨우 유지하는 정도다. 그리고 여기에 연간 8천만 명에 해당하는 외국 관광객이 현지에서 소비하고 구매해 간 것 등을 고려하면 실제 프랑스인의 소비량은 36~37ℓ 정도로 줄어든다.

오랜 전통 속에서 '만병통치약', '인민의 피', '늙은이의 우유', '지적 황금' 등으로 추앙받던 와인은 이제 위스키·맥주 등 다른 알코올과 아무런 구별 없이 '만병의 원인', '교통사고의 주원인' 등의 슬로건 하에 '공공의 적' 혹은 '와인 속에 사탄' 등으로 천대 받고 있다. '와인이 와인 이상인 나라', '문화를 와인 병에 담은 나라', '와인의 왕국' 프랑스에 새로운 변화가 일고 있는 것은 분명해 보인다. 프랑스 와인에 일종의 문화혁명이 일어나고 있는 것이다. 프랑스 경제와 수출의 효자 제품인 와인과 사회 지도층 사이에 어떤 형태의 결별이 선언된 느낌이다.

다른 한편으로, 프랑스 와인은 제2의 '프렌치 패러독스'를 경험하고 있다고 해도 지나치지 않을 것이다. 1990년대 제1차 프렌치 패러독스는 한마디로 와인이 성인병 예방에 효력이 있다는 것이었다. 술(와인)과 담배를 많이 하고 운동은 적게 하며, 기름진 음식을 즐기는 프랑스 사람들이 건강하게 장수한다는 것이 이 패러독스의 주요 내용이었다.

그러나 제2차 프렌치 패러독스는 건강이 아니라 문화적, 그리고 심리적 패러독스라 할 수 있을 것이다. 와인이 프랑스 경제에 지대하게 기여하고, 한국과 중국을 비롯한 전 세계에서 프랑스 그랑 크뤼 애호가가 빠르게 늘어나고 있으며, 프랑스의 주요 세파주와 와인 주조 기술이 전 세계로 퍼져나가고, 미셀 롤랑을 비롯한 프랑스의 플라잉 와인메이커들이 전 세계를 누비며 프랑스 와인의 명성을 높이고 있는 반면에 프랑스의 정치 지도자들은 기타 알코올과 와인을 같은 차원에 놓고, 알코올이 국민건강에 악영향을 미친다는 로비에 밀려 점점 와인과 거리를 두고 있는 것이 작금의 실정이다. 그리고 이런 현상은 당분간 지속될 것이 거의 확실해 보인다.

　와인의 왕국에 물만 마시는 대통령을 둔 것도 불행이라면 큰 불행이고 아이러니다. "아무도 자신의 나라에서 예언자가 되지 못한다"라는 프랑스 속담처럼, 이제 프랑스에서 와인은 예언자는 고사하고 자신의 나라에서 푸대접을 받는 처량한 신세가 되었다.

투기로 널뛰는 보르도 와인 가격

2007년 말 경 프랑스의 미디어를 떠들썩하게 한 사건이 하나 있었다. 한 중국 갑부가 샤를르 드골 공항의 면세점에서 페트뤼스·마고·슈발 블랑 등 무려 시가 6천만 원이 넘는 최고급 와인들을 비행기 타기 직전에 서둘러 구매했는데, 이 공항 면세점 역사상 한 고객에게 판매한 최고의 금액이라는 내용이었다. 그전의 기록은 약 3천 5백만 원 정도였는데, 이것도 중국 사람이 최상급 와인을 구매하며 세운 기록이란다. 자기 나라 상품을 그것도 최고 비싼 것만 팔아주니 반가운 일이지만, 현지 언론의 보도 자세는 호기심에다 약간 의외라는 투에 덧붙여 다분히 냉소적이었다.

사실 1900년대까지 보르도의 1855년 등급에 선정된 와인인 크뤼 클라세의 가격은 합당했다고 볼 수 있다. 그러다 2000년에 들어서면서 가격은 어지러울 정도로 급작스레 폭등한다. 우선 빈티지 자체가 특별히 좋은 데다 새로운 밀레니엄의 시작을 알리는 2000년이란 상징적 의미까지 겹쳐 전 세계적으로 집중적인 수집과 투기의 대상이 되었기 때문이다. 게다가 당시는 세계 경기가 투자 버블로 호황을 누리던 시기라 부르는 게 값이었다. 진정 와인을 사랑하는 사람들에게는 매우 유감스럽게도 언제부턴가 와인 투기가 전 세계의 부자들이 즐겨하는 일종의 스포츠가 되었다. 스위스의 UBS 은행에는 와인 투기를 담당하는 전문 부서가 생겨날 정도다. 그도 그럴 것이 와인에 투자를 하면 수익률이 연 25%를 상회한다고 하니, 그 대상이 무엇이든 인간은 이윤 앞에서는 물불을 가리지 않나 보다.

그렇다면 보르도 와인 값이 어떻게 널뛰기를 했다는 걸까? 예를 들어 샤토 마고의 선구매 가격 변화를 한 번 살펴보는 것만으로도 상황을 짐작할 수 있을 것이다. 샤토 마고의 병당 가격은 1993년에 23.63유로 하던 것이 1999년에는 70유로, 그리고 2000년에는 120유로로 급속히 올랐다. 빈티지가 좋지 않은 2001·2002년과 2004년에는 각각 85·60·80 유로로 가격이 하락했지만 2005년에는 다시 350유로로 급격히 치솟았다. 전년도 대비 자그마치 440%나 급등한 것이다. 2006년에 270유로로 조금 주춤하긴 했지만, 여전히 엄청나게 비싼 가격이다.

2006년은 투기를 할 만큼 좋은 빈티지가 아니라서 영국과 미국 시장에서 홀대를 받았는데, 아시아 시장이 기다렸다는 듯 높은 가격에 구매를 해준 덕분에 여전히 높은 가격의 유지가 가능했다. 선구매 가격이 이 정도니 일반 시장에서는 병당 1,000유로를 호가하는 것이 예사였고, 최종 소비자는 2,500유로를 상회하기도 했다. 한마디로 와인 값이 투기에 놀아나 미쳐버린 것이다. 최상급 와인이라 해도 순수한 원가 차원에서 볼 때 병당 생산 가격은 15유로 정도라니, 상상을 초월하는 폭리다.

보르도의 크뤼 클라세는 부르는 게 값이고, 그것도 없어서 못 파는 실정이지만 프랑스 와인의 이면은 매우 어둡다. 즉, 일반 AOC 보르도의 가격은 계속해서 하락하고 있는데 그럼에도 불구하고 판로를 찾지 못해 난리인 것이다. 크뤼 클라세와 일반 AOC 간의 가격 격차는 해가 갈수록 심해지고 있다. 와인에도 양극화 현상은 어쩔 수 없나 보다. 예를 들면 1990년 AOC 리스트락의 평판이 좋은 크뤼 부르주아인 샤토 사랑소 뒤프레Château Saransot Dupré는 9유로, 2등급인 샤토 피숑 롱그빌 콩테스 드 라랑드Château Pichon Longueville Comtesse de Lalande는 27유로, 그리고 1등급인 샤토 마고는 37유로에 판매되었다. 현재 도매상 가격으로 사랑소 뒤프레는 여전히 10유로를 넘기지 못하고 있는 반면, 피숑 롱그빌은 90~150유로, 그리고 마고는 500유로에 거래되고 있다. 얼마 전 생떼밀리옹의 한 와인가게에서 생떼밀리옹의 특등급 와인인 샤토 오존느 한 병이 3,500유로에 거래되었다고 한다. 그곳으로부터 겨우 20km 떨어진 곳에서 일반 보르도 AOC가 ℓ당 겨우 1유로에 거래되고 있는 것이 웃지 못할 현실이다.

턱없이 비싼 보르도 크뤼 클라세의 가격은 투기에 의해 조작된 것이라 결코 정당하다고 보기 힘들다. 유명 샤토들이 하나씩 거대 자본의 손에 넘어가는 것도 이같은 추세를 부추기는 데 일익을 담당했다. 지금까지 샤토 라투르나 샤토 뒤켐 등이 프랑스의 최대 자본가들 손에 들어갔으며, 이러한 현상은 와이너리의 투자 가치가 존속하는 한 계속될 전망이다. 뿐만 아니라 레이블을 중시하는 러시아와 아시아 시장도 가격을 치솟게 하는 데 한 몫을 톡톡히 하고 있다. 크뤼 클라세의 묻지마식 선구매를 위해 마카오나 홍콩에 사무실을 개설한 유럽의 유명 와인 거래상에다 백지 수표를 맡겨오는 중국의 거부들도 많다고 한다. 그러니 현지의 와인 애호가들 사이에 아시아의 졸부들이 와인

가격만 터무니없이 올려놓았다는 볼멘소리가 터져 나올 만도 하다. 또한 와인을 진정한 와인의 가치로서보다 대외 전시용인 레이블로 마시는 경향이 두드러진 우리네 와인 문화에 대해서도 이즈음에서 한 번쯤 짚어 보는 것도 좋으리라.

다행인지 불행인지, 몇 해 전부터 세계가 재정위기로 몸살을 앓고 있다. 크뤼 클라세에 불었던 투기의 바람도 바람과 함께 사라질 것인지 자못 궁금하다. 그 동안 투기를 목적으로 사재기의 대상이 되었던 최상급 와인들이 다량 시장에 쏟아져 나올 것이라고 한다. 세계 금융 위기의 시발점이 되었던 미국의 투자 은행 리먼 브라더스가 파산하면서 고액의 연봉을 받던 골든 보이들이 사재기 해놓았던 와인들이 시장으로 흘러 들어왔다는 소문도 나돌았다. 당연히 최상급 와인의 가격도 많이 떨어질 전망이다. 어쩌면 이러한 위기 덕분에 그나마 적당한(?) 가격에 크뤼 클라세의 최상급 와인을 마셔볼 수 있는 기회를 갖는 역설적 상황이 발생할지도 모르겠다. 하지만 인간의 속성은 하루 아침에 혹은 한 번의 사건으로 바뀌지 않을 것이다. 모든 것이 상품이 되고 투기의 대상이 되는 것이 자본주의 시스템이기에, 언젠가 경기가 회복되면 와인 값도 언제 그랬냐는 듯이 또 다시 널뛸 것이다. 진정한 와인 애호가들의 악몽은 아직 끝나지 않았다.

투기에 맞서는 장인의 고집, 부르고뉴

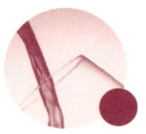

로마네 꽁띠! 그 이름만으로도 모든 와인 애호가들의 가슴을 설레게 하는 와인이다. 본느 로마네라는 부르고뉴의 한적한 마을 한 켠, 경사가 완만한 언덕에 아주 겸손한 자태로 자리한 조그맣고 아담한 포도밭이다. 처음 방문하는 사람에게 초라하다는 느낌을 줄 정도다. 세계에서 가장 고귀한('유명한'이 아니다) 와인이란 생각을 가지고 방문하면 더욱 그러하다. 낡은 돌담이 두르고 있는 입구에 '로마네 꽁띠'란 조그만 푯말을 발견하고는 혹 잘못 찾아온 게 아닌가 의아할 정도다. 그 규모도 고작 1.85ha로 정말 작다. 그런데 여기서 생산되는 와인이 장장 5세기 전부터 신화를 만들어오고 있는 것이다. 1512년 이래 경작 면적이 단 한 뼘도 변한 적이 없다! 연간 생산량은 약 6,000병 정도에 불과하다. 당연히 엄청나게 비싸다. 2000년 빈티지가 6,000유로 정도에, 그리고 1990년 것은 9,000유로에 거래되고 있다. 로마네 꽁띠를 한 잔 한다는 것은 어떤 의미로 역사에 입을 맞추는 것이기도 하다.

로마네 꽁띠를 포함한 DRC는 재배면적이 25ha이며, 코트 도르 최고의 떼루아로 이루어져 있다. DRC는 라 따쉬(100%), 리쉬부르(50%), 로마네 생 비방(9ha 중 5ha), 그랑 에쉐조(1/3), 에쉐조 일부, 몽라쉐 일부, 그리고 바타르 몽라쉐 조금을 포함하며, 빌렌느Villaine와 르루와Leroy 양가의 소유로 총 주주는 30명이며, 40년 전부터 오베르 드 빌렌느Aubert de Villaine가 세계적인 이 유산의 운영을 맡고 있다. DRC의 값어치는 5~10억 유로 정도로 예상하지만, 실제 값을 매길 수 없다는 것이 전문가들의 견해다. 게다가 빌렌느는 이 도멘느가 거대 자본가의 손에 넘어가는 것을 앞장서 막고 있다.

잘 알다시피 로마네 꽁띠는 돈만 준다고 살 수 있는 와인이 결코 아니다. 로마네 꽁띠를 '마실 만한 자격이 있는' 애호가들에게만 철저히 선별해서 판매한다는 것이 빌렌느의 철학이고 철칙이다. 그리고 로마네 꽁띠 한 병을 구입하기 위해서는 11~13병의 다른 DRC 와인을 함께 구매해야 한다.

최상급 와인의 투기를 막는 데 누구보다 열성인 빌렌느는 몇천 명에 해당하는 구매자의 리스트, 보다 정확히는 수혜자의 리스트를 작성해 직접 발송하는데, 각 병에는 고유 일련번호가 붙어있다. 이후 와인의 행적을 추적해 만약에 투기꾼의 손에 넘어갔다는 증거가 밝혀지면, 그 구매자는 영원히 수혜자 리스트에서 삭제된다. 이베이에 나온 로마네 꽁띠의 고유 일련번호를 추적해 판매자를 가려내기도 하므로 아예 고유번호를 지워서 내놓는 사람들도 있다고 한다. 구매하기가 하늘에 별 따기인 데다, 구매 후 바로 재판매를 해도 구매 가격의 3~4배는 쉽게 받을 수 있기에 온갖 조처에도 불구하고 이런 유혹에 넘어가는 사람들이 있다고 한다. 사실 로마네 꽁띠 한 병만 팔면 나머지 DRC 11~13병은 매년 공짜로 얻는 거나 다름이 없다. 그래서 '매년 구매자 리스트에서 지워지는 고객들'이 있다고 빌렌느는 전하고 있으며, 이런 몰지각한 행위를 '죄'라고 표현하는 데 주저하지 않는다.

비록 DRC가 아니라 할지라도 부르고뉴의 유명 그랑 크뤼는 많은 경우 이같은 투기 시장의 희생자가 되고 있다. 꼬쉬 뒤리Coche Dury, 꽁트 라퐁Comtes Lafon, 르루와, 조바르Jobard, 루미에Roumier 등이 이 경우에 속한다. 예를 들어 루미에가 생산하는 그랑 크뤼인 뮈지니Musigny의 경우도 병당 80유로에 팔린 것이 불과 몇 주 사이에 1,000유로를 호가하기도 한다. DRC와 더불어 이들 와인은 와인의 행적을 추적하고 투기를 예방할 목적으로, 모두 고유 일련번호를 병에 부착하고 있다. 그 이유는 부르고뉴 그랑 크뤼는 보르도의 그것과 달리 크뤼당 몇천 병, 많을 경우 1만 5,000병 정도를 생산하기에 희귀성이 매우 높기 때문이다.

빌렌느를 비롯한 주요 부르고뉴 그랑 크뤼 생산자들의 힘겨운 노력에도 불구하고, 규칙을 어기고 투기꾼들에게 판매하는 사람들을 완전히 막을 수가 없는 것이 씁쓸한 현실이기도 하다. 익명을 요구한 한 네고시앙에 따르면, "투기꾼들은 프랑스와 영국의 어디에서 로마네 꽁띠를 구매할 수 있는지 언제나 알고 있다"고 한다. 로마네 꽁띠의 구매 리스트에 오른 레스토랑들이 구매한 것 중에서 한두 병이 나오기도 하며, 심지어 12병짜리 박스로 꾸며져 아시아의 거부들에게 상상을 초월하는 가격에 팔려나가기도 한다. 이런 거래를 주로 하는 회사로는 프랑스의 뱅 라르Vins rares와 영국의 파이니스트 와인Finest Wines 이 유명하다.

그랑 크뤼로 태어난다는 것은 자랑스러운 일이다. 하지만 케네디가를 비롯한 유명 집안의 내막을 들여다보면 생각 이상으로 운명이 순탄치 않듯이, 그랑 크뤼의 운명도 그리 순탄하지만은 않다. 우선 투기의 대상이 되기 쉽다는 것은 위에서 살펴보았다. 그리고 세계 도처의 거부들과 투기꾼들이 찾는 와인이기에, 그랑 크뤼로 태어나면 대륙을 옮겨 다니는 긴 여행을 할 경우가 많다. 유럽에서 미국과 아시아 대륙으로, 그리고 어떤 경우에는 몇십 년이 지나서 다시 유럽 대륙으로 되돌아오는 경우도 있다.

일단 투기의 대상이 되면 아무리 귀하고 고상한, 그리고 특히 쉽게 손상을 입을 수 있는 와인이라 할지라도 단순한 상품으로 변한다. 그리고 그 많은 거리를 어떤 조건에서 여행했는지, 또 도착지마다 어떤 조건에서 보관되었는지 알지 못한다. 바로 이런 이유로 유명 와인은 여러 손을 거쳐야 하는 투기의 희생양이 되기도 한다.

미국의 한 실험실은 자체적인 조사에서 와인은 30℃ 이상에서부터 색깔이 탁해지고, 보관 가능성을 높여주는 이산화황SO_2의 양이 줄어들며, 무엇보다도 암을 유발시키는 요소로 알려진 카보나이트 에틸carbonite ethyl의 양이 급증한다는 결과를 내놓아 많은 사람의 간담을 서늘하게 했다. 와인의 맛이 크게 손상을 입는 것은 두말할 나위도 없다.

세계화와 더불어 이제 프랑스의 고급 와인은 명품의 하나가 되어버렸다. 하지만 와인은 어디까지나 와인이다. 즉 살아 있는 생명체로 꾸준히 변화를 거듭한다는 것이다. 게다가 와인 자체가 투기의 대상이다 보니, 와인의 궁극적 목적인 마시는 즐거움을 주지 못하고 단순한 상품으로 이 사람 저 사람의 손을 거쳐 팔리고 교환되는 사나운 운명을 맞이하게 된다. 너무도 유명한 샤토 오존느의 소유주 알랭 보티에Alain Vauthier는 "우리가 생산한 와인의 80%는 더 이상 마셔지지 않는다."고 한탄스러운 불평을 털어놓았다. 마시는 와인에서 투기와 컬렉션을 위한 와인으로 변해 버린 것이다. 부르고뉴의 유명 그랑 크뤼도 마찬가지일 것이다. 진정 와인을 사랑하는 애호가들에게는 정말 안타까운 일이겠지만, 이는 어쩔 수 없는 씁쓸한 현실이기도 하다.

부르고뉴 VS 보르도: 마이 웨이

부르고뉴와 보르도는 거의 모든 면에서 확연히 다른 특색이 있다. 몇 개의 단어들을 대조해 열거하는 것만으로도 그 차이를 확연히 볼 수 있다. 본/보르도, 본느/뿌이약, 피노 누와/까베르네 소비뇽, 안티 파커Anti Parker/프로 파커 Pro Parker, 안티 캐피털리스트/캐피털리스트, 소량생산/대량생산, 수도사/교역상, 떼루아 와인/상표 와인…

언뜻 이런 어휘들이 어떻게 대조적인지, 그리고 어떤 의미를 지니고 있는지 이해가 되지 않는 사람들이 있을지 모르겠다. 부르고뉴 와인을 대표하는 지역이 본느라면, 보르도 와인을 대표하는 지역은 뿌이약이다. 본느는 너무도 유명한 DRC가 생산되는 곳이고, 뿌이약은 보르도 1등급 와인 5개 중 무려 3개 (라피트 로트칠드·무통 로트칠드·라투르)가 생산되는 지역이다.

잘 알려진 사실대로 부르고뉴 레드는 100% 피노 누와로 주조되고, 보르도의 레드는 어셈블리 와인이지만 가장 중요한 세파주는 까베르네 소비뇽과 메를로다. 부르고뉴에서 로버트 파커는 '초대받지 않은 손님'인 반면, 보르도 와인은 그의 평점에 따라 '갠 날과 흐린 날'이 결정된다. 보르도는 재배면적에 있어 부르고뉴에 비해 훨씬 크다. 샤블리·마콩·보졸레를 제외한 부르고뉴의 주요 생산지역, 코트 드 뉘·코트 드 본·코트 샬로네즈의 재배면적이 9,000ha인 반면 보르도의 그것은 12만 ha로 무려 12배나 차이가 난다. 소위 위성 재배지역까지 포함한 거대 부르고뉴la Grande Bourgogne도 4,000ha가 전부다.

세계적으로 유명한 뫼르소·샤사느 몽라쉐·퓔리니 몽라쉐·볼네이·샹볼 뮈지니·지브레 샹베르텡·부조·본느 로마네·뉘 생 조르쥬 등은 인구가 500명도 채 안되는 아주 작은 마을에 불과하다. 예를 들어 로마네 꽁띠의 연 평균 생산량은 6,000병 정도에 지나지 않지만, 보르도의 일등급 크뤼 클라세는 20~30만 병에 달한다.

부르고뉴 와인의 역사는 시토와 클리뉘 두 수도원의 발전 그리고 수도사들의 노력과 불가분의 관계지만, 보르도 와인은 일찍부터 거대 교역상들에 의해 명성을 날렸다. 이런 역사적 요인 때문인지 부르고뉴는 장인기질의 반자본주의적인 전통을 유지하고 있으며, 보르도는 지극히 자본주의적인 성향을 지니고 있다. 로마네 꽁띠의 소유자인 오베르 드 빌렌느는 자신의 도멘느를 포함해 부르고뉴의 주요 도멘느가 거대 자본가의 손에 넘어가는 것을 막기 위해 말 그대로 피나는 투쟁을 벌이고 있는 데 비해, 보르도의 주요 샤토는 이미 거의 대부분이 거대 자본가의 손에 넘어갔다. 이는 보르도 지역에서는 당연하게 여겨지며, 로트칠드가의 예에서 보듯이 역사적으로도 그러했다.

결코 간과할 수 없는 또 하나 양 지역의 주요한 차이는 부르고뉴가 전통적인 떼루아 와인이라면, 보르도는 상표 와인이라는 것이다. 부르고뉴의 경우

<보르도 주요 샤토의 경작 면적 변화>

샤 토	구 경작면적	현 경작면적
라피트 로트칠드Lafite Rothschild	74	103
라투르Latour	55	78
프리에뤠 리신느Prieuré Lichine	10	69
브란느 깡트낙Brane Cantenac	50	90
라 라귄느La Lagune	50	70
레오빌 라스 카즈Léoville Las Cases	50	97
마고Margaux	80	87
라스꼼브Lascombes	7.2	82

로마네 꽁띠·클로 부조·샹베르텡 등은 떼루아로 수백 년 동안 경작 면적이 한 뼘도 늘어나거나 줄어들지 않았지만, 보르도의 경우는 상황이 전혀 다르다. 샤토 마고가 1세기 반 동안 가장 적게 7ha를 늘린 것을 비롯해, 1855년 보르도 등급이 정해진 이후 모든 샤토의 경작면적은 크게 늘어났다. 대표적으로 마고 지역의 샤토 라스꼼브Château Lascombes(2등급)의 경우 위의 표에도 나와있듯이 1826년 토지 대장에 따르면 경작면적이 7.2ha에 지나지 않았지만 현재는 자그마치 82ha, 즉 12배나 늘어났다. 부연하자면 보르도의 경우는 정해진 떼루아가 아니라 샤토의 명성, 즉 상표가 더 중요한 역할을 하는 상표 와인인 것이다.

게다가 샤토 데미라이여Château Desmirail의 경우는 아주 특이하다. 1855년에 3등급을 받은 이 샤토는 1920년대에 자취를 감춘다. 바로 곁에 위치한 샤토 팔머Château Palmer가 모든 포도밭을 매입했기 때문이다. 이후 '데미라이여'라는 이름은 겨우 명맥을 유지하는 정도였다. 헌데 이 샤토가 기적적으로 부활한다. 보르도의 유명 와인가인 뤼르통Lurton 집안의 한 사람이 샤토 데미라이

여를 매입해 새로운 경작지에 새로운 포도나무로 전혀 새로운 포도밭을 개간한 것이다! 샤토의 이름만 제외하면 모두가 달라진 것이다. 더욱 놀라운 사실은 사라졌던 샤토가 유령처럼 이름만 그대로 달고 새로 태어났는데도, 1855년에 부여된 3등급을 그대로 유지하고 있으며 이에 대해 아무도 논란을 제기하는 사람이 없었다는 사실이다.

그 밖에도 보르도는 역사적으로 영국의 영향을 가장 크게 받았다. 일찍이 보르도는 영국의 식민지였으며, 영국 왕 헨리 2세의 왕비 엘레노르도 보르도 지방 출신이다. 그래서 그들이 영국 왕실에서 즐겨 마시던 선명하고 투명한 빛깔의 보르도 와인을 애칭하는 '클레릿'이라는 단어도 생겼다. 영국의 영향은 여기서 끝나지 않는다. 보르도의 주요 샤토 이름에는 영국 이름이 허다하다. 팔머·탈보·린치·리신느·바르통, 그리고 로트칠드가의 영국계 가문 등 이루 헤아릴 수 없을 정도다.

위에서 살펴본 바와 같이 부르고뉴와 보르도 와인은 서로 반대되는 프랑스의 동부와 서부 지역에 위치해 있다는 단순한 지리적 대칭뿐만 아니라 양과 질은 물론 역사와 문화 등 여러 면에서 판이하게 다르거나 심지어 서로 반대편에 자리하고 있다. 각자 마이 웨이를 외친다고 할 수 있다. 이는 다른 한편으로 프랑스 와인이 얼마나 다양하고 특이한가를 보여주는 훌륭한 증거이기도 하다. 한마디로 부르고뉴와 보르도 와인의 특징을 요약해서 표현하라면 다음과 같지 않을까?

Small is beautiful(부르고뉴) vs Big is powerful(보르도)

BLANC

CÔTEAUX DU LANGUEDOC

APPELLATION CÔTEAUX DU LANGUEDOC CONT

MIS EN BOUTEIL
À LA PROPRI

Why Wine

제6장

맛을 지배하는 자,
세상을 지배한다

맛의 신비에 대하여

와인 속에서 우리가 궁극적으로 추구하는 것은 무엇일까? 다양한 향과 섬세한 맛을 발견하고 즐기는 것일 테다. 물론 알코올을 포함하고 있는 음료이기에 마시기에 따라 취감이란 또 하나의 감흥을 얻고 느끼게 된다. 그러나 우리에게 '맛'이란 단어는 친숙한 만큼 모호하고, 모호한 만큼 신비롭다. 이런 면에서 맛은 사랑을 닮아있기도 하다. '맛이 있느니, 없느니' 하면서 일상적으로 입에 달고 사는 말이지만, 막상 맛의 정체가 뭘까 하는 구체적인 생각에 이르면 쉽게 감이 오지 않아 당혹스럽다.

맛에 대한 정의를 파악하기 위해 하는 수 없이 백과사전을 비롯한 여러 사전을 펼쳐본다. 그러다가 맛이란 우리가 보통 알고 있는 개념보다 훨씬 복잡하고 다양하여 심오한 철학과 미학적 영역까지 포함하고 있으며, 심지어는 신비로움마저 간직하고 있다는 사실에 문득 놀라게 된다. 게다가 『떠돌이 미식가의 모험』을 쓴 미국의 작가 짐 해리슨Jim Harrison에 의하면 "맛은 신비로운데, 그 가장 심오한 표현은 와인 속에 들어있다"고 하니 와인의 맛을 느끼기 위해서는 맛의 정체를 파악하기 위한 얼마간의 수고가 필요할지도 모르겠다.

우선 국어사전에는 맛을 '물건을 혀에 댈 적에 느끼는 감각, 사물에 대한 재미스러운 느낌, 체험을 통해서 알게 된 느낌' 등으로 설명하고 있다. 맛에서 파생된 단어로는 미각·미감·감각 등이 언뜻 머리에 떠오른다. 미각은 '혓바닥을 자극하는 맛의 감각'이고, 미감은 '아름다움에 대한 느낌' 즉 미의 감각이고, 감각은 '감촉 되어 깨달음' 혹은 '사물을 느끼어 받아들이는 힘'으로 흔히 미적 감각이란 표현으로 사용된다.

맛을 프랑스어로는 구goût, 영어로는 테이스트taste, 독일어로는 게슈막 geschmack이라 한다. 프랑스 사전에는 맛을 '오감 중 하나를 통해 감지하는 느낌, 음식의 맛savor, 어떤 음식에 대한 끌림, 좋고 아름다운 것 등에 대한 판단이나 감정, 특별히 좋아하는 것' 등으로 정의하고 있다. 그리고 맛과 유사하게 사용하는 단어로 savor와 flavor를 들고 있다. 독일어로는 음식에 대한 맛은 게슈막이라 하고, 미적 감각이란 뜻으로 사용할 때는 쉔하이트진schönheitssin이라 따로 구분하고 있다.

위의 사전적 정의를 보면, 맛이란 단순히 음식 맛에만 한정되는 것이 아니라 전반적인 미감을 표현하는 데 사용할 수 있다고 본다. 프랑스어로는 세련된 맛goût raffiné·문학의 맛goût littéraire·음악의 맛goût musical 혹은 재치ironie de plein goût 등으로 자주 표현하는데, 우리말로는 세련미·문학적 감각·음악적 감각 혹은 풍자적 재치가 더 자연스러워 보인다. 맛이란 결국 인간의 감각기관을 통해 느껴지는 감정이고 감흥인 것이다. 이성이나 논리의 영역이 아니라 반이성 혹은 감성의 영역에 속하는 대표적인 것이 맛이다. 하지만 맛은 직관을 통해 인간을 깨달음의 경지로 이끌기도 한다. 그리고 바로 여기에 맛의 미스터리가 존재한다.

맛이 인간의 생활에 미치는 영향이 심오하고 광대하기에, 라이프니츠Leipniz 이후 많은 철학자들이 맛에 대한 철학적 접근을 시도하기에 이른다. 라이프니츠의 후학들은 맛 혹은 맛의 비판을 '미학esthetics'이란 이름으로 철학에 영입시킨다. 맛으로부터 미학이 탄생한 것이다. 그리고 맛의 철학은 칸트E. Kant에 이르러 새로운 전기를 맞게 된다. 칸트에 따르면 맛은 '감각의 맛goût de sens'과 '성찰의 맛goût de la réflexion'으로 구분된다. 전자는 순전히 감성에 의지하는 감각적 즐거움 혹은 말초적 즐거움, 즉 쾌락의 영역이고 후자는 순수한 즐거움 혹은 정제된 즐거움이다. 그리고 순수한 즐거움은 탁월한 도덕적 상징이며, 이를 통해 인간의 진정한 존엄성이 결정된다. 정제된 음악이나 회화를 통해 군자의 고고한 도덕적 수련을 행했던 동양의 철학과도 어딘가 통하는 점이 있어 보인다.

이같은 분석을 사색과 미의 창조란 영역에 적용하기 위해서는 먼저 맛이 지닌 특수성을 파악해야 하는데, 칸트의 경우 맛은 결코 전적으로 비합리성 혹은 반이성의 영역이 아니다. 이런 관점에서 볼 때, 논의의 핵심은 나름대로 맛의 수수께끼를 푸는 것으로 귀착한다. 맛은 각자에게 고유한 영역으로 타인의 동의를 바라지 않는다. 하지만 인간은 서로 다른 취향을 지녔기에, 서로 다른 맛에 대한 가치는 끊임없이 논쟁의 대상이 된다. 그리고 이처럼 분명한 논리적 모순에는 심오한 이유가 존재한다. 맛에 대한 판단은 개념에 근거하는 것이 아니기에, 인식의 논리적 판단과 동일한 객관성을 지닐 수가 없다. 맛의 판단은 '미학'의 영역이고 감정에서 기인한다. 하여 맛의 판단이란 미에 대한 판단이며, 아름다움은 결국 도덕적 선행의 상징인 것이다. 이는 간접적으로 이와 같은 초지각적 원칙으로부터 이성이 형성된다는 것을 보여주는 대목이기도 하다. 칸트에 따르면, 도덕적 감성을 깨닫지 못한다면 인간은 아무 것도 아니다. 그리하여 맛은 매력이나 유혹에서 도덕적 관심, 자연에서 자유, 지적 능력에서 이성으로 나아가는 길을 가능하게 해주는 매개 역할을 하게 되는 것이다.

맛에 대해 좀 거창하게, 그리고 철학적으로 접근해 보았다. 그렇다면 신비로운 맛 중에서도 가장 신비롭다고 여겨지는 와인의 맛은 칸트 식으로 분류하면 어느 지점에 위치할까? 고대로부터 와인은 그것을 즐기는 예술가들에게 무수한 영감을 불러일으켰다. 와인을 마시는 행위와 그 결과 가질 수 있는 느낌, 즉 취감은 논리적이고 이성적인 것이라기보다 감성적 즐거움일 것이다. 그러나 와인을 매개로 예술가들이 얻는 영감은 분명 순수한 즐거움이고 정제된 즐거움에 속한다. 감성적 즐거움이 예술가의 정신이란 필터를 통해 정제된 즐거움으로 승화되는 것이다. 그렇다면 와인은 감각적 즐거움과 순수한 즐거움 모두를 간직하고 있는 것은 아닌지? 그리고 와인을 마시는 사람의 상태에 따라 단순히 감각적 즐거움에 머물 수도 있고, 정제된 즐거움으로 승화할 수도 있는 연금술 같은 것은 아닌지? 어쨌든 와인 맛의 신비는 여전히 베일에 가려져있는 것처럼 보이며, 따라서 맛의 가장 심오한 표현인 와인에 대한 우리의 호기심도 식지 않는 것처럼 보인다.

맛을 지배하는 자, 세상을 지배한다

모택동은 "권력은 총구로부터 나온다"고 했다. 난세에는 맞는 말일지 모르지만, 평화의 시대에 권력은 '맛'에서 나온다고 하는 말이 더 정확할 것 같다. 사람이 살아있는 한 마시는 것을 포함한 식욕·수면욕 그리고 성욕에서 결코 자유로울 수 없을 것이다. 그 중에서도 마시는 것을 포함한 식욕의 문제는 우리의 일상생활에서 가장 빈번히 부딪히고 해결해야 하는, 피할 수 없는 문제다. 그러니 맛을 지배하면 세계를 지배할 수도 있다.

태어나서부터 우리는 원하든 원하지 않든 지속적으로 이런 저런 맛에 익숙해지고 길들여진다. 어머니가 해주는 음식에서부터 다국적 거대 식료품기업의 수없이 많은 종류의 제품에 이르기까지, 우리는 때로 자신의 의사에 관계없이 다양하고 새로운 맛에 길들여지면서 살고 있다. 오늘날 다섯 살짜리 꼬마는 자신의 증조할아버지가 전 생애 동안 섭취했던 당분보다 더 많은 당분을 이미 섭취했다니 격세지감을 느낄 뿐이다. 맛은 끊임없이 변하고, 그 변화의 이면에는 식료품산업 분야의 거대 다국적 기업의 이윤과 그 이윤을 바탕으로 한 부와 권력의 논리가 맞물려 있는 것이다. 그들은 끊임없이 우리의 미각을 길들여 노예로 만들려 한다. 이는 맥도날드나 코카콜라를 예로 드는 것만으로도 충분할 것이다.

맛이란 좀더 넓은 의미로 적용하면 정치적 성향이나 예술적 취향이라고도 할 수 있다. 어떤 정당의 정치적 성향이나, 어떤 유명 작가의 작품에 드러난 취향은 우리의 생활에 엄청난 영향을 미친다. 자신의 맛 혹은 성향을 드러내는 행위는 곧 자신이 지닌 자유와 권력을 표현하는 것에 다름 아니다. 맛을 소유한 자에게 자연스럽게 권력이 다가오는 것이다. 일찍이 칸트는 이렇게 주창했다. "맛에 대한 분별력은 인간의 독립성과 도덕적 자유의 상징에 대한 하나의 표현"이라고.

이런 관점에서 볼 때, 어떤 와인을 마시는가 혹은 대접하는가는 그 사람이 지닌 사회적 지위와 권력의 일면을 드러내 보이는 행위다. 김정일 위원장이 김대중 전 대통령을 맞으면서 향으로는 '세계 최고'라는 평가를 받는 보르도의 일등급 와인인 샤토 마고로 건배를 제의했다는 사실은 여러 면에서 시사하는 바가 크다고 하겠다.

권력이 일인에게 집중된 독재 국가에서 최고 지도자가 먹고 마시는 것은 그것 자체가 곧바로 하나의 권력의 상징이 된다. '최고 지도자 = 최고 와인'이란 등식이 자연스럽게 성립하는 것이다. 또한 음식과 더불어 와인은 가장 개인적이고 은밀한 차원의 접촉이며, 이를 통해 외부 세계가 우리의 육체와 만날 수 있는 하나의 장을 제공한다. 가장 눈에 띠는 가시적인 물체이면서 동시에 개인적인 은밀함과 친근감을 표현하는 것이 또한 와인이다. 김정일 위원장이 와인을 통해 김대중 대통령과 개인적인 차원에서 보다 편하고 친밀한 관

김대중 전 대통령과 김정일 국방위원장을 중심으로 건배하는 남북 관계자들 (출처: 연합뉴스)

계로 나아가기를 원했는지도 모를 일이다. 아무튼 자신의 위상을 드러내고, 상대방에게 친밀감을 표현한 것은 분명하다고 여겨진다.

앞서 말했듯이 프랑스의 대통령궁인 엘리제, 그리고 국회나 상원 등에는 당연히 환상적인 와인 셀러와 와인만 담당하는 전문가가 있으며, 매년 와인 구매에 엄청난 예산이 책정된다. 그들이 누리는 권력과 이미지에 부합하는 와인을 구매하여, 국빈 대접을 비롯한 주요 행사 등에서 프랑스의 위대함과 남다른 삶의 예술을 유감없이 과시하는 것이다.

『와인과 외교』의 저자인 일본의 언론인 니시카와 메구미는 같은 책에서 "향연은 외교의 하나의 중요한 도구" 혹은 "형태를 바꾼 정치"라 전제하며, "향연에는 다양한 정치적 시그널과 메시지가 가끔은 명시적으로, 또는 묵시적으로 포함된다"라고 주장하는데, 쉽게 공감이 가는 말이다. 조지 W. 부시George Walker Bush 시절, 국빈으로 단지 백악관에 초대받는 것은 그리 중요하지 않았다 한다. 텍사스에 있는 그의 목장에까지 초대받은 국빈만이 부시 대통령과 친분이 두텁거나 혹은 정말 두터워지기를 바라는 파트너였던 것이다. 젊은 시절 알코올 중독자로 고역을 치른 경험이 있는 부시 대통령은 와인은 물론 어떤 술도 입에 대지 않았다고 하는데, 와인 대신 개인 목장으로의 초대에 정치적으로나 인간적으로 나름의 메시지를 담으려 했던 것은 분명하다.

프랑스에서 주요 국빈을 맞을 때 엘리제궁에서 연회가 벌어지면 어떤 와인이 나올까? 한 예로, 1994년 6월 7일 미테랑 대통령 부부가 엘리제궁에서 국빈 방문 중인 미국의 클린턴 대통령 내외를 맞아 만찬에 제공한 와인은 다음과 같다. 부르고뉴의 화이트인 몽라쉐 마르키 드 라귀쉬Montrachet Marquis de Laguiche 1986년 산, 포머롤의 샤토 라 크루와Château La Croix 1970년 산, 샹파뉴 돔 뤼나르 로제Dom Ruinart Rosé 1985년 산. 짐작했겠지만 이는 가히 환상적인 와인들이며, 선택한 빈티지도 모두가 나무랄 데 없다. 그리고 이 때 등장한 모든 와인은 함께 나오는 식사와의 조화에 남다른 신경을 쓴 것이라는 데 의심의 여지가 없다. 사실 어떤 와인이 어떤 상황에서 어떤 정치적 의미가 있는지는 분명하지 않다. 엘리제궁에서 클린턴 부부의 개인적인 와인 취향에 대해 사전 조사가 있었는지도 모르겠다.

프랑스의 외교를 총괄하는 외무성은 꿰 도르세라고도 한다. 그 임무의 특성상 꿰 도르세의 와인 셀러는 유명하기로 소문나 있다. 프랑스의 맛과 멋과 힘을 전 세계에 홍보하는 역할도 중요한 외교의 한 축일 것이다. 특히 꿰 도르세의 셀러에는 환상적인 최상급 빈티지 샹파뉴가 다량 보관되어 있다. 외교라는 게, 나라 간에 서로의 이익을 위해 밀고 당기는 골치 아픈 머리싸움과 권모술수가 난무하는 분야지만, 일단 해결이 나면 축하를 위해 샹파뉴를 들어 건배를 하는 모양이다.

현 사르코지 대통령은 여자 문제로 스캔들에 휘말리는 것으로도 세인의 입에 자주 오르지만, 물만 마시는 것으로도 유명하다. 와인의 천국인 프랑스에서 대통령의 이런 개인적인 취향은 당연히 사람들의 주목을 끌게 되고, 비스트로나 카페의 대화에서 안주처럼 회자되기도 한다. 대통령의 개인적인 취향이 프랑스 와인 판매에 구체적으로 어떤 악영향을 미치는지 조사된 바는 없지만, 물만 마시는 대통령을 와인 생산자들이 고운 눈으로 보지는 않을 것이다. 와인이 비워놓은 권력을 자신이 모두 차지하려고 하는지, 전천후 대통령omni president이란 별명으로 일부 언론의 놀림을 받기도 한다.

고대 이집트에서부터 와인은 언제나 권력을 상징하는 한 표현이었다. 그리스와 로마인들은 점령 지역에다 포도나무를 심고 와인을 주조함으로써 그들 문명과 제국의 우위를 과시했다. 중세 시대에는 왕과 영주들의 부와 권력을 상징하는 대표적인 산물 중의 하나가 와인이었다. 오늘날까지도 와인은 여전히 엄청난 권력을 행사하고 있다. 단지 그 권력을 사용하는 방법이 고대제국과 다를 뿐이다. 오늘날 와인의 권력은 세계를 무대로 와인 교역을 하는 거대 네고시앙, 와인을 평가하는 유명 인사인 파커나 주요 와인 전문잡지의 손에 좌지우지된다. 그들에 의해 맛이 평가되고, 값이 정해진다. 파커가 좋은 점수를 준 와인은 바로 값이 뛰어 사람들은 묻지마 식으로 구매에 열을 올린다. 맛을 지배하면 세계를 지배한다는 공식이 잘 맞아 떨어지는 대목이다.

맛으로부터 자유로운가?

하늘 아래 모든 것은 변한다. 자연도 변하고, 사람도 변한다. 특히 호기심이란 지칠 줄 모르는 무기로 무장한 인간은 끊임없이 변화를 추구하고 또한 변화하기를 바란다. 그리고 자신의 주도로 변화된 환경의 영향을 받는다. 일종의 인과법이다. 이런 논리는 와인의 소비 경향에도 적용 가능하다고 본다. 굳이 멀리 그리스나 로마 시대로까지 거슬러 올라가지 않아도 와인에 대한 인간의 태도는 최근 몇십 년 사이에 급변했다. 그리고 와인의 주조 방식도 혁신적으로 발전했다. 한편으로는 보다 나은 와인을 주조하려는 끊임없는 노력의 결과이고, 다른 한편으로는 시대에 따라 문화에 따라 변하는 소비자의 까다로운 입맛에 맞추려는 몸부림이다. 변덕스러운 사람의 입맛에 적응하고, 심지어는 앞서 새로운 맛을 만들어 리드하지 않으면 치열한 경쟁에서 밀려나고 만다.

여기서 중요한 문제를 하나 제기해 보자. 끊임없이 새로운 맛들이 유혹하는 맛의 홍수 시대에 우리는 과연 맛으로부터 자유로운가? 독립적인가? 우리가 어떤 음식을 먹은 후 혹은 어떤 음료를 마신 후 '맛있다' 혹은 '맛없다' 할 때,

그 기준은 과연 무엇일까? 뭐라 딱 잘라 정의할 수는 없지만, 오랜 세월에 걸쳐 각자의 뇌에 새겨진 어떤 기준이 존재할 것이다. 어릴 때 먹었던 어머니의 손맛, 자주 하는 외식, 사는 지역이나 환경에 따른 선호, 타고난 입맛, 나이의 영향 등등. 게다가 쉴새없이 소비자를 현혹하는 광고의 영향도 크다고 본다. 알게 모르게 우리는 이런 다양한 내외부적 영향을 끊임없이 받으면서 자신의 맛에 대한 기준을 강요당하거나 아니면 형성해 가는 것이다.

현대인들은 이런 저런 핑계로 거대 식료품기업의 규격화된 음식을 구매해서 먹는 경우가 많다. 집집마다 김치 맛이 다르고, 간장·된장 맛이 다르던 시대는 불행히도 아련한 추억이 되었다. 음료도 몇몇 대기업들이 좌지우지한다. 겉보기엔 선택이 많아지고 다양해진 것 같지만, 우리는 끊임없이 맛의 규격화에 길들여지기를 강요당하고 있는 것이다. 그리고 와인의 세계에도 이런 경향은 최근에 두드러지고 있다. 세파주를 앞세운 뉴 월드 와인, 파커의 기준에 맞게 주조된 소위 '파커화된 와인', 전 세계를 돌며 와인 주조에 지대한 영향을 미치는 플라잉 와인메이커들의 역할, 유명 와인을 흉내내려는 그 밖의 와인 주조자들… 글로벌화는 와인의 세계에도 급격하게 불어닥치고 있다.

그러나 안심하라. 글로벌화에도 불구하고 다양성과 지역적 특성이 가장 잘 유지되는 분야 중 하나가 와인이다. 최근에 상영된 이서군 감독의 〈된장〉이란 영화의 초입부에 용케도 수사망을 빠져다니던 살인탈주범은 어느 한적한 식당의 된장찌개 맛에 홀려 체포되는 것마저 잊어버리며, 사형장에서 "그 된장 먹고 싶다"라는 마지막 말을 남긴다. 언뜻 하찮게 여길 수도 있겠지만, 맛은 신비로운 만큼 우리의 생활에 중대한 영향을 미친다. 어떤 의미에서 맛의 표현은 가장 원초적이고 심오한 개인적 선택이자 자유의 표현이기 때문이다. 칸트에게 맛에 대한 판단은 인간적 자립의 표현이자 도덕적 자유의 상징이다. 섹스 다음으로 와인과 음식은 가장 개인적인 접촉이며 그를 통해 외부 세계가 우리의 육체와 은밀하게 접촉할 수 있다. 하여 맛에 대한 표현은 가장 원초적이면서도 기본적인 개인의 자유에 속한다. 우리가 민주주의에서 선거를 포기할 수 없듯이 어쩌면 그보다 더 고유한 이 자유를 쉽게 포기해서도, 남에게 전적으로 의탁해서도 안된다.

다시 한 번 자문해 보자. 우리는 진정 맛으로부터 얼마나 자유로운가? 기원전 6세기 그리스의 여류 시인이었던 시모니드 드 세오스Simonide de Céos는 부자로 태어나는 것이 나은지 천재로 태어나는 것이 나은지 묻는 한 여왕에게 다음과 같이 대답한다. "부자죠, 왜냐하면 부잣집 근처에는 언제나 천재가 모이니까요." 그렇다, 맛은 언제나 권력의 시종이었다. 권력을 가진 자가 즐기면 시간과 더불어 민중들도 따라가게 된다. 하지만 극적인 아이러니는 매번 진정한 맛이 표현될 때마다, 즉 개인의 자유가 온전히 드러날 때마다 권력은 전복의 위기를 맞았다는 것이다. 따라서 맛에 대한 책임을 회피하거나 혹은 그 판단을 제 3자에게 맡긴다는 것은 투표를 포기하는 것처럼 자신의 고귀한 자유를 유기하는 것과 같다.

그러나 우리는 늘 이러한 유혹 혹은 위험에 노출되어 있다. 맛의 규격화를 통해 엄청난 부와 권력을 축적한 식음료 분야 다국적 기업들, 또한 로버트 파커와 같은 세계적 와인 전문가들이 우리들의 가장 은밀하고 개인적인 맛의 영역에까지 침투해 지대한 영향을 미치고 있기 때문이다. 그들이 설정한 맛의 기준에 벗어난 것은 심판의 대상이며 왕따를 자초하는 위험에 맞닥뜨리는 것이다. 규격화된 맛을 앞세운 이들이야말로 중세의 종교재판관과 같은 절대적 맛의 심판관이 되었다.

그러나 명심하자. 맛의 심판관들에게 지나치게 의존하는 것은 맛을 느끼는 즐거움을 망치게 하고, 문화를 파괴할 수도 있다. 따라서 맛에 대한 심판권을 회복하는 것은 자유를 회복하는 것만큼이나 중요하다. 맛을 느끼고 표현하는 것은 배를 채우는 단순한 동물적 행위를 넘어 일종의 문화적 행위이고, 때에 따라서는 개인적 자유의 획득을 위한 저항이기도 하다.

현대인들은 와인을 두 번 입으로 마신다. 한 번은 와인을 물리적으로 마시고, 또 한 번은 입으로 와인을 말하는 것이다. 한편으로는 와인이 단순한 음료를 넘어 문화적 아이콘이 되었다는 것이고, 다른 한편으로는 마시는 와인의 양은 줄어든 반면 그만큼 잘난 체하기 좋아하는 사람들의 말이 많아졌다는 뜻이다.

그렇다면 현대인과 와인의 관계는 어떤 모습일까? 한국과 중국을 비롯한 신흥 아시아 와인 소비국가들이나, 최근 들어 신흥부자들의 와인과 샹파뉴 소비가 빠르게 늘고 있는 러시아 등에서는 최고급 와인에 대한 맹목적 선호가 눈에 띈다. 여기서는 이런 경향은 예외로 치부하고, 오랜 전통을 지닌 주요 와인 국가의 와인 소비 경향에 대해서만 간략히 언급하고자 한다.

첫째, 소량을 마시고 마시는 횟수도 적다. 최근의 통계에 따르면 프랑스 사람 중 약 50%(43%의 남성, 59%의 여성)는 와인을 전혀 마시지 않으며, 식사 때 규칙적으로 와인을 마시는 사람은 25%에 지나지 않는다.

둘째, 질이 좋은 와인을 골라서 마신다. 와인을 물처럼 마시지 않는 대신, 가족 축제·승진 축하 등 특별한 행사 때에만 와인을 마시는 사람들이 늘어났다. 이와 더불어 가능하면 추억에 남을 만한 독특하고 질이 좋은 와인을 골라 마시려는 경향이 두드러지고 있다. '목마름의 와인'이 아니라 '행사의 와인', '취향의 와인'이라 해야겠다.

셋째, 다양한 와인을 마시려는 호기심이다. 얼마 전까지만 해도 특히 프랑스 같은 와인 생산국에서는 자국의 와인에 대한 선호가 거의 절대적이었지만, 이제는 뉴 월드 와인에까지 다양하게 가능성을 열어 놓고 즐기고 있다.

넷째, 음미하면서 즐기려고 한다. 이를 위해 필요한 공부도 하고 철저히 준비도 한다. 여러 전문 잡지나 시음 행사, 그리고 인터넷 등을 통해 다양한 와인 정보와 지식을 접할 수 있기에 와인을 잘 알고 음미하며 즐기는 소비자층이 늘어나고 있는 것이다. 하지만 스노비즘snobbism(고상한 체하는 속물근성)은 경계하자.

위에 든 네 가지 보편적 와인 소비 경향이 와인의 맛으로부터 우리를 얼마나 자유롭게 해주는지는 모르겠다. 민주주의 체제 하에서 자신의 한 표가 수백만 혹은 수천만 표 가운데 구체적으로 어떤 역할을 하는지 모르는 것처럼. 하지만 우리에게는 자신의 권리를 행사할 신성한 의무가 있다. 와인은 선거에 입후보한 출마자들과는 비교가 되지 않을 만큼 다양한 선택이 가능하다. 어느 와인을 선택해도 개인적인 기쁨 혹은 실망은 느낄 수 있을지 모르지만 국가의 장래에 영향을 미치지도 않는다. 때로 자신의 선택에 실망한다 해도 다양하게 시도하고 비교하면서 와인에 대한 자신만의 고유한 맛과 취향을 개발하는 노력은 지극히 개인적인 즐거움의 영역일 수도 있다. 하지만 사실 그것은 각 개인에게 숨겨진 내면의 자유를 찾아가는 부단한 노력이기도 하다고 믿는다.

맛의 글로벌화와 지역화

모든 관계에는 일종의 궁합이 존재한다. 와인과 떼루아도 마찬가지다. 언제부터인가 포도 품종을 앞세운 소위 세파주 와인들이 신세계 와인의 마케팅 전략으로 성공하면서 떼루아 와인의 아성이라 할 수 있는 프랑스에서조차 세파주 와인의 생산이 빠르게 증가하고 있는 추세다. 이런 관점에서 와인을 분류하면 세파주 와인과 떼루아 와인으로 나눌 수 있다.

세파주 와인은 말 그대로 한 가지 또는 가끔 두 가지 포도 품종을 사용해 주조된다. 이 점에서는 떼루아 와인과 큰 차이점이 없다. 부르고뉴의 모든 레드 와인은 피노 누와 그리고 화이트는 샤르도네로만 주조되며, 보졸레의 레드는 가메이만 주조에 사용한다. 그러나 세파주 와인은 그 포도가 생산된 지역적 특성이 고려되지 않는다는 점에서 떼루아 와인과는 판이하게 다르다. 따라서 레이블의 표기도 까베르네 소비뇽·시라·말벡·샤르도네 등 포도 품종의 이름이 우선이다. 어디에서 어떤 조건으로 재배되고 누가 주조했는가는 부차적인 문제에 지나지 않는다. 이 경우 일반 소비자들은 자신에게 친숙한 포도 품종으로 주조한 와인을 쉽게 찾을 수 있어, 특별히 예상을 벗어난 생뚱맞은 와인을 만날 위험성이 적다 하겠다. 또한 종류가 지나치게 많아 복잡한 떼루아 와인에 비해 선택이 쉽다는 장점도 지니고 있다.

그러나 세파주 와인은 영혼이 없는 와인이라고도 할 수 있다. 세계적으로 널리 알려진 유명 세파주의 이름을 앞세워 소위 장사를 하는 것이다. 잘 알다시피 같은 품종이라 해도 토양이나 기후나 지형 조건이 다른 곳에서 재배할 경우 포도의 특성, 즉 맛과 향 그리고 심지어는 모양과 색깔까지도 많이 달라질 수밖에 없다. 뿐만 아니라 세파주 중에는 원산지를 떠나 다른 지역에서도 대체로 고유한 특성을 유지하는 까베르네 소비뇽과 같은 품종이 있는가 하면, 부르고뉴와 알자스 등 특수한 몇몇 지역을 제외하면 전혀 엉뚱한 특성을 드러내는 피노 누와 같은 까다로운 품종도 존재한다.

배를 예로 들어 보자. 한국산 배도 지역에 따라 맛이 다른데, 일본이나 다른 나라에서 재배된 배는 맛은 물론이고 모양도 다르게 생겼다. 와인의 경우 뉴질랜드에서 생산되는 화이트 와인 소비뇽 블랑이나 아르헨티나에서 말벡으로 주조한 레드 와인은 나름대로 성공한 경우로 들 수 있다. 따라서 세파주 와인이라 해서 무조건 나쁜 것은 물론 아니다. 글로벌 시대에 질의 규격화가 용이하고, 선택이 편리하며, 가격도 일반적으로 저렴하다는 무시하지 못할 장점을 지니고 있어 와인의 대중화에 한 몫을 하고 있는 것도 사실이다.

반면에 떼루아 와인은 복잡한 만큼 다양하고, 다양한 만큼 독특하다. 떼루아란 수백 년 이상 포도 품종·토양·기후 등의 상관관계를 고려해서, 포도 품종과 그 밖의 여러 재배 조건 사이에 최적의 장소를 물색해 온 부단한 노력의 결과이다. 따라서 떼루아 와인은 그 이름 속에 이미 최적의 세파주를 내포하고 있는 것이다. 그리고 사용한 세파주의 특성을 최대한 살려 주조하는 것이 특성이다. 그러기에 '보르도' 하면 까베르네 소비뇽과 메를로 등, 그리고 '코트 로티' 하면 시라가 자연스럽게 연상된다. 따라서 떼루아 와인은 굳이 세파주를 내세울 이유가 없다. 누가 어디에서 주조했는가에 따라 와인의 특성이 드러나는 것이다. 상상을 초월할 만큼 세분화된 부르고뉴의 클리마 등은 떼루아 와인의 정수를 보여주는 예라 하겠다. 세파주 와인과 떼루아 와인 사이에서 어느 쪽을 선택할지는 각자의 취향이겠지만, 특별히 경계를 두지 말고 상황과 분위기에 따라 자유롭게 선택하면 될 것이다.

플라잉 와인메이커

플라잉 와인메이커, 이는 언뜻 듣기에 낯선 단어일 수도 있다. 1990년대 이후 등장한 새로운 직업으로, 전 세계의 주요 와이너리를 방문해서, 보다 양질의, 그리고 해마다 질의 기복이 심하지 않은 와인을 생산하기를 바라는 와인 생산자들에게 컨설팅을 해주는 와인 주조 전문가를 지칭하는 말이다.

몇 해 전 조나단 노시터가 제작한 〈몽도비노〉란 와인 관련 영화가 화제가 된 적이 있었다. 자본주의화·규격화 되어가는 글로벌 시대의 상표 와인에 대한 나름대로의 날카로운 비판과, 장인정신으로 주조되는 떼루아 와인에 대한 열렬한 옹호를 주제로 한 매우 인상적인 다큐 영화였다. 이 영화에는 운전기사를 거느리고 고급 벤츠 승용차로 보르도의 주요 샤토를 돌며 와인 주조에 대한 컨설팅을 하는 사람이 나온다. 그의 이름은 미셸 롤랑으로, 자타가 공인하는 세계 최고의 플라잉 와인메이커다. 그의 부모는 포머롤과 생떼밀리옹 사이에 위치한 소규모 와이너리인 샤토 르 봉 파스퇴르Château Le Bon Pasteur를 소유하고 있었다. 한마디로 와인 속에서 태어나고 자란 사람이다.

롤랑은 1985년 생떼밀리옹의 랑젤루스L' Angélus와 트로롱 몽도Troplong Mondot의 주조를 성공적으로 컨설팅하면서 이 분야에 두각을 나타내기 시작했다. 그는 보르도 지역의 여러 주요 샤토는 물론 미국과 인도에까지 그의 와인주조 기술을 고가에 팔고 있다. 예를 들자면 캘리포니아의 할렌 에스테이트에서 생산하는 특별 퀴베인 플러리부스Pluribus 주조를 컨설팅하고 있으며, 이는 한국에서 병당 몇 십만원을 호가하는 와인이다. 특히 인도 최대의 와이너리인 그루버Groover(연간 200만 병 생산)의 최상급 와인인 라 레제르브La Réserve의 레이블에는 다음과 같은 특별한 언급이 눈에 띈다.

Made in the collaboration of Mr Michel Rolland, Bordeaux, France

다음으로 소테른 출신인 드니 뒤부르디외Denis Dubourdieu를 들 수 있다. 와인 주조 전문가이자 보르도 대학 와인학 교수이며, 자신이 와인 생산자이기도 한 뒤부르디외도 보르도 지역을 비롯해 전 세계 주요 와인 생산지역에 고객을 확보하고 있다. 뿐만 아니라 바롱 필립 드 로트칠드와 로버트 몬다비Robert Mondavi가 합작으로 생산하는 캘리포니아 레드 와인의 최고 중 하나인 오푸스 원은 그의 제자인 미셸 실라키Michel Silacci가 주조를 맡고 있으며, 스페인에서 가장 유명한 와인 메이커 중 한 사람이자 스페인 최고의 화이트 중 하나인 '콜렉션 125'를 개발한 페르난도 쉬비트Fernando Chivite도 그의 제자 중 한 명이다. 그는 와인 주조에 관한 한 반신半神으로 추앙받기도 한다.

위의 두 사람이 와인 속에서 태어나고 자랐다면, 스테판 드르논쿠르Stéphane Derenoncourt의 경우는 매우 예외적이다. 그는 와이너리가 전혀 없는 프랑스 북부의 블로느에서 태어났으며, 와인 주조에 대한 전문적인 교육도 받지 않았다. 단지 생떼밀리옹 지역에서 견습생으로 일하면서 현장에서 습득한 지식과 경험으로 세계적 유명 플라잉 와인메이커의 반열에 오른 경우이며; 현재 약 50여 와이너리를 컨설팅하고 있다. 하지만 그의 명성은 대단해 이탈리아의 전설적인 와이너리인 안티노리와 와인에 남다른 열정을 지닌 프란시스 포드 코폴라 감독의 캘리포니아 와이너리의 최상급 퀴베인 '루비콘Rubicon'의 주조를 컨설팅하고 있다. 루비콘은 병당 가격이 무려 300달러에 이르기도 한다.

그 밖에도 세계 도처에서 프랑스의 뛰어난 와인 주조 기술을 전파하는 플라잉 와인메이커들이 많다. 로랑 메쥐 토팽Laurent Metge Toppin은 동남아 최대의 와이너리인 태국의 시암 와이너리Siam Winery의 주조 전문가이고, 베르나르 쟝쟝Bernard Jeanjean은 15년 전부터 중국에 진출해 와인을 생산하고 있다. 또한 생떼밀리옹 출신이며, 샤토 클라크의 전임 디렉터였던 제라르 콜랭Gérard Colin은 1990년 후반부터 중국에서 활동하며 중국 최초의 고급 와인으로 간주되는 '그레이스 빈야드Grace Vineyard'를 생산하고 있다.

현재 스페인의 최고 스타 와인메이커로 각광을 받고 있는 이냐시오 미구엘Ignacio Miguel도 프랑스, 특히 보르도의 영향을 받았으며 스페인 최고의 레드 와인 중 하나로 꼽히는 '베가 시실리아Vega Sicilia'를 생산하는 자비에 오자스Xavier Ausas는 보르도에서 건너온 와인메이커다. 그리고 리오하와 리베라 델 두에로를 비롯한 스페인의 유명 와인 생산지역 5곳의 주요 와이너리를 컨설팅하고 있는 30대의 젊은 떠오르는 별인 스테판 뵈레Stéphane Beuret는 현재 그의 고객들 대부분을 보르도 대학에서 와인학을 공부하는 동안 만났다.

호주나 다른 아시아 국가의 플라잉 와인메이커들도 나오고 있지만, 전 세계 와인 생산과 질의 향상에 미치는 프랑스의 플라잉 와인메이커의 영향력은 대단하다. 게다가 레드와 화이트의 주요 세파주가 모두 프랑스에서 건너갔다는 것을 감안하면, 사실 프랑스가 세계 와인에 미치는 영향은 누가 뭐라든 가히 절대적이다.

전 세계 와인 생산지역에서 생산되는 와인은 프랑스의 세파주, 프랑스의 플라잉 와인메이커들이 전수하는 주조 기술 혹은 프랑스의 직접투자나 오푸스 원과 같이 현지인과의 합작으로 생산되는 경우가 허다하다. 생산지역이 어디든 와인에 관한 한 프랑스의 영향을 벗어나기가 쉽지 않다. 게다가 고가의 주요 와인은 모두가 프랑스에서 생산한 오크통을 사용하고 있다.

플라잉 와인메이커들의 컨설팅 비용도 만만치가 않다. 보통 연간 계약인데, 적게는 2만 유로에서 많게는 10만 유로를 받는 것으로 알려졌다. 일 년에 몇 번 컨설팅을 해주고 받는 비용 치고는 대단히 고가라 할 수 있다. 그래도 유명 프렌치 플라잉 와인메이커를 모셔가려는 노력이 치열하다.

글로벌 시대에 걸맞게 플라잉 와인메이커들의 역할이 날이 갈수록 중요해지고 있다. 그리고 이들은 거의 전부가 보르도 출신이든지 아니면 보르도에서 와인 전문 교육을 받은 사람들이다. 그러니 보르도 와인의 세계화라는 것이 더 정확하겠다. 이들 덕분에 와인의 질이 전반적으로 향상된 것은 부인할 수 없는 사실이다. 하지만 와인의 맛이 지역, 즉 떼루아에 상관없이 유사해지는 것도 짚고 넘어가야 할 사항이다. 여기서 우리는 다시 한 번 맛의 지역화와 글로벌화라는 문제에 봉착한다. 하긴 양지가 있으면 음지도 있는 것이 자연의 이치 아니겠는가.

여성의 취향에 맞는 와인

고대 그리스의 화려한 와인 향연이었던 심포지엄이나 로마의 바쿠스 축제였던 바카날레에 성인 여성의 참가가 허용되었던 것은 분명한 역사적 사실이지만, 20세기 중반 이전까지 와인은 남성 전유의 알코올 음료로 간주되었다. 모든 전쟁터나 남성이 즐기는 스포츠나 놀이에 와인이 빠질 수 없었던 것으로도 충분히 증명된다. 20세기가 넘는 장구한 세월 동안, 어떤 의미에서 와인은 테스토스테론을 자극하는 음료였지 에스트로겐을 증가시키는 것과는 거리가 멀다고 생각했던 것 같다. 생물학적인 차원에서는 모르겠으나, 최소한 문화와 사회 풍속적인 차원에서는 그렇게 인식되었다.

다행히도 시대가 바뀌어 이제 와인은 남녀가 모두 함께 즐기는 넥타가 되었으며, 와인의 구매나 선택에서 여성의 역할도 날이 갈수록 중요해지고 있다. 프랑스의 슈퍼마켓에서 판매되는 와인의 5병 중 3병은 여성이 구매한다. 이런 현상은 유명 식당의 쉐프들이 앞 다투어 여성 고객을 겨냥한 새로운 와인 메뉴를 작성하려는 의도에서도 엿볼 수 있다. 과일향이 풍부하여 후뤼티fruity하고 타닌이 적어 비교적 가벼우면서도 섬세하고 부드러운 느낌의 레드 와인과 생선과 해물 중심의 다이어트를 겸한 가벼운 식사를 선호하는 현대 여성들의 취향에 부응하는 화이트 와인의 종류와 양의 증가가 특히 눈에 띄는 변화다. 몇 해 전까지만 해도 프랑스의 유명 레스토랑에서 나오는 와인 메뉴인 카르트 드 뱅carte de vins에는 레드 와인과 화이트 와인의 비율이 9 : 1 정도였는데, 지금은 7 : 3 정도가 되었다.

얼마 전까지만 해도 와인 업계 역시 남성이 지배했다. 생산에서 주조는 물론 판매에 이르기까지 거의 전적으로 남성들이 주도해왔다. 그러나 최근에 들어 이 금녀의 분야에 여성들의 진출이 눈부시다. 따라서 남성 명사만으로 존재했던 소믈리에와 더불어 여성명사인 소믈리에르가 자연스럽게 받아들여지고 있다.

비록 현실적으로 눈에 보이는 혹은 보이지 않는 차별이 여전히 존재하지만, 바야흐로 남녀평등의 시대에 여성의 와인을 따로 논한다는 것 자체가 시대착오적인 발상일지 모르겠다. 하지만 남녀평등이란 어디까지나 사회적 그리고 경제적 평등을 의미할 뿐, 남녀 간에는 향과 맛을 감지하는 감각기능은 물론이고, 와인에 대한 접근 방식이나 심리적인 태도에도 커다란 차이가 존재한다는 사실이 과학적으로 증명되었다. 남녀가 사회적으로는 평등하되 그 밖의 영역에서는 서로 분명히 다르다니 마음이 놓인다.

도대체 남성과 여성의 와인을 대하는 태도에 어떤 차이가 존재할까? 남성이 논리적이고 이론적인 데 비해 여성은 직감적이고 감성적인 방식으로 와인을 대하며, 따라서 느끼는 감흥도 다르다고 한다. 향을 느낄 때도 여성은 보다 주관적이라고 하는데, 이는 여성이 향수나 음식의 냄새와 같은 다양한 냄새를 남성보다 더 자주 접하고 이에 보다 민감하기 때문이다. 뿐만 아니라 선천적인 요소에다 후천적인 요소가 가미된 여성의 후각은 남성의 그것보다 경우에 따라서는 무려 100배나 발달했다고 하니 말이다. 예를 들어 콜키한corky 와인이라고도 표현되는, 코르크 마개가 오염되거나 상태가 좋지 않아 맛과 향이 변해버린 코크드corked된 와인의 미미한 향을 맡는다고 가정해 보자. (이를 프랑스어로는 부쇼네bouchonné라 표현한다.) 남성들은 단지 코로 향을 맡는 것만으로는 그러한 결점을 잡아내는 데 둔감해 입안에 머금은 후에야 느끼는 경우가 허다한 반면, 여성은 코에서 금방 식별해 내는 경우가 많다.

또한 남성과 여성은 뇌의 구조도 다르다고 한다. 그러니 선천적으로 감지력과 감성 등에 차이가 있을 수밖에 없으니, 어떤 사물에 대한 느낌과 선호도도 다를 수밖에 없다. 같은 논리대로라면 남성과 여성이 선호하는 와인이 동일하리라는 보장은 없다. (동일하지 않다고 잘라 말하기는 조금 부담스러우니까.)

그렇다면 여성이 선호하는 와인은 어떤 타입일까? 그런 전형은 과연 존재하는 것일까? 여성의 선후천적 능력과 특성을 고려해 여성을 위한 와인 가이드북인 『페미뱅FémiVin』의 저자 이사벨 포레Isabelle Forêt에 의하면 당연히 존재한다고 한다. 그녀가 발품을 팔아 자문을 구한 세계적으로 유명한 유전학자·성의학자·신경생물학자들에 따르면, 맛 그리고 특히 향에 대한 감지능력과 방식에서 여성은 남성과 분명 다르다고 한다. 따라서 여성은 코와 입에서 미묘하고, 입안에서 부드러운 느낌이 나는 와인을 좋아하며 특히 향에 예민하기 때문에 향이 매력적인 와인을 선호한다고 한다. 이쯤 되면 여성은 와인을 코로 마신다고 해야겠다.

그런데 문제는 이런 거창한 이론이 나의 실제 경험과 언제나 일치하지 않는다는 데 있다. 모든 이론이 갖는 태생적인 한계일 수도 있겠지만, 유럽과 한국에서 많은 여성들과 와인을 마셔본 결과 여성의 취향이 생각 이상으로 터프하다는 사실을 자주 발견한다. 여성들이 선호하는 와인들 중에는 의외로 내 기준이나 위의 이론에 근거해 볼 때, 남성적인 와인들이 많았다. 레드 와인의 경우, 타닌이 높고 무게가 있으며 오크통에서 숙성시킨 와인에서 느낄 수 있는 바닐라나 구운 토스트향이 배어나는 것을 선호하는 여성들이 많았다.

특히 한국 여성들 중에서도 자주 와인을 즐기는 편에 속하는 여성들에게 그런 경향이 두드러졌다. 꽃과 과일 향이 보다 섬세하고 다양하며, 몸체는 무겁지 않고, 입안에 머금었을 때 느낌이 부드러운 레드 와인보다 몸체가 탄탄하고 무게감이 느껴지며, 스파이시한 향을 지닌 와인을 선호하는 여성들이 생각 이상으로 많아 나를 당혹하게 했던 적이 여러 번 있었다.

화이트 와인의 경우도 약간 달콤하거나 산도가 낮은 것보다 산도가 높은 드라이한 것을 좋아하는 여성들을 의외로 많이 보았다. 우리네 음식이 너무 강한 것이 많아 와인의 선택에도 영향을 미치는 것이 아닌지 나름대로 추측해 본다. 아니면 남녀평등을 넘어 여성 상위 시대에 여성들도 남성에 버금갈 만큼 테스토스테론의 생산이 증가한 것인지? 이 경우라면 정말 세상 살 맛이 나지 않을 것이다. 물론 일반적으로 여성스럽다고 하는 와인을 선호하는 여성들도 다행히(?) 많다.

Why Wine

제7장

다시 와인 속으로

보졸레 누보, 마케팅의 성공인가?

매해 11월 셋째 주 목요일 0시를 기해 전 세계가 보졸레 누보Beaujolais Nouveau의 동시 출시로 한바탕 난리를 친다. 나라마다 그리고 지역마다 축제가 없는 곳이 없지만, 보졸레 누보처럼 전 세계에서 정해진 시간에 동시다발적으로 벌어지는 축제는 아마도 존재하지 않을 것이다. '새 와인vin primeur'에 대한 기대와 기다림은 일찍이 로마 시대부터 있어왔다. 그 시대에는 와인의 보관이 어려워 지난해 생산된 와인은 새 와인이 출시하기 전에 동이 나기 일쑤였다. 그만큼 사람들은 새 와인에 목말라 있었다. 하지만 보졸레 누보는 기발한 마케팅을 통해 세계적으로 성공을 거둔, 역사상 가장 눈길을 끄는 새 와인임에 틀림없다.

보졸레 누보의 역사는 1951년부터 시작된다. 그리고 1950년대까지만 해도 보졸레 누보는 흔치 않은 생소한 와인이었다. 당시만 해도 그해 생산된 모든 와인은 12월 15일 이전에는 출시를 하지 못하도록 법으로 엄격하게 규제하고 있었다. 1951년 11월 13일 프랑스 정부는 일정한 조건 하에 일부 와인은 이

날짜부터 판매를 할 수 있도록 허용하는데, 이 조치가 바로 보졸레 누보의 탄생을 알리는 신호탄이 된다. 이후 15년간 보졸레 누보는 해마다 11월의 다른 날짜에 출시되다가, 1967년부터는 매 해 11월 15일 출시되었다. 우리가 알고 있는 11월 셋째 주 목요일 판매는 1985년 이후부터 시작되었다. 11월 셋째 주 목요일 0시를 기해 전 세계에 동시 출시를 하니, 시차 덕으로 한국이 프랑스보다 8시간 앞서 보졸레 누보를 맛볼 수 있는 셈이다.

보졸레 누보가 본격적으로 상업적 성공을 거두기 시작한 것은 1975년부터다. 같은 해에 르네 팔레René Fallet라는 작가의 소설 『새 보졸레가 도착했다』가 출간되었으며, 프랑스 국회에서도 보졸레 누보의 출시를 기념하는 공식 행사가 국회의장인 에드가 포르Edgar Faure와 유명 가수인 조르쥬 브라상스 등이 참가한 가운데 성대히 거행되었다. 이로부터 보졸레 누보의 본격적인 파리 진출이 시작되었다.

보졸레 누보의 성공은 무엇보다도 마케팅의 성공이다. 프랑스의 방송인이자 작가이며 보졸레 출신이기도 한 베르나르 피보는 '보졸레의 놀라운 성공을 이해하기 위해서는 와인 전문가보다 심리학자가 되어야 한다'고 재치 있는 설명을 한다. 그만큼 보졸레 누보의 대대적인 성공에는 와인 이외의 요소가 크게 작용했다는 뜻이다.

사실 프랑스의 11월은 우울하다. 해는 점점 짧아지고, 날씨는 음산하고 비도 자주 내린다. 게다가 지난 여름휴가는 아득한 추억이고, 다음 여름은 오지 않을 것만큼 멀다. 크리스마스도 아직은 먼 훗날이다. 이런 암울한 상황에서 11월 셋째 주 목요일, 봄처럼 젊고 루비빛에 신선한 과일향이 나는 보졸레 누보가 기적처럼 구원처럼 도착하는 것이다. 그러니 보졸레 누보는 무엇보다도 적절히 때맞춰 출시해 히트한 와인이다. 모든 식당과 술집의 탁자 위에는 'Le Beaujolais Nouveau est Arrivé(새 보졸레 도착)'라는 팻말이 놓이게 되고, 사람들은 술집과 식당은 물론 사무실이나 집에 모여서 보졸레 누보 잔을 기울이며 우울한 11월 하순을 자위하는 축제를 벌인다. 흔히 보졸레 누보를 '아기 예수의 탄생'이란 애칭으로 부르기도 하는데, 한달 후 쯤 있을 크리스마스의 예비 행사 같은 의미가 있을지도 모르겠다.

부르고뉴 출생의 여류작가 겸 저널리스트인 콜레트Colette는 1947년 '지독하고 끝이 없는 이 여름'이 끝나고 보졸레 지역에서 포도 수확에 참여하는데 그때의 감동을 『마지막 파랑』이란 책에서 빼어나게 묘사하고 있다.

> 으깨진 포도의 신성하고 끈끈한 향기와 발효로 웅웅거리는 소리. (길이가) 백 미터나 되는 천장에는 등잔병이 떴고, 발효통 위로는 기다란 꽃무늬의 거품이 일고 있었다. 새 와인의 영혼, 투박하지만, 막 태어나 순결한.

보졸레의 탄생 장면이 손에 잡힐 듯 그려지며 향이 코 속으로 스며드는 듯하다.

보졸레 누보는 단일 포도 품종으로 빚는다. 즉 가메이만으로 주조하며, 출시 후 6개월 내에 마셔야 한다. 그 이상은 보관이 어렵기 때문이다. 연간 생산량은 45~50만 hℓ 정도며, 그 중 절반은 세계 도처로 수출된다. 산딸기·딸기·바나나·푸른 사과 등 과일향이 특징인 보졸레 누보는 루비빛을 띠는 옅은 붉은 색에, 타닌이 적어 몸체가 매우 가벼운 와인이다. 또한 프랑스에서는 병당 2~3유로로 가격이 부담 없어 누구나 편하게 마실 수 있는 대중적이며 민주적인 와인이기도 하다. 이처럼 보졸레 누보가 대단한 상업적 성공을 거두자 프랑스의 다른 와인 생산지역에서도 새 와인을 출시하기 시작했고, 다른 나라로까지 그 영향이 전파되었다. 이탈리아의 '비노 노벨로vino novello'가 대표적이라 하겠다.

솔직히 보졸레 누보는 와인의 진미를 느끼기 위해 마시는 와인이 아니다. 호기심으로, 기분으로, 분위기로 그 순간을 마시고 즐기는 와인이다. 그리고 흔히 보졸레 하면 누보만 생각하는데, 사실은 그렇지가 않다. 보졸레 누보는 전체 보졸레 생산량의 약 40%에 해당하며, 보졸레·보졸레 빌라주와 10개 크뤼에서 생산된다. 전체 생산량의 1% 정도에 해당하는 지극히 적은 양이긴 하지만, 샤르도네로 주조한 보졸레 화이트도 존재한다. 특히 10대 크뤼에는 들지 못했지만 생 베랑Saint Vérand의 화이트 와인은 산도와 향이 일품이다. 일부 보졸레 빌라주와 특히 10개의 크뤼 중에는 몸체가 균형 잡히고, 작고 붉은 과일향이 일품이며 10년 이상 보관이 가능한 것들도 있다. 심지어 병당 100유로 이상 가는 것도 있을 정도다. 그러니 '보졸레 누보가 보졸레를 죽였다'는 불만이 나올 만도 하다. 독자들은 보졸레 누보에만 눈길을 두지 말고, 다양한 그밖의 보졸레에도 관심을 가져 보는 것이 좋을 것이다.

보졸레와 관련해서 흔히 잘못 알고 있는 것들이 있다. 우선 많은 사람들은 '보졸레는 역사가 짧은 와인'이라 생각한다. 아마도 보졸레 누보에 잘못 영향을 받은 것이 아닌가 한다. 기록으로 보면 보졸레가 생산되기 시작한 것은 최소한 10세기 이전으로 거슬러 올라간다. 물론 프랑스의 다른 주요 와인 생산지역에 비하면 가장 역사가 짧다고 하겠지만, 그래도 1000년이 넘는 장구한 세월이지 않는가! 18세기에는 운송의 어려움에도 불구하고 파리까지 판매되었으며, 특히 지리적으로 인접한 리용이 가장 큰 시장이었다. 하여 레옹 도데 Léon Daudet는 "론 강과 손 강 이외에도 리용엔 세 번째 강이 흐르는데, 그건 레드 와인으로 보졸레"라고 할 정도였다.

다음으로 보졸레를 부르고뉴로 착각하는 사람들이 의외로 많다. 보졸레는 지리적으로 마꽁 밑에서 시작하여 리용 북쪽까지 위치한다. 행정구역상으로도 부르고뉴가 아니라 론에 속한다. 그러니 부르고뉴와 보졸레는 행정구역상으로나 주조에 사용하는 포도 품종으로나 와인의 특성상 아무런 연관이 없다. 맛과 향에 있어서도 서로 판이하다. 하지만 1930년의 법원 판결에 따라 보졸레는 부르고뉴 포도재배지역으로 분류된다. 행정의 편의상 이렇게 분류했다고 해서 보졸레가 부르고뉴가 되는 것은 아니다. 다시 말해서 보졸레에 부르고뉴 와인이란 레이블을 사용할 수 없다. 다만 보졸레의 10개 크뤼—부루이 · 코트 드 부루이 · 쉐나스 · 쉬루블 · 플레리 · 줄리에나스 · 모르공morgon · 물랭 아 방 · 레뉘에 · 생 따무르—는 상식적으로는 도저히 이해가 되지 않지만 레이블에 부르고뉴란 명칭을 사용할 권리가 있다. 이래저래 보졸레는 좀 색다른 와인이다.

로제의 화려한 변신

오랫동안 로제Rosé 와인은 하잘 것 없는 싸구려 와인으로 남프랑스에서 여름 휴가를 보낼 때 더위를 식히기 위해, 목마름을 가시게 하기 위해 마시는 휴가용 와인 정도로 치부되었다. 타벨Tavel이나 방돌Bandol과 같은 지극히 예외적인 몇 종류를 제외하면, 로제의 명성은 언제나 그 정도였다.

하지만 최근 들어 로제는 전혀 새로운 모습으로 거듭나고 있다. 그야말로 로제의 화려한 변신이라 해야겠다. 마시기에 편하고, 색깔이 아름답고, 단순하지만 향도 좋고, 가격도 적당하고, 게다가 질적인 면에서 괄목할 만한 향상을 이루었다. 한 마디로 로제 와인은 많은 사람의 사랑을 받는 일종의 유행 와인이 된 것이다. 이는 어느날 우연히 일어난 기적에 의한 것이 아니라 여러 요소가 복합적으로 작용한 결과다. 우선 기술적인 측면에서의 향상이 눈에 띈다. 발효시 적절한 온도의 컨트롤로 향이 보다 향상되었고, 탄산가스의 사용으로 황의 첨가를 줄였고, 사용하는 효모의 선택도 보다 엄격해졌다. 다음으로 포도 재배와 품종의 선택과 같은, 보다 본질적인 측면에 많은 노력이 경주되었다. 수확량의 감소, 농약 사용의 제한, 보다 고귀한 세파주의 사용, 적절한 수확기의 선택을 통한 잘 익은 포도 수확 등등… 로제의 부상은 위에 열거한 것과 같은 여러 작고 세심한 노력들이 모인 결과인 것이다.

아직 우리의 로제 와인 소비는 매우 적다. 그만큼 우리에게는 친숙하지 않은 와인이라고 할 수 있을 것이다. 흔히 로제 와인은 레드와 화이트를 섞어서 주조하는 것으로 착각하는 사람들이 많다. 일부 와인 책에도 그렇게 설명하고 있을 정도로 프랑스에서도 14%에 달하는 와인 소비자들이 그렇게 믿고 있다는 조사도 있었다. 부연 설명을 하자면 2009년 유럽연합은 로제의 주조방식으로 레드와 화이트를 섞는 것을 허용하는 법안을 제안했다. 이에 대해 프로방스를 중심으로 하는 로제 생산자들은 '섞는 것은 로제가 아니다!Couper n' est pas rosé!' 라는 기치 아래 거세게 저항했으며, 이에 세계의 언론들도 프랑스의 손을 들어주었다. 결국 유럽연합이 제안한 법안은 빛을 보지 못했다. 하지만 언젠가는 이같은 법안이 통과될 것으로 보인다.

로제는 여러 다양한 방식으로 주조된다. 첫째, 가장 전통적인 마세라시옹macération 방식이다. 수확한 적포도를 로제의 색깔이 우러날 때까지 24시간 혹은 48시간 정도의 짧은 기간 동안 탱크에다 담아둔다. 그런 다음 포도를 압착해서 즙을 짜고, 발효를 시킨다. 단지 그리gris 방식은 마세라시옹 절차를 거치지 않고, 화이트 와인 주조처럼 바로 적포도를 압착해서 발효시키며, 그 결과 색깔이 대단히 옅다. 이런 로제를 따로 '그리' 라 부른다. 둘째, 세녜saignée 방식이다. '세녜'는 불어로 '피를 흘리다' 라는 뜻의 동사에서 온 것인데, 수확한 적포도를 레드 와인을 주조하는 탱크에다 넣고 원하는 로제 색깔에 이르면 흐르는 즙의 일부를 받아 주조한다. 이렇게 생산된 로제는 부드럽고, 섬세하며, 민감한 특성을 지닌다. 끝으로 샹파뉴 로제의 주조 방식이다. 일반 로제는 레드와 화이트를 섞는 것을 법으로 엄격히 금지하고 있는 반면, 샹파뉴 로제를 주조하는 데는 유일하게 이같은 방식이 허용되어 있다. 하지만 보다 구조가 탄탄하고 균형감이 있는 샹파뉴 로제를 주조하기 위해 전통적인 마세라시옹 방식을 적용하는 경우가 허다하다. 그러니 샹파뉴 로제의 주조에는 두 가지 방식이 모두 사용될 수 있다.

로제 하면 흔히 핑크 색깔로 알고 있는 사람들이 많은데, 실제로는 그렇지 않다. 영어와 독어로는 그대로 '로제', 스페인어로는 '로사도rosado', 이탈리아어로는 '로사토rosato'라 불리는데, 창백하거나 투명한 것, 양파껍질 색, 자고새 눈 색깔ceil de perdrix, 산호·연어·체리·기와 색 등 매우 다양하고 아름답다. 이는 사용하는 세파주의 영향도 받지만, 위에서 설명한 주조 방식에 의해 크게 좌우되는 것이다. 혹 로제를 마실 기회가 있으면, 다양하고도 아름다운 색깔의 팔레트를 눈요기해보시기 바란다.

와인을 색깔로 구분하면 레드·로제·화이트 세 종류가 있다. 레드와 화이트를 적절히 섞으면 얻을 수 있는 색깔이지만, 위에서 보았듯이 샹파뉴 주조만 제외하고 아직 프랑스에서는 이 방식은 금지되어 있다. 문제는 붉은 색이 어느 정도 이상일 때 혹은 이하일 때 로제라 부를 수 있는가 하는 것이다. 이에 대한 명백한 법적 근거가 존재하지 않기에 지역에 따라 얼마간의 차이를 보인다. 예를 들어 알자스에서 레드로 간주되는 피노 누와는 사실 보르도에서 로제로 여겨지는 클레릿에 비해 몸체나 색상에서 로제에 더 가깝다.

로제는 최근의 인기와 더불어 프랑스의 여러 지역을 비롯해 많은 뉴 월드 지역에서도 생산량이 꾸준히 증가하고 있다. 그러나 프랑스, 그리고 세계 최고의 로제 생산지역은 남부 프랑스의 프로방스 지역이다. 총 2만 6,890ha의 재배면적을 지닌 프로방스는 프랑스 총 로제 생산량의 38%, 세계 총생산량의 8%를 차지하고 있다. 2년 전부터 프랑스는 화이트보다 로제를 더 많이 생산하는 나라가 되었다. 이는 그만큼 최근 들어 로제의 성공이 대단하다는 사실을 증명해준다.

양질의 로제를 생산하기 위해 여러 가지 새로운 양조 테크닉의 개발을 비롯한 다방면의 노력이 계속되고 있다. 마침내 오크통에서 숙성시킨 로제가 등장하기도 했다. 로제가 과연 오크통 숙성에 적합한 특성을 지닌 와인인지 등에 대한 의문이 일지만 이제 막 시작단계라 충분한 검토가 어려워 여기서는 언급을 하지 않겠다. 다만 로제의 인기와 더불어 점잖았던 로제의 가격도 들썩이고 있다. '모든 메달에는 이면이 존재하는 것'인가 보다.

누가 뭐래도 로제의 가장 큰 장점은 누구나 쉽게 부담 없이 마실 수 있는 와인이라는 점이다. 색깔이 아름다워 우선 눈이 즐겁고, 타닌이 적은 대신 과일향이 좋아 코가 즐겁고, 더운 날 시원하게 한 잔 마시면 갈증이 말끔히 해소되어서 좋고, 술이 약한 사람들에게는 알코올 도수가 다른 와인에 비해 비교적 낮아서 부담 없어 좋고, 기념일 같은 특별한 날에 함께 마시면 분위기를 맞추는 데도 그만이다. 또한 서로 다른 음식을 주문해 레드와 화이트 사이에서 선택을 고민해야 할 때 고민을 해결해줘서 좋고, 샌드위치나 치킨 등과 같은 간단한 음식과도 잘 어울려 좋고, 특히 가격이 부담 없어 주머니 사정 고려하지 않고 마음껏 즐길 수 있어 더욱 좋은 와인이 로제다. 언제라도 가벼운 마음으로 로제를 한 번 즐겨 보라고 권하고 싶다.

거품이 난다고 모두 샹파뉴는 아니다

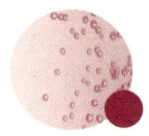

와인을 거품의 유무로 분리하면 거품이 생기지 않는 안정 와인still wine과 거품이 생기는 스파클링 와인sparkling wine이 있다. 이산화탄소가 함유되어 잔에 따를 때 거품이 이는 와인을 통틀어서 스파클링 와인 혹은 발포성 와인이라 한다. 그런 의미에서 샹파뉴도 스파클링 와인의 일종이다. 하지만 그 반대는 절대 성립되지 않는다. 거품만 난다고 모두가 샹파뉴는 아니기 때문이다.

지구상의 여러 곳에서 스파클링 와인이 생산되고 있다. 프랑스의 알자스를 비롯한 일곱 지역에서 소위 크레망crémant이라는 수준급의 스파클링 와인이 생산되고 있다. 사용 포도 품종에는 차이가 있지만, 방식도 거의 샹파뉴 방식으로 주조된다. 한때는 크레망의 레이블에 '샹파뉴 방식으로 주조'란 문구가 들어가기도 했지만, 샹파뉴 지역 생산자들의 항의로 사용할 수 없게 되었다. 그 밖에도 스페인의 대표적인 스파클링 와인인 카바cava가 있고, 미국·이탈리아·호주 등에서도 여러 종류의 스파클링 와인이 생산되고 있다. 그러니 거품만 난다고 샹파뉴라고 생각하면 안된다는 사실을 명심해주기 바란다. 물론 맛과 향, 즉 질에서도 분명 차이가 있다. 샹파뉴의 섬세하고 복잡하면서도 다양한 꽃과 과일 향은 물론이고 거품의 질(잘고 가늘며 기포가 끊임없이 올라오는 것이 좋은 거품이다)에서도 큰 차이가 드러난다. 그리고 샹파뉴가 발효할 때 형성되는 이산화탄소를 병 안에 가두어서 거품을 만든다면, 호주나 미국에서 생산되는 많은 스파클링 와인은 이산화탄소를 주입해서 만들어진다.

파리에서 동쪽으로 약 100km 쯤 떨어진 지역을 샹파뉴라 부른다. 보르도 지역에서 생산되는 와인을 보르도라 하는 것과 같은 맥락이다. 샹파뉴는 이 지역의 수도인 랭스를 중심으로 에뻬르네와 에라는 도시 주변에서 재배된 샤르도네, 피노 누와, 피노 므뉘에Pinot Meunier, 이 3가지 세파주와 이 지역의 전통적인 주조방식인 샹파뉴 방식으로 주조하고 숙성하여 병입한 스파클링 와인에만 붙일 수 있는 등록된 상표 이름이다. 한때 입생 로랑이 '샹파뉴'란 이름의 향수를 시판했다가, 샹파뉴 제조업자들이 제기한 소송에 패해, 결국 '입생 로랑'으로 이름을 바꾼 유명한 일화도 있다. 그 만큼 상파뉴의 상표 가치는 대단한 것이다. 그러니 우리가 생일 등에 흔히 마시는 플라스틱 마개로 된 소위 우리식 '샴페인'은 진정한 샹파뉴가 아니며 질적인 면에서 아주 형편없는, 그냥 스파클링 와인에 불과하다. 참고로 샹파뉴는 프랑스어이고, 샴페인은 이에 준하는 영어식 표기다.

사실보다는 신화에 가까운 일화지만, 샹파뉴는 17세기 랭스 부근 오빌리에란 조그만 마을의 수도사이자 와인 주조자였던 돔 페리뇽에 의해 개발되었다. 그는 병 안에서 일어나는 2차 발효를 관찰하고, 그때 생성되는 엄청난 양의 이산화탄소를 제어할 적절한 코르크를 고안해낸 사람이다. 하여튼 그의 업적을 기리기 위해 모에 샹동 사 앞마당엔 그의 동상이 세워져 있으며, 그의 이

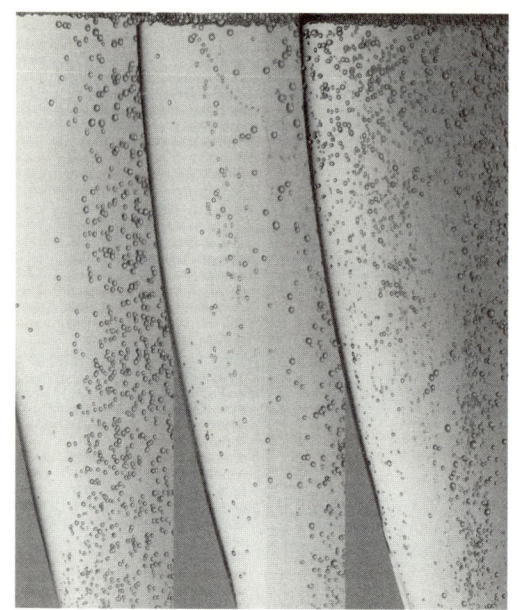

아름다운 기포가 올라오는 샹파뉴

름을 딴 돔 페리뇽이 최상급 샹파뉴의 대명사이기도 하다.

샹파뉴는 누가 뭐래도 기쁨과 축제의 상징이다. 탄생과 승리는 물론 인생의 중요한 순간을 기념하고 축하하는 자리에 함께 하는 와인이 바로 샹파뉴다. 옛날에는 왕들의 와인이었다가, 지금은 와인의 왕이 되어 세계적으로 그 명성을 누리고 있다. 약 300ha의 면적에서 연간 3억 병 정도 생산되는 샹파뉴 한 병을 생산하는 데 들어

가는 포도량은 약 1.2kg이며, 원자재인 포도 값도 다른 지역이 보통 kg당 1유로를 조금 상회하는 반면 샹파뉴에서는 7유로 정도로 고가다. 게다가 6bar (1bar = 1.01976kg)에 해당하는 강한 압력을 견뎌야 하는 두텁고 특수한 병에다 버섯을 연상시키는 크고 야무진 코르크를 철사 줄로 동여매기까지 해야 하니 샹파뉴의 가격이 비쌀 수밖에 없다. 그 뿐만 아니라 주조 방법도 복잡하고, 중간에 침전물을 제거하기 위해 병목을 잘라야 하므로, 병도 갈아주어야 하고, 숙성 기간도 최소 18개월이 지나야 병입이 가능하니, 샹파뉴 값이 일반 다른 와인에 비교해 비싼 것은 당연하다고 보여진다. 역시 제대로 된 축제나 파티의 흥을 돋우기 위해서는 나름대로의 값을 치러야 하나 보다.

전 세계에서 매 초마다 10병의 샹파뉴가 터진다고 한다. 최소한 1초에 10번

정도 이 지구상에 축하할 만큼 기쁜 일이 벌어진다니 다행 아닌가! 잔 안에서 쉼 없이 솟아오르는 잘고 섬세한 기포는 마치 불꽃놀이를 보는 것 같기도 하고, 귀를 간지럽게 하는 그 소리는 모래사장 위로 파도가 스치는 것 같다. 사람의 마음을 들뜨게 하기에 모자람이 없는 축제의 술인 것만은 분명하다.

현재 샹파뉴는 204개국에 수출되고 있으며, 2007년 생산량은 3억 3,870만 병이나 된다. 이를 금액으로 환산하면 45억 유로(6조 8,000억 원 정도)이며, 그 중 반이 수출에서 이루어진다. 마시는 사람들의 기쁨과 축하의 자리를 위해서 없어서는 안 될 상품이기도 하지만, 샹파뉴 지역과 프랑스의 경제를 위해서도 크게 기여하는 효자 제품임에 틀림없다.

샹파뉴는 빈티지가 있는 것과 없는 것이 있다. 샹파뉴 지역은 프랑스 와인 산지 중에서도 가장 북쪽에 위치하고 있어 기후가 한랭한 편이라 같은 해 생산한 포도로만 주조하기가 어려워, 여러 해 동안 여러 떼루아에서 생산된 와인을 블랜딩하여 주조하기에 빈티지가 없는 것이 주를 이룬다. 기후 조건이 특별히 양호한 해에만 주조가 가능한 빈티지 샹파뉴는 10년에 평균 두 번 꼴로 나온다.

그리고 샹파뉴는 화이트와 로제가 있으며, 당도에 따라 잔여당분 0g인 부뤼트 나튀르brut nature에서 잔여당분 50g 이상인 두doux까지 있다. 빈티지 없는 샹파뉴는 8도, 빈티지 있는 것은 10도, 그리고 오래된 빈티지 샹파뉴는 12도 정도에서 마시는 것이 가장 좋다. 또 한 가지, 샹파뉴를 딸 때는 병목을 사람이 있는 방향으로 하면 안된다. 자칫 사람에게로 코르크가 튀어나가고 원치 않는 샹파뉴 세례를 받는 것을 피하기 위한 사전조치다. 묶인 쇠줄을 풀어 그대로 코르크 위에 씌워 놓은 채, 병을 약간 기울인 상태에서 코르크를 돌리는 것이 아니라, 병을 돌린다. 즉 (오른손잡이일 경우) 왼손으로 코르크를 단단히 쥐고, 오른손으로 병을 돌린다는 얘기다. 그리고 일반적인 생각과는 달리, 천천히 코르크를 뽑아 (약간의 연습이 필요하지만) 가스가 '피식' 하고 새어나가게 한 후, 가능하면 소리가 거의 없이 여는 것이 샹파뉴를 따는 최고의 예의이고 멋이다. 샹파뉴 병을 열심히 흔들어 승리자의 머리 위로 거품을 마구 뿜어내는 행위는 그럴 경우에 한해서만 적용되는 특수한 세리모니일 뿐이다.

샹파뉴가 축제와 유혹의 술인 만큼 많은 일화가 전해온다. 대단한 샹파뉴의 애호가로 목욕도 샹파뉴로 했다는 루이 15세의 애첩 퐁파두르 부인은 "아무리 마셔도 여성의 아름다움을 손상시키지 않는 유일한 술"이라 극찬했다. 그녀의 샹파뉴에 대한 남다른 애정 때문인지, 처음으로 만든 샹파뉴 잔은 그녀의 젖가슴에서 주물을 뜬 것이란 소문이 돌 정도였다. 그리고 만약 그것이 사실이라면 그녀의 가슴이 그리 풍만하지 않았으리라 쉽게 짐작할 수 있을 것이다. 또한 카사노바나 돈 주앙의 명성을 드높이는 데도 샹파뉴가 크게 기여했다고 한다. 물론 그들의 넘치는 개인적 매력을 폄하할 의도는 없지만, 유럽 귀족 여성들의 마음의 빗장을 열게 하고, 작업을 거는 데 샹파뉴보다 더 적절한 수단은 없었다고 한다. 그리고 이는 지금까지도 예외는 아니다.

레이블, 판독이 필요한 와인의 주민등록증

와인에 있어서 레이블은 우리에게 있어서 주민등록증과 비슷한 것이다. 와인의 출생을 비롯한 정체에 대한 기본적인 정보들을 담고 있기 때문이다. 그리고 주민등록증을 마음대로 위조하거나 변경할 수 없듯이, 레이블에 기입하는 사항들도 엄격한 법적 규제를 받는다. 단지 차이가 있다면 주민등록증의 경우 한 번 기입된 내용에 대해서는 임의로 고치거나 가감을 할 수 없지만, 와인 레이블의 경우는 시음 조건이나 음식 매칭에 대한 내용과 같은 법적 규제를 받지 않는 사항에 대해서 생산자나 네고시앙들이 임의로 내용을 첨가할 수 있다는 것이다.

레이블은 1760년경 보르도에 최초로 등장했다. 당시는 병목에다 끈으로 묶인 형태였다. 이전 시대에는 레이블도 존재하지 않았지만, 오늘날 보는 것과 같은 병도 없어, 오크통째로 판매를 하든지 아니면 소비자가 2~3ℓ짜리 작은 나무통을 들고 와 그야말로 양조장이나 매장에서 와인을 받아갔다. 우리 어린 시절 주전자를 들고 술도가에 가서 막걸리를 사오던 것과 흡사하다. 레이블은

1818년 보르도에서 처음으로 인쇄되었으며, 지금처럼 병에다 직접 붙이는 것도 이와 비슷한 시기에 시작되었다. 그리고 레이블에 반드시 명시해야 하는 법적의무규정이 실시된 것은 20세기 후반에나 들어서다.

그렇다면 어떤 내용들이 레이블에 기입해야 하는 의무규정에 포함되는가? 여기서는 와인 레이블의 원조국이자 그 밖의 모든 와인 생산 국가에서 기본 모델로 받아들인 프랑스 와인의 레이블을 살펴본다. 레이블에 의무적으로 기입해야 하는 항목은 총 8가지인데, 그 중 하나(납세필증)는 우리에게 익숙하지도 않을 뿐만 아니라, 조만간 등급에서 사라질 우등한정와인에만 적용되니, 7조항이라 하는 게 더 현실적이라 하겠다. ① 병입한 사람이나 양조장 이름과 주소, ② 알코올 도수(%), ③ 양(mℓ), ④ 와인의 법적등급(AOC, 뱅 드 페이, 테이블 와인), ⑤ 생산국가, ⑥ 생산 일련번호(No du Lot) 그리고 ⑦ 보건과 위생 관련 사항(아황산함유 여부나 임신부에 대한 경고 등)이다. 모두가 와인의 내용을 파악하는 데 유용한 정보들이다. 특히 ①은 문제가 발생했을 경우 법적 책임의 소재를 밝히고 있다는 점에서 대단히 중요하다.

이 밖에도 레이블에는 법적 의무규정이 아닌 다른 많은 내용들이 적혀있는 경우가 허다하다. 가장 흔한 것으로 생산년도(빈티지: 포도수확 연도 기준)·샤토·도멘느·크뤼·세파주 등의 명칭과 메달 수상 내용 등이다. 모두가 와인의 특성을 가늠할 수 있는 직간접적인 정보를 담고 있다는 점에서 와인을 구매하기 전에 꼼꼼히 살펴볼 가치가 있다. 사용한 세파주의 경우는 향·맛·산도·타닌 등 그 와인의 특성을 가늠하는 중요한 단서를 제공한다. 빈티지는 그 해 생산한 와인의 일부 특성과 보관기간 등에 대한 암묵적인 정보를 담고 있다. 샤토·도멘느·크뤼 등도 와인에 대해 보다 세부적인 정보에 접근할 수 있는 단서가 된다. 예를 들어 보르도보다는 메독이, 메독보다는 뽀이약이, 그리고 뽀이약보다는 샤토 라투르가 보다 구체적이고 세부적인 와인의 특성과 등급을 일러준다.

그러나 레이블에는 소비자들을 현혹시키는 내용들도 많으니 읽을 때 특별한 주의가 필요하기도 하다. 특히 메달의 경우가 그러하다. 올림픽이나 세계 대회에서 수상하는 메달과는 확연히 다르기 때문이다. 와인 경연대회에 출품한 와인의 30% 이상에 너그럽게 수여하는 것이 관례이므로 파리 와인 경연대회, 마콩 와인 경연대회, 세계 리슬링 경연대회 정도에서 획득한 것이 아니라면 특별한 의미를 둘 필요는 없다. 참고로 와인경연대회는 매 해마다 그 수도 많고 종류도 많다. 프랑스에 '레이블만 보고 병 안에 무엇이 있는지 알 수 없다'란 속담이 있음을 기억해두기 바란다.

또한 '상급의supérieur', '예약된réserve' 등에다 '특별한spécial'이란 화려한 수식어가 붙기도 하는데, 대부분 상업적 미사여구에 지나지 않으니 무시해도 된다. 자신이 생산한 와인에다 좋지 않은 문구를 붙일 사람이 누가 있겠는가? 단지 '샤토에서 병입' 혹은 '생산자 병입'은 와인의 출생지에 대한 보증과 같다. 이는 주조에서 숙성은 물론 병입까지 동일한 와이너리에서 했다는 것을 밝히고 있다는 점에서 와인의 질, 특히 원생산지를 가늠할 수 있는 하나의 기준이 될 수 있다. 그만큼 책임감을 갖고 정성을 들여 만들었다고 해석해도 무방하다. 오늘날 보르도의 크뤼 클라세는 '샤토에서 병입'이 엄격한 의무 사항이다. 그 밖에도 와인의 특성, 즉 향과 맛 등에 대한 내용을 하나같이 미사여구로 설명해 놓은 두 번째 레이블을 병 뒷면에 붙이는 것도 최근 들어 유행하고 있는데, 마시기에 적정한 온도나 매칭이 잘되는 음식 그리고 마시기에 적절한 시기 정도를 제외하면 거의 소설이나 다름없다고 보면 된다.

와인에서 레이블은 얼굴이다. 화장을 잔뜩 하고 사람을 현혹하는 것도 있고, 수수한 맨 얼굴을 지닌 것도 있다. 최근 들어서는 와인의 레이블에도 일대 혁신이 일어나고 있다. 특히 브랜드 와인이 등장하면서 레이블의 내용은 물론 디자인에도 큰 변화가 생겼다. 주로 수수한 레이블을 붙이고 있는 떼루아 와인에 비해, 브랜드 와인은 와인의 특성을 드러내는 독특한 디자인과 화려한 색상으로 소비자의 눈을 사로잡는 데 주력하고 있다. 예를 들어 'So Fruity' 등의 문구를 레이블에 크게 넣어 소비자로 하여금 와인의 특성을 한눈에 알아볼 수 있도록 해준다. 심지어는 팩이나 알루미늄 캔에 담아 판매하는 와인도 등장하고 있으며, 이들 와인은 우유나 맥주처럼 화려한 레이블을 용기에 직접 인쇄하기도 한다. 여성들의 와인 구매가 급증하면서, 당연히 여성들의 취향에 맞춘 병이나 레이블도 속속 등장하고 있다. 무통 로트칠드의 레이블은 그것 자체를 위한 수집가들이 생길 만큼 하나의 예술 작품이다. 매 해 세계적인 유명 화가의 그림을 레이블에 붙이는 호사를 누리기 때문이다.

레이블은 와인의 얼굴이고 ID다. 그래서 와인의 수만큼이나 다양하고 많다. 소비자의 변화하는 취향에 맞춰 새로운 와인이 탄생하는 것처럼, 새로운 레이블도 탄생한다. 조금 깊이 음미하면서 레이블을 쳐다보면, "와인이 가득 찬 병 위에서는 해외 여행을 위한 비자처럼 희망적이고, 텅 빈 병 위에서는 유공자 기념비에 새겨진 비문처럼 비장"하게 느껴지기도 한다. 와인의 레이블은 마시기 전에, 즉 "구두시험을 통과하기 전에 치러야 하는 필기시험"일지도 모른다는 생각이 든다.

병, 와인을 와인답게 만든 마술사

패이나 플라스틱 용기에 담긴 일부 테이블 와인을 예외로 치면, 지금은 병 속에 담기지 않은 와인을 상상하기는 힘들 것이다. 그러나 와인의 용기로 병을 사용하기 시작한 것은 그리 오래되지 않았다. 18세기에 병의 사용이 본격적으로 시작되었으며, 병은 와인의 역사에서 일대 혁명을 불러왔기에 대단히 중요한 의미를 지닌다. 그만큼 와인의 발전에 기여한 역할이 크다는 의미다. 병이 없었더라도 와인의 질은 꾸준히 향상되었을 것이다. 그러나 만약 병이 없었다면 와인이 나이 들면서 어떻게 발전해가는지에 대해서는 알지 못했을 것이다. 한마디로 병은 와인의 오랜 보관을 가능하게 해주었으며, 그 결과 우리는 시간과 더불어 오묘한 맛과 향을 더하며 발전해가는 와인의 진수를 즐길 수 있게 되었다.

와인을 병입하기 전 시대에, 와인 생산자들의 가장 큰 관심사는 주조한 와인이 변질되기 전에 최대한 빨리 팔아치우는 것이었다. 오랜 세월 동안 사람들은 와인이 병 속에서 숙성되면서 질이 월등히 향상된다는 사실을 까마득히

최근에는 다양한 용기에 담긴 와인들이 출시되고 있다

몰랐다. 그러하기에 16세기까지는 병을 사용한다고 해도 오크통에서 따라 옮겨 담은 후 식탁을 아름답게 하는 용기 정도로 간주했다. 사실 병 속에서 와인은 신비로운 요술을 부린다. 병 속에 담긴 와인은 외부 공기로부터 차단된다. 와인 속에는 많은 양의 미생물과 박테리아가 들어있을 수 있지만, 산소가 희박하기 때문에 번식에는 한계가 있다. 와인의 맛과 향을 변화시키는 미생물의 활동은 공기가 거의 통하지 않는 병 속에서는 매우 제한적이다. 그리고 선선한 곳에 보관할 때 더욱 그러하다.

그 밖에도 산소를 필요로 하는 생화학적 반응이 병 속에서 일어난다. 색상·타닌·산을 비롯한 와인을 구성하는 일부 성분들은 그 특성상 화학적 구조가 안정적이지 못하다. 그들의 화학적 구조는 새로운 성분을 형성하기 위해 서로 재조합된다. 일부 반응은 산소가 없이도 진행되지만, 대부분의 경우 산소를 필요로 한다. 바로 그와 같은 이유로 가능한 반응들은 병 속에 함유된 산소의 양에 절대적인 영향을 받게 된다.

와인을 구성하고 있는 무수한 성분들 간에 균형을 이루는 만족스러운 반응이 일어나기 위해서는 와인이 고유의 조화, 즉 예를 들어 산도, 타닌과 당도 사이에 조화를 지녀야 한다. 그리고 이같이 완벽한 조화가 이루어질 때만 '화학의 심포니'를 이룬 훌륭한 와인이라 칭할 수 있다.

알다시피 유리 제조기술은 고대에도 이미 존재했다. 그러나 17세기 영국에서 본격적으로 유리병을 제조하기 전까지 유리제품은 아무나 구매할 수 없을 만큼 값비싼 고급 사치품에다 너무 쉽게 깨져 사용이 극히 제한적이었다. 1586년에 발간된 윌리엄 해리슨William Harrison의 저서 『영국의 묘사』에는 상류사회에서 유리 제품이 얼마나 부를 과시하는 품목이었나를 적나라하게 보여준다. "요즘 들어 금과 은은 넘쳐나며, 좋은 집안 출생의 사람들이 이런 귀금속이 넘쳐난다는 이유만으로 이제는 베네치아 산 유리잔을 선택하는 것을 보는 것은 정말이지 가관이다." 1620년 로버트 만셀Robert Mansel이 그때까지 병목 부위와 밑바닥이 약해 사용에 불편을 주던 단점을 보안한 유리병을 제조하면서 비로소 유리병 사용이 널리 보급되기 시작했다. 프랑스에서는 이같은 '영국식 병'을 1707년 이후부터 본격적으로 받아들이기 시작했다.

병의 보급과 더불어 제기된 문제는 병목을 어떻게 막느냐 하는 것이었다. 그리스와 로마 시대에 이미 앰퍼러를 막기 위해 코르크를 사용했다는 기록이 있긴 하지만, 그 이후 코르크의 사용은 잊혀졌다. 중세시대에는 용기를 막기 위해 나무나 기름을 먹인 천 혹은 가죽을 사용하였다. 코르크 사용에 대한 최초의 기록은 16세기 중엽이다. 그러나 와인, 병 그리고 코르크의 환상적인 만남은 17세기 초반에 이루어진 것으로 보인다. 코르크의 사용과 더불어 이를 열 수 있는 도구, 즉 스크루 풀(프랑스어로는 티르 부숑)을 발명해야 했다. 하지만 스크루 풀의 기원은 여전히 미스터리로 남아있다. 최초의 기록은 1681년 나온 것인데, 그 당시는 '열기 위해 와인 병의 코르크를 뚫기 위한 철 조각'이란 매우 긴 명칭을 사용하고 있다. 티르 부숑tire bouchon · 스크루풀screwpull이란 단어는 프랑스에서는 1718년에, 그리고 영국에서는 1720년에 처음으로 등장했다고 한다.

프랑스에서는 샤토 라피트 로트칠드가 1797년에 최초로 병입을 한 기록을 가지고 있다. 그 해 병입한 와인이 샤토에 아직도 몇 병 남아있다고 한다. 19세기에 들어서면서 와인을 병에 담아 판매하는 것이 보편화되기 시작했고, 이와 더불어 각 생산지역마다 오늘날 우리가 알고 있는 고유한 모양의 와인 병이 등장했다. 그리고 그 당시 스탠더드 병의 용량이 750mℓ여서, 지금도 거의 모든 와인 병의 용량은 750mℓ이다.

와인을 병에 담아 판매하기 전에는 통(배럴)으로 판매했다. 문제는 통으로 판매된 와인은 교역상의 손에서 숙성되고 판매되었기에 부정행위가 개입할 소지가 다분히 있었고, 실제 엄청난 부정행위가 자행되었다는 것이다. 손쉽게 와인에 물을 타는가 하면, 와인의 양과 생산지를 속이는 것이 흔히 있는 일이었다. 물론 생산자가 생산지역에서 직접 병입하지 않는 한 병을 사용하는 것만으로 모든 사기 행위를 방지할 수는 없었다. 그래서 1924년 무통 로트칠드가 처음으로 샤토에서 병입을 하는 일대 혁신을 시도했다.

병이 와인의 발전에 기여한 것은 이것으로 끝나지 않는다. 병입을 한 후로 와인의 운송이 훨씬 쉬워졌다. 소비자의 입장에서도 병을 열어 마시면 되니 더욱 편리해진 것은 당연하다. 특히 병입은 와인의 오랜 보관을 가능하게 해

준다. 오늘날 최상급 와인이 고유한 특성을 발휘하기 위해 몇십 년을 병 속에서 묵묵히 참고 기다려야 하는데, 이는 병이 없었다면 절대로 불가능하다. 배럴로 와인을 판매할 당시에는 와인이 일 년도 채 못 되어 식초로 변해버렸다. 제대로 막을 수도 없었을 뿐만 아니라, 판매나 소비를 위해 자주 열고 닫아야 하는데 이 때 산화가 급격히 진행된 결과다. 게다가 병에는 와인의 ID인 레이블을 붙일 수 있어 소비자가 와인의 정체를 쉽게 파악할 수 있다는 이점도 무시할 수 없다.

프랑스 쥬라에서 생산하는 뱅 존느vin jaune를 담는 62cℓ의 클라브랭clavelin을 제외하면 와인 병의 스탠더드는 750mℓ이다. 그러나 이 밖에도 다양한 크기의 병이 있다. 우리가 흔히 보는 1.5ℓ (2병)의 마그넘, 3ℓ (4병)의 제로보암jéroboam(보르도에서는 더블 마그넘이라 한다) 뿐만 아니라 9ℓ (12병)의 살마나자르Salmanazar, 12ℓ (16병)의 발타자르balthazar 그리고 가장 큰 것은 그 이름도 공룡의 이름을 닮은 15ℓ (20병!)의 바뷔쇼도노조르babuchodonosor가 있다. 그리고 동일한 와인이라도 병이 크면 클수록 산화가 더디게 진행되어 보관 상태가 양호하고, 보관기간도 길어진다. 와인 병은 편리하게 와인을 담는 단순한 용기로서가 아니라 와인을 와인답게 만든 마술사이기도 하다.

빈티지, 어딘가 점성술을 닮았다

법적 명기사항은 아니지만, 테이블 와인을 제외한 거의 모든 와인의 레이블에는 포도 수확 연도(빈티지, 프랑스어로는 밀레짐millésime)가 적혀 있다. 일종의 출생 신고인 셈이다. 일부 와인 아마추어들은 빈티지 표를 무슨 수학 공식이나 되는 것처럼 줄줄 외면서 신봉하기도 한다. 그러나 빈티지는 수학공식처럼 정확한 과학이라 하기보다는 점괘에 가까워 나름대로의 해석이 필요한 영역이다. 같은 지역 같은 빈티지 와인이라 해도 주조자의 능력과 기술에 따라, 그리고 떼루아의 특성에 따라 큰 차이를 보이기 때문이다. 와인 양조학의 눈부신 발전 덕분에 옛날처럼 입 안에 머금기조차 끔찍스러운 빈티지는 사라졌지만, 그냥 그저 그런 평범한 빈티지가 대부분인 것 또한 부인할 수 없는 사실이다. 실제로 완벽에 가까운 빈티지는 1세기에 4~5번 나올까 말까 하다. 어떤 의미에서 진정 뛰어난 빈티지는 '하늘과의 전투에서 싸워 승리'한 매우 드문 경우라 할 수 있다. 그만큼 기후가 빈티지에 미치는 영향이 절대적이라는 의미이기도 하다.

사주를 보기 위해 출생에 대한 정보가 필요하듯이, 와인이 태어난 해를 안다는 것은 그 와인의 보편적인 성격과 질을 가늠할 수 있도록 해주는 한 주요 요소다. 이는 얼마나 오랫동안 보관이 가능하며, 언제쯤 마시기에 최상인 절정의 시기에 이를 것인지를 짐작케 해 준다. 물론 와인 값에도 엄청난 영향을 미친다. 샤토 마고의 경우 선구매에서 빈티지가 나빴던 2002년산은 병당 60유로에 거래되었지만, 최근 들어 가장 빼어난 빈티지로 알려진 2005년산은 거의 6배나 비싼 350유로로 치솟았다. 그 해의 세계 경기 등에도 어느 정도 영향을 받겠지만, 그만큼 빈티지가 와인의 가격에 절대적인 영향을 미친다는 사실을 단적으로 보여주는 예라 하겠다.

그러나 아이가 건강하게 태어났다고 해서 평생 건강하게 자랄 것이라는 보장이 없듯이, 와인도 막 태어난 것을 시음하고 나서 장래를 예상하기란 쉬운 일이 아니다. 처음엔 튼실해 보여도 1년이나 2년이 지난 후에 전혀 예상과 다르게 성장할 수도 있다. 그러니 한 빈티지를 제대로 평가하기 위해서는 시간과 인내가 절대로 필요하다. 다시 말해서 일정한 기간을 두고 몇 번에 걸친 시음을 하고 난 후에야 빈티지에 대한 제대로 된 판단을 내릴 수 있다.

좋은 빈티지는 그냥 나오는 것이 아니다. 우선 훌륭한 떼루아와 이에 적합한 세파주와, 양질의 포도를 생산하려는 인간의 간단없는 노력이 어우러져야 한다. 이 세 가지 요소가 좋은 빈티지를 가능케 해주는 유전형질을 이루고 있다. 그러나 이 모두가 완벽해도 기후조건이 나쁘면 훌륭한 빈티지가 나오지 않는다. 가끔 보르도의 유명 샤토에서 냉해를 막기 위해 포도밭 한가운데 거대한 난로를 설치할 때도 있고 심지어는 헬리콥터를 띄워 난방을 하는, 007영화에서나 볼 듯한 스펙터클한 조처를 취하기도 한다. 이 모두가 악천후에 맞서는 인간의 눈물겨운 노력이지만, 자연이 조화를 부리면 그 피해를 줄이는 정도이지 완전히 극복하기는 분명 한계가 있다. 아무리 최상급 와인이라 해도 매 해마다 양과 질에 많은 차이를 보이는 이유가 여기에 있다. 비록 그랑 크뤼라 해도 빈티지가 나쁜 것은 보관을 오래하지 못할 뿐만 아니라 색깔이나 향, 그리고 몸체의 구조 등, 질이 기대에 못 미치는 것도 흔하다는 사실을 기억해두기 바란다.

속설에 의하면 혜성이 나타난 해는 모두 예외적으로 훌륭한 빈티지라 한다. 1630·1811·1865년의 경우가 그러하다. 하여 '혜성의 빈티지'라 부르기도 한다. 샹파뉴 베브 클리코를 비롯하여 모에 샹동 등이 1811년 혜성의 빈티지를 내놓았으니, 혜성의 출현을 이용한 아이디어 마케팅이라 해야겠다. 그러나 20세기에 들어와 이같은 신화 혹은 미신은 깨어지고 만다. 1906년과 1986년에 헬리 혜성과 1997년에 헤일 밥 혜성이 지나갔지만 메독의 1986년 빈티지, 그리고 알자스와 부르고뉴의 화이트 와인인 푸이 퓌세pouilly fuissé와 루아르 지역에서 생산되는 상세르 1997년 빈티지를 제외하면 흔히 보는 평범한 빈티지로 드러났다.

참고로 20세기의 가장 훌륭한 빈티지로 여겨지는 해는 다음과 같다. 1921·1928·1929·1934·1945·1947·1959·1961·1989·1990·1996·2000년. 특히 'V for Victory'를 상징하는 'V'자를 레이블에 기입한 무통 로트칠드의 1945년 빈티지는 최고 중에 최고로 친다. 유대인인 로트칠드가이기에 나치의 만행이 끝남을 의미하는 전쟁의 종식은 남다른 의미와 함께 안도의 순간이었으리라.

이 세기적 빈티지에 대한 일화를 소개하면, 1993년 샤토 무통 로트칠드의 소유주인 로트칠드 남작부인은 세계를 깜짝 놀라게 하는 행사를 열었다. 전 세계에서 선별에 선별을 거쳐 선정된 200여명의, 그야말로 행복한 사람들을 샤토로 초대하여 그들 모두에게 1945년 산 무통 로트칠드를 대접한 것이다. 한마디로 꿈 같은 얘기고, 무통 로트칠드가에서나 할 수 있는 대 사건이 아니겠는가! 이 아주 특별한 행사를 위해 원래는 마그넘(1.5ℓ)을 서빙할 계획이었다. 참고로 와인은 마그넘에 병입하면 산화가 상대적으로 천천히 진행되어 일반 병에서보다 보관 기간이 훨씬 길다. 그런 이유로 마그넘을 선호하는 애호가들도 많고, 가격 면에서도 마그넘이 보통 병에 비해 두 배 이상 비싼 경우가 대부분이다.

그러나 샤토의 소믈리에가 마그넘 한 병을 열어 시음한 결과 아직 더 보관해야 한다는 결론에 따라 보통의 750mℓ 병으로 바꾸어 서빙했다. 거의 반세기가 지났는데도 아직 절정에 이르지 않았다는 말이다! 소테른의 귀부 포도로 주조한 유명 리쾨뢰liquoreux 와인의 경우 좋은 빈티지는 100년 이상 지나서 마셔도 그 신선함이 그대로 유지될 뿐만 아니라 맛과 향이 깊이와 다양함과 오묘함을 더욱 발산한다고 하니, 새삼 빈티지의 중요성을 다시 깨닫게 된다.

위에서 살펴 본 것처럼 사람에 있어서 출생년도가 중요하듯이, 와인에 있어서도 빈티지는 대단히 중요한 요소다. 우리네 와인 문화에서 가장 안타까운 것 중 하나가 훌륭한 빈티지의 고급 와인을 너무 어린 나이에 마시는 경우가 빈번하다는 것이다. 동일한 와인이라 해도 빈티지에 따라 타고난 특성도 다르지만 숙성되면서 드러나는 특성도 다르고, 마시기 적절한 시기도 크게 차이가 난다. 그러니 빈티지에 대한 정확한 정보를 사전에 알아두는 것은 와인 애호가들에겐 매우 유용한 일이 아닐 수 없다.

샤토, 단순한 상표

보르도 와인을 보면 거의 전부가 레이블에 무슨 '샤토'라는 거창한 이름을 훈장처럼 붙이고 있다. 샤토라는 어휘의 본래 뜻은 성castle으로, 규모가 웅장하고 위엄이 있는 것처럼 느껴진다. 저 유명한 샤토 마고나 샤토 베이쉬벨 등을 직접 본 사람이라면 더욱 그럴 것이다. 그러나 현실은 크게 다르다. 초라한 창고 같은 곳에서 주조한 와인도 AOC 등급에 든다는 단 한 가지 조건만 갖추면, 얼마든지 '샤토'란 명칭을 붙일 수 있다. 그리고 보르도에서 생산되는 와인은 거의 전부가(97%) AOC다. 그러니 보르도 와인에 적용될 때, 샤토의 의미는 영국의 헌법처럼 아리송하다.

보르도 지역에서 샤토란 무엇보다도 크뤼의 개념이다. 즉 양조자가 샤토 XXX란 상표의 이름으로 와인을 주조하고 판매하는 것을 뜻한다. 게다가 보르도의 크뤼 개념은 부르고뉴의 그것과는 다르게, 떼루아의 개념과는 거리가 멀다. 즉 특정 재배지역에 한정된 것이 아니라, 같은 이름의 와인이라 할지라도 포도밭의 거래 동향에 따라 얼마든지 포도의 생산지가 바뀔 수 있다. 따라서 크뤼 클라세는 어떤 샤토에 속하는 하나의 동일한 포도밭일 수도 있고, 여기저기 흩어진 포도밭을 통틀어 부르는 명칭일 수도 있다.

19세기 중반 전까지 샤토는 본래의 뜻에 맞게 사용되었다. 무슨 말인가 하면, 16~17세기에 건설된 그라브의 샤토 오 브리옹처럼 위용과 명성과 역사가 있는 진정한 의미의 샤토만 샤토라 불렀다는 것이다. 그러다 19세기 들어 메독의 명성이 점차 높아지면서 자연히 그곳의 와인 생산자들이 엄청난 부를 축적하게 되었다. 그리고 신흥 부자들이 으레 그렇듯 19세기에 걸쳐 보란 듯이 거대하고 화려한 샤토를 앞 다투어 건축하면서, 샤토란 명칭의 사용도 급속히 확장되었다. 샤토 피숑 라랑드, 피숑 바롱 그리고 팔머가 19세기 중반에 건설된 메독의 대표적인 샤토라 하겠다. 결국은 현재처럼 보르도의 모든 AOC 와인에 샤토라는 명칭을 붙일 수 있게 되었다. 어떻게 보아도 어휘의 남발이고, 남용이라 할 수 있다.

1855년 파리 국제박람회에 때맞추어 작성된 보르도의 등급에 선정된 58개의 레드 와인과 21개의 화이트 와인 중에 샤토라는 이름이 붙은 것은 고작 5개에 불과하다. 그 시대에는 크뤼, 그리고 이따금 클로란 명칭을 사용하는 것이 보통이었다. 아니면 샤토라는 명칭 없이 그냥 '무통', 혹은 '랑고아Langoa' 이런 식이었다.

샤토를 처음으로 정의 내린 문서는 샤토라는 단어가 사용되기 시작한 지 몇 세기가 지난 후인 1942년에야 나왔다. 이 문서에 의하면 와인 레이블 위에 적힌 샤토라는 명칭은 '특별한 크뤼, 아주 오랜 전부터 그와 같은 이름으로 알려진 지정된 포도밭의 존재에 연관된' 것이다. 하지만 실제 상황은 위와 같은 엄격한 정의와는 거리가 멀어도 한참 멀다. 포도밭의 주인이 바뀌고, 그럴 경우 명칭이 바뀌는 것도 다반사다. 예를 들어 등급이 높지 않은 포도밭이 그보다 높은 등급의 포도밭에 편입되면, 새로 구매한 포도밭도 높은 등급의 크뤼로 자동 승격하는 것이다. 그러니 샤토란 이름은 그것을 사용하는 사람의 마음에 달린 것일 뿐이다. 1885년 이후 메독과 소테른의 크뤼 클라세 수는 하나도 변한 것이 없지만, 당시 보르도 전체에 걸쳐 겨우 20여 개 존재하던 샤토는 1874년에는 700여 개, 1893년에는 1,300여 개 그리고 오늘날은 약 7,000여 개로 급속히 늘어났다.

샤토라는 명칭을 붙이는 데 특별한 원칙이나 조건이 없기에 실제로 같은 와이너리에서 생산된 와인이 여러 다른 이름의 샤토로 판매되는 부정행위가 자행되던 시절도 있었다. 위스키의 경우는 지금도 그렇게 한다. 다행히도 지탄받아야 할 이런 행위는 와인 판매에 있어서는 금지되었다.

현재 보르도에서 '샤토'라는 이름을 달고 생산되는 와인은 무려 7,000 여종에 이른다. 물론 네고시앙의 와인도 샤토라는 이름을 붙인다. 만약 모두가 샤토라는 이름에 값하는 거대한 성을 지니고 있다면 재배면적이 훨씬 줄어들었을 테니, 그렇지 않은 현실이 다행인지도 모르겠다. 반면에 2등급에 속하는 샤토 레오빌 바르통처럼 레이블에 샤토라는 이름을 사용하지만 실제로는 샤토, 즉 건물이라곤 전혀 존재조차 하지 않는 예외적인 경우도 있다.

그렇다면 샤토라는 명칭은 보르도 와인에만 붙일 수 있는 특권인가? 그렇지는 않다. 다른 지역에서도 일정 조건을 갖추면 샤토란 명칭을 사용할 수 있다. 그밖에는 어딘가 겸손함이 깃든 것 같은 도멘느나 클로, 혹은 마mas(농가)를 붙이기도 한다. 아예 겸손이 지나쳐 그랑주grange(곳간)란 이름을 사용하는 경우도 있다. 게러지 와인garage wine의 유명세에 영향을 받은 건 아닌지 모르겠다.

위에서 살펴본 것처럼, 보르도 와인에서 샤토라는 정의는 매우 애매모호하다. 그 이름에 값하는 샤토가 있는가 하면, 전혀 그렇지 못한 것들이 훨씬 더 많다. 심지어 샤토는 고사하고 아무런 건물도 존재하지 않지만 샤토라는 명칭을 사용하는 곳들도 있다. 보르도 와인의 경우 샤토란, 판매를 촉진하기 위한 단순한 상표에 지나지 않는다. 특정 재배지역을 한정하는 떼루아의 개념도 없다. 단지 AOC 등급에 드는 와인이면 샤토라는 명칭을 사용할 수 있는 권리를 자동으로 부여받는다. 이런 의미에서 보르도 와인은 장인 정신이 깃든 와인이라기보다는 지극히 자본주의적 정신에 충실한 와인이다. 그러하니 샤토라는 명칭에 기죽거나 집착할 이유는 전혀 없다 하겠다.

Why Wine

제8장

와인의 속삭임

마시고, 취하고, 읊고

동서고금을 막론하고 술에 얽힌 사연이나 이야기는 헤아릴 수도 없을 정도다. 개중에는 세상을 떠들썩하게 만든 일화도 많다. 요즘 말로 하면 술로 인한 스캔들이다. 자고로 술이란 마시면 취하고, 취하면 객기가 올라 혀가 널뛰기 시작한다. '주체할 수 없는 인생의 가벼움'을 느끼는 황홀한(?) 경험이다. 마시고, 취하고, 읊고, 일종의 피할 수 없는 트릴로지trilogy(3부작) 속으로 비틀거리며 그러나 흥겹게 들어가 볼까 한다. 물론 언어를 통해서.

우선 '마시다'와 관련된 프랑스 표현들을 잠깐 살펴보자. 프랑스어로 마구 마셔댄다고 할 때, '스폰지처럼', '구멍처럼', '단추가 풀린 배처럼', '바스켓처럼', '우물처럼', '얼간이처럼', '거위 새끼처럼', '소금 제조인처럼', '물고기처럼' 마신다고 한다. 좀 이상하게 들릴지 모르지만, 같은 뜻으로 '음악가처럼', '소방관처럼' 마신다는 표현도 있다. 지금은 모르긴 해도 예전에는 음악가들과 소방관들이 대단한 주당들이었나 보다.

일찍이 프랑스의 작가 라블레는 "마시는 것은 인간의 고유한 속성이다"라고 했고, 17세기 프랑스의 시인인 니콜라 부알로Nicoas Boileau는 "마실 줄 모르는 사람은 아무 것도 모른다"고 주장하며, "잘 마실 때 인간은 교양 있는 사람이 된다"고 목소리를 높였다. 〈피가로의 결혼〉의 작가인 보마르쉐Beaumarchais는 "목마르지 않을 때도 마시고, 언제나 섹스를 할 수 있는 유일한 동물이 인간"이라 했다. 그리고 바로 이 점이 인간을 다른 동물과 구별하는 가장 중요한 측도란다. 프랑스의 현대 작가 앙투안 블롱댕Antoine Blondin은 "나는 술을 마시는 작가가 아니라, 글을 쓰는 술꾼이다"라고 스스로를 재미있게 정의했다. 중국의 이태백이나 소동파, 한국의 천상병이나 김수영같은 많은 작가들에게 술이 없었다면 어떠했을까 자못 궁금해진다. 그들도 술을 즐기는 시인이 아니라 시를 쓰는 술꾼에 가까웠을까? 하여튼 무수한 작가의 이름은 술과 떼어서 생각하기 어려울 것이다.

다음으로 마시면 취한다. 취하면 어떤 모습일까? 가지각색, 각양각색일 테지만 취한 모습을 프랑스에서는 어떻게 묘사하는지 구경해 보자. 잔뜩 취한 상태는 '당나귀처럼', '돼지처럼' 취했다고 한다. 또한 '술독이 가득 찼다', '후추가 가득 쳐졌다', '기름을 가득 채웠다', '가죽통처럼 가득 찼다' 라고도 한다. '후추가 가득 쳐졌다' 란 표현은 우리의 '맛이 갔다' 란 표현과 좀 닮은 데가 있는 것 같다. 그 밖에도 '오크통처럼', '구슬처럼', '공처럼 둥글다' 라는 표현도 있는데, 술이 너무 취해 제대로 몸을 가누지 못한 모습을 이리 표현하지 않았을까 한다.

술이란 마실 때는 같이 마시지만 취할 때는 각자 홀로 취한다. 비록 같이 앉아있다 해도, 각자의 주량이나 성향이나 술버릇에 따라 각각 홀로 취하는 것이다. 나 홀로의 길, 그것이 취기의 길 아니겠는가! 그러나 너무 취하지 않도록 조심하자. 디드로Diderot는 경고한다. "취기는 이성의 모든 빛을 앗아간다. 취기는 인간을 다른 동물과 구별지어주는 이 입자, 이 성스러운 섬광을 완전히 말살시킨다." 『좁은 문』의 작가 앙드레 지드André Gide는 취중한담에 대한 자신의 경험담을 솔직히 털어놓은 적도 있다. "나도 취한 적이 있었는데, 취기는 당신으로 하여금 보다 훌륭하고, 보다 위대하고, 보다 존경받을 만 하고, 보다 고결하고, 보다 부유하고… 등등을 믿게 한다. 실제로는 아닌데." 이래서 술 마실 때 하는 말은 믿지 말라고 하나 보다.

그러나 다행히도 술을 좋아하는 사람들의 편을 드는 작가들도 많다. 와인과 취기의 최고 시인 보들레르가 총기 발랄하게 그들의 손을 들어준다. 그는 〈인위적 낙원〉에서 재미난 일화 하나를 들려준다. "내가 아는 어떤 사람은 시력이 약해졌는데, 취기 속에서 원시적 날카로운 시력의 원천을 되찾았다. 와인이 두더지를 독수리로 바꾸어 놓았다." 〈파리의 우울〉에서 그는 한 걸음 더 나아가 인간은 늘 취해 살아야 한다고 주장한다.

> 항상 취해야 한다. 모든 것이 여기에 있다. 그것이 유일한 문제이다. 당신의 어깨를 짓누르는, 그리고 당신을 땅으로 기울게 하는 시간의 가혹한 무게를 느끼기 않기 위하여 당신은 휴식 없이 취해야 한다… 그러나 무엇에 취할 것인가? 와인에, 시에 혹은 미덕에, (그것은) 당신의 뜻에 따르라. 그러나 취하라.

어딘가에 열정을 쏟으며 미쳐 살아야 한다는 시인의 외침으로 들린다. 보들레르의 시를 읽으니 새삼 '미쳐야 미친다' 라는 말도 생각난다. 정신없이 어디에 빠져야 비로소 어떤 경지에 도달한다는 뜻이리라. 우리의 손이 어디에 미치듯이.

문제는 시에 미치기가 쉽지 않다는 것이다. 속세를 사는 사람으로서 미덕에 미치기는 더더욱 어려워 보인다. 역시 가장 손쉬운 것은 와인에 미치는 것이 아닐까 한다. 프랑스의 시인 드 베를렌느De Verlaine는 노골적으로 고백한다. "아! 나는 술을 마실 때 취하려고 마시지 마시려고 마시지 않는다"라고. "퐁 네프 다리 밑으로 센 강이 흐르고, 우리들 사랑도 흐른다"고 낭만적으로 읊었던 시인 아폴리네르Apollinaire는 참을 수 없는 취기를 우주의 질서처럼 인식하기도 한다. 그는 제목부터 예사롭지 않은 〈알코올〉이란 시에서 노래한다.

나는 온 우주를 다 마시고 취했다…
잘 들어라 나는 파리의 목구멍이다
그리고 나는 우주가 나에게 즐거우면 다시 마시리라
우주적 취기의 내 노래를 들어보라

끝으로 취하면 혹은 취해야만 제대로 잘 읊을 수 있다. 구체적으로 증명된 것은 아닐지 모르지만, 동서양을 막론하고 역사 이래로 취기와 예술 사이에는 미스터리한 어떤 관계가 존재하는 것 같다. 많은 작가들에게 취기는 단어와 문장에 새로운 향과 질감을 가져다주는 촉진제처럼 보인다. 예술가들은 취기가 없으면 말라버린 만년필촉처럼 정신이 황폐해지는지도 모른다. 취기는 음악가들에게 새로운 선율을, 그리고 화가에게는 상상의 날개를 달아주는지도 모른다. 훌륭한 작품을 쓰기 위해 어떻게 해야 하는지에 대해 프랑스의 작가기 드보르Guy Debord의 변을 한 번 들어보자. "글이란 아주 드물어야 한다. 왜냐하면 훌륭한 글을 찾기 전까지 오랫동안 마셔야 하기 때문이다."

그러나 취기에 우리의 소중한 몸과 마음을 너무 쉽게 맡기지 않도록 조심하자. 취기나 예술은 둘 다 미지로의 여행을 닮았다. 미지로의 모든 여행이 그러하듯 예상치 못한 위험이 도사리고 있을 수도 있고, 그 목적지가 어디인지도 모른다. 지나치게 기분에 맡기고 나가다 보면 완전히 길을 잃고 못 돌아올 수도 있으니까. 에밀 졸라는 『목로주점』에서 여성들의 심한 취기를 '속옷'으로 표현하며, 취기는 여성들로 하여금 옷을 벗게 만든다고 했다. 또한 취기는 혀를 가볍게 한다. 가끔 하지 말아야 할 말들이 술김에 튀어나와 문제가 되기도 한다. 그래서인지 몽테뉴Montaigne는 경고한다. "와인은 지나치게 마시면 가장 깊숙한 비밀들을 봇물 터지듯 쏟아지게 한다." 그러나 우리의 용감한 시인 보들레르는 즉시 반격한다. "물만 마시는 자는 가까운 사람에게 뭔가 감출 것이 있는 사람"이라고. 그리고 그는 와인이 인간을 닮았다고 한다. '어디까지 평가하고 어디까지 멸시해야 할지, 사랑해야 할지 미워해야 할지 결코 알 수가 없고, 와인이 얼마나 최상의 행위와 악마적 작태를 부릴 수 있는지도 모른다. 그러니 와인에 대해 우리 자신들에게처럼 너무 잔인하지 말고 우리와 동등하게 대하자.'

어떤 사람과 동반해서 한 잔 할 것인지, 선택은 독자들이 알아서 해주기 바란다. 그리고 이 참에 자신은 취기가 올랐을 때 어떤 부류의 사람인지 한 번 생각해보는 계기가 되었으면 한다.

와인의 영혼이 병 속에서 노래할 때

한 잔의 와인을 따르자. 그리고 잠시 와인이 전해주는 이야기에 귀 기울이는 여유와 낭만을 가져보자. 일 년 내내 훌륭한 와인을 생산하기 위해 절대 필요조건인 최상의 포도를 생산하기 위해 땀을 쏟으며 온갖 정성을 다한 농부의 숨결이 서사시처럼 짠하게 전해온다. 포도가 충분히 땅의 기력과 태양의 따스함을 받으며 당도와 향을 형성하기 위해서는 자연의 관대함을 누려야 한다. 인간의 주조 기술이 아무리 발전해도 그 시작에 최고 품질의 포도가 없으면 훌륭한 와인은 절대 만들어지지 않는다. 그만큼 와인은 우선 자연의 산물이자 선물이다. 여기다 인간의 간단없는 노력이 첨가된 것이다. 자연과 인간이 하나로 어우러져 연주하는 합주곡에 한 번쯤 겸손한 마음으로 귀 기울여 봄이 어떨까? 모든 것이 바쁘고 팍팍하게 돌아가는 현대를 살아가는 우리들에게 남다르고 소중한 시간이 될 것이다.

다시 한 잔의 와인을 따르자. 그리고 잠시 숨을 돌리자. 그 한 잔의 와인 속에는 인간의 오랜 역사와 문화가 비밀스러운 코드처럼 속삭이고 있다. 물론 그건 어디까지나 우리와는 상관없는 서양의 역사와 문화라고 치부한다면 어쩔 수 없지만, 역사도 문화도 새롭고 낯선 것들이 서로 만나고 상충하며 상호 보완적으로 발전하는 것 아니겠는가! 각자의 경험과 상상에 따라 무수한 얘기들이 들려올 것이다. 그리스도의 피로 상징되는 와인, 최후의 만찬에 예수가 제자들과 나누어 마셨던 와인, 방주 이후 처음으로 포도나무를 심고 와인을 주조해 무척이나 즐겨 마시며 900살이 넘도록 장수한 노아, 그리스의 밤 와인 향연이었던 심포지엄, 로마의 광란적인 바카날레, 와인의 주신인 디오니소스나 바쿠스, 루이 16세가 단두대로 끌려가기 전에 마셨던 마지막 와인, 프랑스 혁명 당시 넘쳐났던 혁명의 와인, 나폴레옹이 애호했던 샹베르텡, 아비뇽 유수Avignonese Captivity(1309~1377년까지 7대에 걸쳐 로마 교황청을 남프랑스의 론강변의 도시 아비뇽으로 이전한 사건) 이후로 교황의 와인이 된 샤토네프 뒤 팝 등등.

한 잔의 와인은 이처럼 우리들에게 지난날의 무수한 이야기와 사건들을 전해준다. 조금 지나친 표현일지 모르지만, 와인은 서구 문명의 주요한 한 축이다. 따라서 와인은 서구 문명이란 거대한 곳간을 열기 위해 필요한 하나의 열쇠가 된다고 믿는다. 그러니 이제부터는 와인을 취감을 위한 단순한 알코올로 마시는 데 그치지 말고 와인이 수천 년 동안 간직해 온 인간의 이야기에 귀 기울여가며 음미해 봄이 어떨까?

다시 한 잔의 와인을 따르자. 그리고 와인이 드러내는 미묘한 색깔에 눈길을 멈추며, 잠시 환상에 젖어보자. 레드 와인의 경우 가장자리가 보라색을 띠는 검붉은 빨강색에서 체리 빛이 도는 옅은 빨강까지, 그 느낌이 다양하고 현란하다. 화이트는 잔의 가장자리에 초록색을 띠는 옅은 노랑에서 짚색을 거쳐 황금의 짙은 노랑까지, 보는 이의 눈을 마냥 즐겁게 해준다. 로제는 옅고 투명한 빨강에서 잿빛이 감도는 분홍까지, 보는 것만으로도 미각을 일깨우기에 충분하다. 샹파뉴라면 쉼 없이 치솟아 오르는 기포의 윤무를 음미해 보자. 몸의 일부가 간지러운 듯한, 아니면 가벼워지는 듯한 느낌을 얻을 수 있을 것이다. 동시에 거품이 잠자는 우리의 여러 감각을 깨우는 듯한 짜릿한 느낌에 젖어보자. 그리고 색상의 짙고 옅음과 투명함을 눈 여겨 살펴보자.

다시 한 잔의 와인을 따르자. 당연하지만 잔은 1/3 이상을 채우지 말자. 황홀한 향들이 잔의 빈 공간에서 자유롭게 발산되고, 그 안에 잠깐이나마 머무를 수 있도록 하기 위해. 이제 천천히 코로 잔을 옮겨 깊숙이 들이마셔 보자. 그리고 지그시 눈을 감고 와인이 발산하는 향에 매료되어 보자. 갓난아기가 엄마의 젖무덤을 찾아 젖꼭지를 빠는 것은 본능이지만, 그 본능을 인도하는 것이 바로 냄새다. 엄마의 고유한 체취가 갓난아기에게는 유일한 등대인 것이다. 어릴 때부터 지금까지 맡아온 여러 향들에 대한 추억을 되새겨보자. 그리고 과일향, 꽃향, 미네랄향, 동물향 그리고 때로는 화약향까지 다양한 와인 향의 정원을 거닐어보자. 이런 과정에서 기억의 지층 깊은 곳에 숨겨져 있던 어떤 기억들이 문득 기억의 표면 위로 떠오를지도 모른다. 잠시 시간을 두었다가 다시 한 번 더 향을 맡아보자. 처음에는 느끼지 못했던, 기화성이 덜한 미세하고 미묘한 향들이 드러날 것이다.

잠시 얘기를 돌려보자. 내가 알고 지내는 쟝 피에르 빌램Jean Pierre Willem이란 프랑스 의사가 있다. 가봉에서 슈바이처 박사의 마지막 조수 생활을 했으며, 피비린내 나는 전쟁터에 의사로서 가장 많이 활동해 기네스북에도 오른 사람이다. 지금은 '맨발의 의사회'를 창설해 가난한 국가의 의료봉사를 지원하고 있다. 몇 년 전에 나와 함께 한국을 다녀가기도 했다. 특히 향 치료aroma therapy에 관한 저술을 많이 했으며, 이 분야의 세계적인 권위자이기도 하다. 그는 나에게 아프리카에서의 경험을 들려주며, 그곳에서는 정신 이상자를 치료하기 위해 향을 이용한다고 했다. 덧붙여 향은 인간의 뇌에 바로 작용을 하기에 가장 심오한 치료법이라고도 했다. 프랑스의 일부 병원에서 환자의 고통을 들어주고 치료의 효능을 높이기 위해 향, 특히 바닐라 향을 이용하고 있다는 것도 전해주었다. 미처 우리가 깨닫고 있지 못하지만 향이 우리의 일상생활에 미치는 영향이 지대하다는 것을, 그리고 와인은 향의 정원이란 점을 독자들에게 알리고 싶은 마음에 잠시 우회해 보았다.

자, 이제 다시 와인을 한 잔 따르자. 그리고 한 모금 입 안에 머금어보자. 정신을 가다듬고 보물찾기라도 하듯 와인이 간직한 신비의 베일을 한 겹 한 겹 벗겨보자. 삼키기 전에 와인이 전해주는 다양한 맛과 질감을 최대한 여유롭게 즐겨보자. 벨벳이나 실크처럼 부드러운 느낌을 주는 것도 있을 테고, 거친 타닌이나 높은 산도로 까칠하고 거칠게 느껴지는 것도 있을 것이다. 그리고 이제는 과거의 추억이 아니라 미래로 생각의 물꼬를 터보자. 방금 마신 이 와인이 1년, 2년, 3년… 10년 후에는 어떻게 달라져있을까? 그렇게 세월이 지난 후, 나는 그리고 우리는 또 어떻게 변해있을까? 훌륭한 와인처럼 시간과 더불어 보다 성숙하고 깊이와 조화를 더한 멋있는 사람으로 발전해있을까? 아니면 하찮은 와인처럼 쇠약하고 보잘 것 없는 모습으로 변해있을까? 로베르 사바티에Robert Sabatier가 조언하듯이 우리는 '보졸레처럼 젊도록, 그리고 부르고뉴처럼 늙을 수 있도록' 힘써야 할 것이다.

이제 와인에 대한 총체적인 느낌을 솔직한 자신의 언어로 표현해보자. '이 와인 참 괜찮네요', '마시기에 편한 와인이네요' 정도로도 충분하다. 이제는 더 이상 와인을 잔에 따라야 할 당위성 혹은 필요성은 없다. 이미 마실 만큼 마시지 않았나? 분위기와 기쁨을 위해 계속하려면 그렇게 하시라. 그것은 당신의 자유다.

끝으로 와인의 속삭임에 다시 한 번 귀 기울여 보자. 와인은 우리에게 속삭인다. '난 오직 당신의 즐거움을 위해 태어났어요. 그 즐거움은 좋은 사람들과 나누면 나눌수록 커져요. 그리고 쟈끄 프레베르Jacques Prévert의 다음 시를 음미해 보면 어떨까.

자연은 빈 병을 혐오한다.
그러나 그와 마찬가지로 가득찬 병도 혐오한다.
병이 따져 있지 않을 땐 마개를 열어라.
생 자네Saint Jeannet에 축제가 있다.

센 강에 물이 흐르듯

여러 곳에 와인에 대한 상세한 얘기들이 자주 등장하며, 와인이 문명의 전도사 역할을 수행하는 것으로 묘사된 호머의 서사시 〈일리아드와 오디세이〉에서부터 계층 간의 갈등이나 현대인의 자아상실감 등 복잡한 여러 사회상을 다루는 최근 작가의 작품에 이르기까지 시대와 더불어 와인은 다양한 사회적 현상과 풍속을 연출하는 주도적 역할을 해왔다. 그와 더불어 그러한 양상을 반영하는 문학작품의 주요 소재로 등장하기도 한다.

노팅엄의 셔우드 숲을 배경으로 부자들을 약탈하여 가난한 이들을 돕는 전설의 의적 『로빈 후드』, 작가 자신을 포함한 30명의 순례자들이 사우스워크의 한 여관에서부터 런던 교외의 캔터베리 성당까지 가는 순례의 여정을 서술한 초서의 『캔터베리 이야기』, 특히 라블레의 『가르강튀아와 팡타그뤼엘』 등에 등장하는 주인공들은 하나같이 와인을 두주불사斗酒不辭(말술을 사양하지 않는다는 말로 주량이 세다는 말)하는 성격이 화통하고 괄괄한 주당들이다. 그들의 활동을 통해 와인이 지닌 사회성, 즉 사회정의나 아니면 세속에 대한 날카로운 풍자

라블레作, 『가르강튀아와 팡타그뤼엘』에 등장하는 주인공, 가르강튀아

와 해학이 섬광처럼 빛난다. 이는 와인이 부침하는 역사와 시대를 관통하며, 사회와 문학에 엄청난 영향력을 미쳤다는 것을 보여주는 증거라 하겠다.

와인이 존재한 이래, 수많은 저술은 와인이 선사하는 영감과 호기어린 취기는 물론 건강음료로 와인을 찬양하고 있다. 소크라테스는 와인을 "꺼져가는 인생의 불꽃에 기름과 같은 것"이라 격찬했고, 플라톤은 "노후의 쓸쓸함에 대한 치유제"라 하여 와인이 인간 정신과 감정에 유용한 역할을 하는 것으로 판단했다. 고대 그리스인들은 디오니소스 신을 찬양하며 와인을 마시는 '심포지엄'이라는 의식을 거행했다. 저녁 식사 후에 벌어졌던 이 행사는 나름대로 '규율이 준수된 세리모니'로 신을 위한 의식이자 동시에 인간의 축제이고, 사회적 화합의 장이고, 자유로운 토론장이며, 삶의 환희와 쾌락을 추구하는, 복합적인 의미를 지닌 중요한 행사였다. 그리고 그들은 에게해의 온화한 밤기운에 싸여 와인을 즐기면서 노래했다.

나와 함께 마셔라

나와 함께 사랑하라

나와 함께 왕관을 쓰라

나와 함께

내가 미치면 같이 미쳐라

그리고 내가 현명하면 나와 함께 현명해져라

주신 디오니소스의 특성을 이보다 잘 찬양하는 노래가 또 있을까?

작자 미상으로 1200년경 파리의 신학 대학생들이 즐겨 부르던 노래에는 이런 가사도 있다.

맛나고 감미로운 와인… 세상의 환희여!

너의 매혹적인 색깔에 경의를

너의 고혹적인 향기에 경의를

너의 감미로운 맛에 경의를…

이런 내용은 쾌락의 추구가 거의 향락의 수준이기도 하다. 11세기 페르시아 최고의 수학자·천문학자·시인으로 꼽히는 오마르 카이얌Omar Khayyam이

그대 취했어, 그대 사랑에 빠졌어? 기뻐하라고

애무와 와인이 그대를 탕진해? 후회하지 말라고…

마음은 꽃처럼 화사한 얼굴로 향하고

팔은 잔으로 뻗네

…봄에 하늘의 처녀가

나에게 잔에서 노래하는 이 와인을 따르면

나를 욕하는 가련한 자들이 있어도 할 수 없지!

내가 천국을 걱정한다면 개만도 못하리라

고 자유분방하게 읊고 있는 것으로 보아, 우리가 흔히 알고 있는 상식과는 달리 이슬람 세계도 와인을 즐겼던 적이 있었음을 보여준다.

산업화의 진행과 현대사회로의 발전은 와인이 지니고 있던 상징성과 신성성의 대부분을 복잡한 이해 관계가 얽힌 냉혹한 현실이란 바다에 희석시키는 결과를 초래했다. 그리고 많은 문학작품들도 이같은 새로운 사회현상을 토양으로 삼고 있다.

대표적으로 에밀 졸라의 『목로주점』과 『제르미날Germinal』을 비롯한 여러 작품은 새롭게 탄생한 자본주의 사회의 속성인 개인주의·도시화·물질주의 그리고 도구주의를 중심 주제로 삼고 있으며, 이같은 새로운 사회 내에서 상충하는 두 계급, 즉 술주정뱅이의 노동자 계급과 절제를 미덕으로 삼는 부르주아 계급을 대조적으로 묘사하고 있다. 특히 『목로주점』에는 과음이 지나친 노동자들의 당시 모습이 생생하게 묘사되고 있다.

테이블 주변에 와인은 마치 센 강에 물이 흐르듯 했다. 가게의 한켠에 와인병의 공동묘지가 만들어졌으며, 그 위에다 테이블 위에 놓인 쓰레기를 밀쳤다. 잔은 단숨에 비워졌고, 쏟아지는 폭우가 물받이 관을 타고 흘러내리는 소리와 함께 목구멍으로 삼킨 와인이 떨어지는 소리가 들렸다. 오, 하느님 맙소사! 와인은 어쨌든 놀라운 발명이란 예수회 수도사들의 말이 다 무슨 소용이람! (그 말을) 세상은 환호하고 받아들였지. 어차피 노동자들은 와인 없이는 살 수 없을 것이며, 아버지 노아께서 포도나무를 심어야 하지 않았던가. 그리고 술에 취한 익살꾸러기가 당신에게 장난을 걸었다. 그건 그렇다 치고, 왕은 당신의 삼촌 아니었던가, 파리는 당신 거였지, 이런 식이었다. 그들은 진드기처럼 취했다.

다른 한편으로 시인 보들레르에게 와인은 복잡한 산업사회 내에서 갈등하는 인간의 세속적 고난과 고뇌에 동참하고, 환희를 불러일으키며, 미적 감각을 일깨워주는 마술적 음료로 인식되기도 한다. 그는 와인을 '태양의 신선한 아들'이나 '지적 황금'으로 표현한다. 그의 대표시집 『악의 꽃』에서는 이런 구절이 등장한다.

원한을 익사시키기 위해 그리고 무관심을 흔들어 깨우기 위해
침묵 속에 죽어가는 이 모든 늙은 저주받은 자들에 대해
마음 아파진 하느님이 잠을 만들었다
인간이 와인을 첨가했다
태양의 신선한 아들

그리고 20세기 들어 로맹 롤랑의 소설에 등장하는 와인은 작가가 평화주의자였던 것처럼 제1차 세계대전이 발발하기 직전 유럽의 하늘에 전운이 감도

는 것을 심히 걱정스러워 하며, 평화와 우정의 상징으로 묘사되기도 한다. 그의 소설 『콜라 브뢰뇽』의 한 구절에 잠시 멈추어보자.

우리는 병 다리를 잡고 잔을 들어올려, 잔을 통해 하늘과 장미빛으로 채색된 우리의 운명을 쳐다보았다. 몇 분 동안 침묵이 흘렀다. 샤이여는 단숨에 잔을 들이켰고, 파이야르는 조금씩 홀짝였다. … 난 와인과 와인을 마시는 동반가들을 모두 음미했다. 그들의 기쁨에, 그리고 그들이 기뻐하는 모습을 바라보면서 나의 기쁨도 덩달아 고조되었다. 마시는 행위boire와 보는 행위voir는 짝을 이룬다. 그것은 왕의 한 부분(처럼 고귀함)이다.

말하기도 지쳐서, 우리 세 사람은 그 때문에 우리가 다투지 않는 유일한 신인 바쿠스를 찬양하는 노래를 목청껏 불렀다. 바쿠스는 출신이 훌륭한 신이며, 프랑스의 신, 내가 뭐라고 했지? 기독교의 신이다. 내 사랑하는 형제들이여. 그러니 친구이자 우리의 구원자, 우리의 기독교적 바쿠스, 그의 아름다운 루비색 피가 우리의 언덕을 흐르고 우리의 포도밭, 언어 그리고 영혼에 향기를 주는 우리의 웃음 짓는 예수를 위해 마시자.

이태백이나 두보의 시에도 술은 대단히 중요한 위치를 차지한다. 우리의 옛 시나 현대의 문학작품에도 마찬가지다. 그러니 술과 문학은 동서고금을 막론하고 불가분의 관계인가 보다. 인간이 술을 발견하고 그 맛을 알아버린 이후, 술은 인간사의 최상과 최악을 위해 존재해 왔다. 와인도 술이니 당연히 그런 역할을 수행해 왔다. 그리고 시대가 변하면서 그에 맞게 새 옷을 갈아입고 작가의 영혼에서 끊임없이 다시 태어나는 것이다.

베토벤 음악엔 부르고뉴 와인

재즈 관련 CD를 뒤적이다 우연히 재미난 타이틀에 눈길이 끌렸다. CD 자켓에 와인 한 잔과 코르크 마개 하나로 디자인된 '와인타임 재즈Winetime Jazz'였다. 2장의 CD에 각 20곡이 수록되어 있으며, 그 곡들은 마일스 데이비스·쳇 베이커·사라 본·오스카 피터슨·루이 암스트롱 등 재즈 역사에 나름대로 큰 족적을 남긴 유명 재즈 음악가들의 곡들이었다. 오래 전부터 와인과 음악에 대한 글을 하나 쓰려던 차라 마음과 귀가 더욱 솔깃했다.

급한 마음에 들어보니 하나같이 듣기 편하고 감미로운 곡들로만 짜여 있었다. 〈Isn't It Romantic〉, 〈I Fall in Love Too Easily〉, 〈Tenderly〉, 〈Cheek To Cheek〉, 〈What A Wonderful World〉 등의 잘 알려진 곡들이었다. 와인이 재즈 뮤지션들의 작곡이나 연주에 어떤 영향을 미쳤는지는 모르겠지만, 와인을 마실 때 그 분위기를 살리는 곡들을 골라 놓았으리란 것은 의심의 여지가 없어 보인다. 그렇다면 와인에 대한 일반의 느낌은 감미롭고 부드러우며 로맨틱한 것으로 각인되어 있나 보다.

〈와인타임 재즈〉 재킷

   일찍이 플라톤은 『향연』에서 '약간의 취기는 철학을 하는 데 도움을 준다' 라고 했다. 적당한 취기는 철학뿐만 아니라 예술과 음악의 창작에 새로운 길을 열어주는 촉매제라 여겨져, 취기를 '종교의 신비로운 필요'로 간주하기도 했다. 음식을 먹는 것이 단순한 육체적 필요라면 와인을 마시는 것은 영혼을 위해 필요하다고 주장한 사람도 여럿 있었다. 19세기 프랑스의 의사였던 클로드 틸리에Claude Tillier의 변을 한 번 들어보자. "먹는 것은 위장의 필요다. 마시는 것은 영혼의 필요다. 마시는 것은 시인들에게는 유쾌한 아이디어를, 철학자들에게는 고귀한 생각을, 음악가들에게는 아름다운 선율을 불러일으키게 해준다. 먹는 것은 그들에게 소화불량일 뿐이다."

예술적 영감을 얻는 데 술이 하는 역할은 시대와 사회에 따라 변하는 만큼 당연히 논란의 대상이 될 수 있을 것이다. 동서고금을 막론하고 예술을 논할 때 술의 역할은 자주 거론된다. 역사적으로 볼 때, 그리스의 주신 디오니소스 이래 시와 음악이 바늘이라면 와인은 실처럼 그들을 따랐다. 포도수확 때나 와인 생산지역의 축제 때면 주변에는 언제 어디서나 와인이 넘쳐났고, 그와 함께 그 지역의 전통 음악과 춤이 축제의 흥을 돋웠다. 그러니 와인의 영광을 찬미하는 민속적인 노래나 춤의 종류는 헤아릴 수 없이 많다.

니체는 자신의 저서 『비극의 탄생』에서 예술적 충동의 유형을 아폴론적인 것과 디오니소스적인 것으로 나누었다. '태양의 신'인 아폴론이 조화와 질서, 균형을 이루고 있는 인간 문명을 상징한다면, '와인의 신'인 디오니소스는 야생과 광기, 자연 등을 상징한다. 어떤 예술 형태에도 양쪽의 특성이 공존하고 있을 것이다. 예술가의 취향이나 개인적 성품에 따라 디오니소스적인 면이 더욱 두드러지거나 그 반대일 경우도 있을 것이다.

야생과 광기를 드러내는 디오니소스적인 성향의 수많은 오페라의 아리아, 발레곡, 코믹 오페라 등이 와인을 주제로, 혹은 와인을 위해 작곡되었다. 몬테베르디Monteverdi의 〈오르페우스〉, 모차르트의 유명 오페라 〈마적〉과 〈돈 조반니〉, 중세 신화를 바탕으로 작곡한 바그너의 마지막 악극 〈파르시팔〉, 베르디의 〈라 트라비아타〉, 오펜바흐Offenbach가 작곡한 다수의 소규모 코믹 오페라 등 일일이 열거하기가 힘들 정도다. 오펜바흐는 "진실은 우물속으로부터 나온다고 전해지는데, 뮤즈(음악의 여신)는 와인 저장통tonneau으로부터 나올 것이다."라고 했으니, 그에게 와인 없는 음악은 상상조차 하기 힘들었을 것이다. 밤마다 와인과 향연에 젖어 살던 라 트라비아타는 "와인은 가장 뜨거운 키스를 불러일으킨다"라고 열창하지 않았는가!

　이런 사실에 기인해 볼 때, 와인은 그것이 대중 음악이든 클래식 음악이든 음악적 영감에 신비로운 영향을 주며, 그로 인해 많은 음악가들로부터 칭송을 받는 것이 아닌가 하는 생각이 든다. 그래서 지나치게 음주를 즐기는 사람을 '음악가처럼 마신다'고 하나 보다. 와인의 취기가 음악에 흥을 더하고, 멜로디와 리듬감을 불러일으키는 것으로 보인다. 그래서인지 모르지만, 음악을 표현하는 단어와 와인을 표현하는 단어에 유사한 것들이 의외로 많다. 공격적인 attack, 복잡한complex, 조화로운harmonious, 신선한fresh, 활기찬sharp, 구조가 탄탄한structured 등을 예로 들 수 있다. 또한 재즈에서는 블라인드 폴더 테스트 Blind Folder Test라는 것이 있는데, 연주자를 알려주지 않고 곡을 들려준 다음 그 연주가를 알아맞히게 하는 테스트다. 레이블을 막고 시음하게 한 후, 그 와인의 이름과 빈티지를 추측하게 하는 블라인드 테이스팅과 흡사해 재미있다.

　와인을 '지적 황금'이니 '태양의 신성한 아들'이라 칭송하며, 스스로 와인에 푹 빠져 살았던 보들레르는 〈와인과 마리화나에 대하여〉라는 글에서 음악의 장르와 와인을 마치 와인과 음식의 궁합처럼 매치해 놓아 눈길을 끈다. 그에 따르면 샹파뉴는 코믹 오페라에 잘 어울리고, 라인 와인은 종교 음악에 적합하며, '서사적인 음악은 부르고뉴 와인 없이 들을 수 없다'라고 한다. 샹파뉴는 사람의 마음을 들뜨게 하며 끊임없이 솟아오르는 거품과 톡 쏘는 싱그러운 맛과 참을 수 없는 가벼움으로 코믹하며 빠르고 유쾌한 음악에 안성맞춤이다. 그리고 라인 와인은 (그의 시절엔) 어딘가 소박하고 근엄한 느낌을 주기에 엄숙한 종교 음악에 어울린다는 그의 의견에 쉽게 공감이 간다. 그러나 부르고뉴 와인이 서사적이고 영웅적인 음악과 어떻게 매치가 되는지에 대해서는 선뜻 이해가 안 간다. 보르도 와인이 남성적이고 파워풀하다면, 부르고뉴 와인은 어딘가 여성적이고 섬세한 것이 특징이니 더욱 그렇다. 내 개인적인 생각으로는 실내악에 잘 어울리는 와인이 부르고뉴 와인이 아닐까 한다. 보통 사람이 근접하지 못하는 천재 시인만이 지닌 특별한 감각인지 모르지만, 언제 기회가 있거든 부르고뉴 와인을 한 잔 하면서 베토벤의 교향곡 〈영웅〉이나 〈운명〉, 오페라 중에서 베르디의 〈아이다〉 아니면 바그너의 〈니벨룽겐의 반지〉 등을 한 번 들어보라고 권하고 싶다.

빨리빨리 VS 느릿느릿

현대인들에게 와인이 시사하는 바는 과연 무엇일까? 언뜻 와인은 현대인의 바쁜 생활과는 전혀 어울리지 않는 것처럼 보인다. 시간을 아끼기 위해 걸어가면서도 마실 수 있는 각종 테이크아웃 음료를 손에 들고 출근하고, 그것도 모자라 패스트푸드로 식사를 때우기가 예사인 현대인들. 그런 그들에게 잔을 비롯해 어느 정도 준비와 격식을 갖추어 '충분한 시간을 가지고' 여유롭게 마셔야 하는 와인은 어딘가 지난날의 이야기 속이나 박물관 속의 풍경처럼 보일 수도 있다.

운송과 통신 수단의 급속한 발달로 '지구촌'이란 어휘가 전혀 낯설지 않는 시대를 와인은 멀찌감치 떨어져 관조하는 것 같다. 특히 기다림은 시간의 낭비고 비효율로 치부되면서 '빨리빨리' 문화가 판을 치는 우리네 실정에서 볼 때, 와인은 더더욱 생경하고 가까이 할 수 없는 그 무엇으로 느껴질지도 모르겠다. 와인의 소비가 해가 갈수록 늘어나고 마니아들도 많아졌지만, 한국에서 와인이 쉽게 대중화되지 못하는 데는 이같은 문화적 이질감이 걸림돌이 되고 있지나 않은지 의심스럽다.

　다시 본래의 질문으로 되돌아가 보자. 오늘을 사는 우리들에게 와인은 과연 어떤 의미를 지닐까? 모든 것이 어지러울 정도로 빠르게 변화하는 속도와 디지털의 시대에, 와인은 슬로우 라이프를 상징하는 대표적 아날로그 상품이라 해도 과언이 아니다. 그러니 '빨리빨리' 문화를 지향하는 우리 사회 분위기에서, 느림을 상징하는 이질적인 와인 문화가 어떻게 적응하고 정착할지도 궁금하다. 아니 모두가 바쁘다 보니 느림에 대한 필요성이 더욱 절실한지도 모르겠다.

　『팡세』의 저자 파스칼Blaise Pascal에 의하면 '인간의 모든 불행은 단 한가지, 고요한 방에 들어 앉아 휴식할 줄 모른다는 데서 비롯한다'라고 한다. 프랑스의 사회철학자 피에르 상소Pierre Sansot는 자신의 저서 『느리게 산다는 것의 의미』에서 느림은 삶의 활력이자, 자신의 정체성을 잃지 않고 세상을 받아들일 수 있는 능력을 키우는 한 방편으로 간주하고 있다. 시간이 돈이고, 멈춤은 뒤처짐이란 강박관념에 사로잡혀 앞만 보고 달리는 우리들에게 상소가 제시한 느림의 철학은 어딘가 신선함마저 자아낸다. 그리고 와인과 느림의 철학은 짝을 이루고 있다.

　무엇보다도 와인은 기다림의 미학이다. 포도나무를 심고 3~4년은 기다려야 첫 수확을 할 수 있다. 제대로 된 포도를 수확하려면 나무의 수령이 20년 정도는 되어야 한다. 수확을 하고 발효를 시키고 숙성을 거쳐 병입을 하는 데까지 1~2년이 걸린다. 그리고 훌륭한 와인일수록 병입을 한 후에도 몇 년 혹은 몇십 년을 기다려야 맛과 향이 절정에 도달하여 고이 간직한 비밀을 제대로 드러낸다. 또한 와인은 나눔의 미학이다. 좋은 와인을 준비해 놓고 사랑하는 사람들과 함께 잔을 나눌 때 와인은 더욱 진가를 드러낸다. 그리고 와인은 쾌락의 미학이다. 지향하는 궁극의 목표점이 기쁨이기 때문이다. 하지만 와인은 단순한 즐거움을 넘어 '정제된 즐거움'이다.

　현대인들은 모두가 바쁜 생활에 쫓기면서 어쩔 수 없이 받게 되는 스트레스에서 완전히 자유로울 수 없을 것이다. 그렇기에 웰빙이나 슬로 라이프에 대한 관심이 상대적으로 고조될 수밖에 없다. 나는 웰빙과 슬로 라이프의 한 중심에 와인이 자리하고 있다고 본다. 일상에 지친 몸과 찌든 마음에 휴식과 새로운 활력을 주고자 한다면, 이따금 가까운 사람들과 어울려 담소를 하면서 느긋하게 와인을 한 잔 즐기는 행위만큼이나 적절한 것이 어디 또 있을까? '좋은 와인 한 잔은 의사에게 지불하는 돈을 줄인다'란 속담도 연상하면서 말이다.

　또한 와인을 즐기는 행위는 발품을 팔지 않고 하는 여행이기도 하다. 서서히 취기가 오르면서 대화의 주제도 옮겨갈 것이고, 함께한 사람들의 마음도 열릴 것이며 그러는 사이 정신적 교감을 통한 새로운 여행을 맛볼 수도 있을 것이다. 이는 수평적 이동의 여행이 아니라, 정신이 수직으로 상승하는 승화적 여행이 될 수도 있다. 상상만으로도 즐겁고 유쾌하고 신비롭지 않은가!

　나는 소주, 폭탄주 혹은 위스키를 '폭력적 술' 그리고 와인을 '순기능적 술'로 분류한다. 여기서 '폭력적'이란 절대 나쁜 의미로 사용하는 것이 아니라, 사람의 마음을 쉽고 빠르게 들뜨게 한다는 의미다. 빨리 취하고 빨리 흥분하는 만큼 빨리 목소리도 올라간다는 뜻이다. 그것은 그 자체로 나무랄 데 없는 하나의 술 문화이고, 이를 즐기는 사람들도 많으리라. 하지만 지나치게 폭음 위주의 남성적인 술 문화라는 데 나와 함께 동의할 사람도 많을 것이라고 생각한다.

이에 반해 와인은 '순기능적' 술이기에, 어쩌면 이같이 편중된 우리네 술 문화에 균형을 잡아줄 수 있는 새로운 한 지평을 제시하고 있는지도 모른다. 와인이 비록 우리의 전통주는 아니라 하더라도, 서로 다른 것들이 만나서 충돌하고 화합하면서 발전하는 문화가 가장 바람직하리라고 믿는다. 문화의 가장 큰 자기 함정은 필요시에만 '전통적'이란 수식어를 마치 깃발처럼 휘날리며, 다른 문화를 배척하는 것 아니겠는가. 올바른 문화는 배타성에서 자유로워야 할 것이다. 마음과 문화의 문을 활짝 열고, 오늘 밤 마음에 둔 사람들과 와인 한 잔 하면서 느림을 만끽해보면 어떨까?

보르도는 와인 지도에서 사라질 것인가?

공상과학 소설 속의 얘기처럼 들릴지 모르지만, 2050년경에 생산된 와인은 맛은 물론 생산 지역에 이르기까지 현재 우리가 알고 있는 와인과는 분명 크게 다를 것이다. 여러 이유가 있을 수 있지만, 그 중에서도 지구 온난화의 영향이 가장 클 것이다. 전문가들에 따르면 2000~2029년 사이 북반구의 온도는 평균 1℃ 상승할 것이라 한다. 평균 기온이 겨우 1℃ 오르는데 뭘 그리 호들갑을 떠느냐고 의아해 할 사람도 있을지 모르겠다. 하지만 문제는 일반의 생각보다 심각하다. 아비뇽 국립농산물연구소 소장이자 기후변화와 온실 효과 연구 책임자이기도 한 베르나르 서겡Bernard Seguin에 따르면, "1℃의 차이는 엄청난 것"이며, 거리로 환산하면 남북으로 200km 정도의 지리적 차이를 의미한다고 한다. 즉 2029년엔 부르고뉴 북부의 샤블리의 온도가 현재의 부르고뉴 남부의 마콩과 같아진다는 것이며, 보르도는 아비뇽의 기후와 유사해진다는 것이다.

오늘날 전 세계적으로 와인 생산에 가장 양호한 지역의 연평균 온도는

12~22℃ 사이다. 미국 오리건 대학교의 지리학과 교수인 그레고리 존스 Gregory Jones의 예상에 따르면, 지금 같은 추세로 지구 온난화가 계속될 경우 2099년에는 현재 와인 생산지역 거의 대부분이 사라질 것이며 남아프리카와 호주의 와이너리는 지도에서 자취를 감출 것이라 한다. 다시 말해 현재의 유명 와인 생산지역은 존재하지 않을 것이며, 보다 기온이 낮은 북부 지역에 현재는 알려지지 않은 새로운 와이너리가 형성된다는 것이다. 왜냐하면 다른 작물에 비해 포도나무는 기후의 변화에 민감하게 영향을 받기 때문이다.

전문가들에 따라 2100년의 기온 상승 예상치는 최저 3℃에서 최고 5℃까지 차이를 보인다. 이런 예상이 맞아 떨어진다면, 캘리포니아에서는 질이 낮은 평범한 와인의 생산에 만족해야 하는 반면, 오리건주나 뉴욕주 등 미국의 북부 지역이 최고급 와인의 생산지가 될 전망이다. 프랑스의 경우, 현재 주로 화이트 와인을 생산하는 알자스 지역에서 질이 뛰어난 레드 와인이 생산될 것이며, 그때가 되면 저 유명한 부르고뉴의 화이트 와인은 더 이상 생산이 어려울 것으로 보인다.

그렇다면 기온의 상승은 훌륭한 와인의 생산에 무조건 걸림돌이 되는가? 기온의 상승 폭이 크지 않다는 조건 하에, 반드시 그런 것은 아니다. 포도가 일찍 잘 익고 당분을 비롯한 여러 요소들의 집중도 높아지며 따라서 알코올 농도도 높아져, 특히 레드 와인 생산자들에게는 희소식으로 여겨진다. 게다가 기온의 상승은 포도 수확량의 증가도 가능하게 한다. 샤토네프 뒤 팝의 유명 와인인 클로 데 팝Clos des Papes을 생산하는 폴 벵상 아브릴Paul Vincent Avril에 따르면, "지금까지는 기온 상승이 부정적이라고 말할 수는 없을 것"이라 하며, 그 이유로 2003·2004·2005·2006년의 샤토네프 뒤 팝의 빈티지가 매우 훌륭했다고 전했다.

하지만 기온의 계속적인 상승이 포도밭에 마냥 이로울 수만은 없다. 나파 벨리의 경우 온화한 겨울은 포도나무에 곤충에 의한 여러 가지 질병을 유발시킬 위험을 높이기에, 이 지역 와인 생산자들은 벌써부터 긴장하고 있다. 또한 기온의 상승은 잦은 가뭄을 유발하기 때문에 포도밭의 급수에도 심각한 문제를 야기한다. 프랑스에서는 포도밭에 급수하는 것을 법으로 엄격히 금지하고 있다. 하지만 프랑스 남부지역의 와이너리는 가뭄이 심한 해에 관련기관의 특별 허락을 받아서 급수를 하는 실정에 이르렀다. 따라서 기온 상승이 불러오는 가장 중요하고 급박한 문제는 바로 수원水原의 문제이며, 포도밭을 위해서 급수는 그 적절한 해결책이 아니라고 전문가들은 판단하고 있다.

기온 상승은 당연히 와인의 특성에도 영향을 미친다. 그 중 가장 눈에 띠는 것이 알코올 농도의 증가다. 하지만 이것도 지금까지는 문제라기보다 장점으로 받아들여지고 있다. 알코올 도수가 높으면 대체로 전문가들의 평이 좋고, 그 결과 판매도 늘어나는 것이 최근의 추세다. 1960년대에 와인의 알코올 도수는 10~12℃가 주를 이루었다. 하지만 최근에는 13~14℃는 보통이고, 심지어 15℃ 와인도 많다. 하지만 생떼밀리옹의 그랑 크뤼인 샤토 벨에르Château Belair의 소유주인 파스칼 델백Pasacal Delbeck은 이 점을 경계해야 한다고 경고한다. 그는 기온 상승의 결과 알코올 도수가 높아지면 타닌과 알코올 사이의 균형이 깨어져 더 이상 훌륭한 와인을 주조할 수 없을 것이라는 비관적인 전망을 내놓고 있다.

와인 전문가들은 기온이 1℃ 이상 상승할 경우 뾰족한 대책이 없다고 고백한다. 기온의 상승은 당분의 집중을 가져오는 대신 산도를 낮추게 된다. 산도는 와인의 신선도를 가늠하는 핵심적인 요소다. 피할 수 없는 기온 상승에 직면해 여러 가지 방안들이 논의되고 시험되고 있다. 와인에 산도를 높이는 방법의 연구, 높은 온도에 적응하는 새로운 포도 품종의 개발, 남동쪽보다는 햇빛을 덜 받는 북쪽으로 난 곳에 포도를 재배하는 대안, 고지대에서의 포도 재배 등 다양한 시도를 하고 있지만 만족할 만한 결과는 아직 나오지 않고 있다. 산도를 인위적으로 높일 경우 와인의 맛과 특성에 변화가 생기며, 이런 현상은 특히 와인이 나이가 들면서 더욱 두드러진다. 북쪽 방향 재배나 고지대 재배는 현존하는 유명 떼루아를 유명무실하게 만들어 버릴 위험이 있다. 유전인자의 변형을 통한 고온 재배에 적합한, 즉 익는 기간이 긴 새로운 포도 품종의 개발은 이미 시작되었지만 확실한 검증을 거치려면 아직도 많은 시간이 걸릴 것으로 보인다.

지구의 온난화에 직면한 와인 제조업자들 앞에는 새로운 상황에 적응하기 위한, 쉽지 않은 도전이 기다리고 있다. 보다 서늘한 다른 지역으로 옮기든, 새로운 품종을 심든, 어느 하나 가벼이 결정할 수 있는 성질의 것이 아니다. 포도나무는 수령이 약 40년 정도 되기에 한 번 잘못 심으면 막대한 손해를 감수해야 한다. 새로운 환경의 변화에 따라 와인도 가까운 장래에 심한 변화를 거듭할 것이기에 소비자들도 이에 적응할 준비를 해야 할 것이다.

특히 와인의 고유한 산도는 낮아질 수밖에 없는 것이 자연의 엄중한 이치다. 산도를 감싸서 보다 부드러운 느낌을 주기 위해 오크통 속에서 발효를 시키는 부르고뉴의 최상급 화이트 와인은 앞으로도 계속 이같은 방식으로 주조될 수 있을까? 없다면, 맛과 특성은 어떻게 달라질까? 아니면 나파 벨리에서처럼 와인의 도수를 낮추기 위해 5%까지 물을 탈 수 있도록 허용하는 것이 보편화될 것인가? 환경 문제는 크게는 인류의 존속 문제와 상관있지만, 작게는 와인의 생산은 물론 소비에 이르기까지 많은 변화를 초래할 것이 분명하다. 와인의 장래가 걱정스럽긴 하지만 새로운 환경에 적응하는 인간의 능력에 일말의 기대를 건다면 지나치게 낙관적일까?

와인 속 숨은 말 찾기

우리가 와인 시음을 할 때 빠뜨리지 말아야 할 것이 있다. 바로 시음한 와인에 대한 말, 즉 평가다. 와인을 마신 후 각자의 소감을 표현하는 것은 시음의 백미라 할 수 있다.

와인 속에는 무수한 말들이 속삭이고 있다. 그만큼 와인이 단순한 알코올음료의 차원을 넘어 오랜 역사와 문화적 차원을 지니고 있다는 뜻이기도 하다. 실제 와인과 관련된 어휘만도 1만 여 개나 된다고 하니 놀랍다. 하여 옛부터 "한 잔의 와인 속에는 한 말의 맥주 속보다 더 많은 말이 들어있다"라는 말이 전해온다.

그렇다면 와인의 왕국이라 자타가 공인하는 프랑스에서 보통의 와인 아마추어들이 와인을 마시면서 사용하는 어휘는 몇 개나 될까? 통계에 의하면 20여 개라 한다. 이 정도라면 독자들도 조금만 관심을 가지고 노력하면 얼마든지 익혀서 활용할 수 있을 것이다.

와인을 즐기는 아마추어들에게 마신 와인에 대해 평가를 하는 것은 꼭 필요한 절차인 만큼 곤혹스러움일 수도 있다. 이제 그 곤혹스러움을 즐거움으로 바꾸는 연습을 해보자. 다양한 와인을 마시고 비교하는 훈련을 꾸준히 쌓아야 겠지만, 기본기를 어느 정도 터득하고 나면 생각보다 그렇게 까다롭고 복잡하지는 않다. 무엇보다도 먼저 향과 맛의 영역이 정확한 과학도 아니고, 또 각 개인의 감각기능이나 경험에 따라 판단이 다른 지극히 주관적인 분야이기에 자신의 느낌을 표현하는 데 심리적인 부담을 가질 필요가 없음을 기억하자. 다음으로 전문가 수준에 이르지 못한다고 실망하지 말고 보통의 아마추어 수준 정도로 만족하자. 그리고 이 두 가지 전제조건 하에서 와인 속에 숨은 말을 찾아보자.

물론 지금으로서는 해결이 불가능해 보이는 문제가 있다. 우리의 와인 문화가 아직 일천하다 보니, 와인을 적절하게 표현할 단어나 표현이 우리에게 거의 없거나 아예 없다는 현실이다. 여기선 필자 나름대로 우리말로 정리를 해보려는 시도를 했고, 그래도 가능하지 못한 것들은 영어나 프랑스어를 사용했다. 아직 거칠고 세련되지 못한 점이 곳곳에 눈에 띄지만, 앞으로 관심 있는 독자들의 적극적이고 비판적인 제안을 통해 고쳐나갈 수 있기를 희망한다.

와인은 눈(색), 코(향) 그리고 입(맛과 터치)이란 감각기관을 통해 평가된다. 일단 와인을 입 안에 머금으면, 코와 입에서 동시적 혹은 순차적으로 느껴지는 것도 있으며, 입의 경우는 맛 뿐만 아니라 질감(터치)도 감지한다. 여기다 와인을 머금는 동안, 그리고 삼킨 후 혹은 뱉어낸 후 입 안의 향이 코로 올라가는 역후각을 첨가하면 된다. 그리고 앞에서 분석한 내용들의 조화와 균형을 감안해서 종합적인 평가를 내리면 된다. 평가는 눈·코·입·총평 등의 순으로 진행하며, 각 단계마다 사용하는 고유의 어휘가 존재한다.

색깔은 프랑스어로는 로브robe(여성의 외출복)라는 아주 로맨틱한 표현을 사용하는데, 향과 맛에 비해 보다 객관적이며 간단하다. 와인을 색깔로 구분하면 레드·로제·화이트 세 종류밖에 없다. 색맹이 아닌 이상 이 세 가지는 누구나 쉽게 구분이 가능하다. 와인의 종류와 상관없이, 색은 선명도brilliance와 투명도limpidity, 그리고 짙고 옅음intensity으로 판가름한다. 그러니 예를 들어 '선명도와 투명도가 뛰어나고, 짙다' 정도로 표현하면 된다. 여기에다 주어진 와인의 고유색을 첨가하면 족하다. 예를 들어 레드 와인의 경우는 루비·체리·벽돌·검붉은 빨강·보랏빛이 도는 빨강 등으로 그리고 화이트의 경우는 옅은 노랑·짚색·황금색·초록빛이 도는 노랑 등으로 표현하면 충분하다.

향은 우선 열림과 닫힘, 짙음과 옅음, 복잡함과 단순함, 섬세함과 거침, 풍부함과 소박함 등으로 구분하며, 여기에다 과일향(사과·카시스·살구 등), 꽃향(장미·아카시아·목단 등), 식물향(막 깎은 풀·고사리 등), 발효향(맥주·우유·버터·요구르트 등), 불향(탄향·훈제향·캐러멜·커피·초콜릿 등), 스파이스향(후추·꿀·계피 등), 발사믹과 나무향(송진·소나무·바닐라 등), 화학향(식초·황·고무·플라스틱 등), 동물향(사냥해서 잡은 동물·사향·모피·가죽 등), 미네랄향(부싯돌·백악·석회암·찰흙 등) 등 자신이 감지한 향을 세부적으로 첨가하면 된다. 하지만 향은 우리에게 해결이 불가능한 한 가지 문제를 제기한다. 즉 우리가 맡아보지 못한 향들이 즐비하기 때문이다. 그러니 향에 대해서 언급할 때는 자신이 분명히 감지한 구체적인 향(예를 들어 사과향)이 없으면 그냥 과일향이란 표현으로도 충분하다. 대개의 와인에서 하나의 특정한 향만 나는 것이 아니라 향의 군(예를 들어 꽃향)을 이루고 있기에 더욱 그렇다. 전문가들도 자주 "다양한 꽃향이 나는데, 특히 아카시아향이 지배적이다" 등의 표현을 사용한다.

마지막으로 입 안에 와인을 한 모금 들이킨다. 물론 바로 삼키는 것은 금물이다. 입 안으로 공기를 흡입하며 머금은 와인을 입 안 여러 부위로 골고루 굴려야 한다. 입 안에서 와인의 온도는 빠르게 상승하며 기화성이 높아진다. 게다가 공기와의 접촉이 활발해지기에 와인은 더욱 빠르게 열려간다. 입 안에서 와인을 천천히 굴리는 것은 혀의 부위에 따라 감지하는 맛이 각기 다르기에 와인에 들어있는 여러 맛을 느끼기 위해 절대 필요한 일이다. 그리고 이런 과정을 통해 우리는 와인의 몸체·질감·알코올 도수·균형감 등을 파악할 수 있다.

그리고 입 안에서는 3단계의 시음이 연이어 일어난다. 첫 단계는 와인을 입 안에 머금었을 때 오는 순간적인 느낌이며, 와인을 깨물고 싶은 충동을 불러일으키기도 한다. 이를 첫인상이라고 하며, '첫인상이 격렬(强)하고 신선하다'라는 등의 표현이 가능하다. 두 번째 단계는 와인을 입 안에 머금고 약간의 공기를 흡입하는 단계로 와인을 '산화'시키는 과정이다. 이 단계는 향과 맛 그리고 터치에다 마신 공기를 코로 내뿜을 때 느끼는 역후각까지 포함되기에 가장 복잡하다. 단맛·신맛·쓴맛·짠맛을 감지해야 하고, 이들이 한꺼번에 어울려 느껴지기에 복합성과 조화로움을 판단해야 하고, 몸체가 견고한지, 힘이 있는지, 균형이 잡혔는지, 터치가 너그러운지, 부드러운지, 까칠한지, 볼륨감이 있는지, 여운이 긴지, 마시기에 편한지, 열렸는지 그리고 역후각에서 느껴지는 향은 어떤지 등을 평가해야 한다.

마지막 단계는 머금은 와인을 삼킨 후 혹은 뱉은 후 와인의 여운 혹은 길이를 가늠하는 과정이다. 여운을 표현하는 전문 용어는 꼬달리caudalies인데, 1꼬달리는 1초에 해당한다. 따라서 '여운이 짧다, 보통이다, 길다' 등으로 표현하거나, 아니면 '이 와인은 5~6꼬달리 정도다'라고 하면 된다. 고급 와인은 여러 고유의 특성을 지니고 있지만, 하나같이 입 안에서의 여운이 길다. 또한 이 마지막 단계에서 와인의 미네랄 특성이 드러난다. 초보자에게는 이해가 쉽지 않은 개념인 미네랄은 포도나무가 자란 떼루아의 특성을 드러낸다는 점에서 매우 중요하다. 여러 다양한 종류의 미네랄 워터로 평소 연습을 해두면 적잖은 도움이 된다.

총평은 위의 세부적 분석을 전체적인 균형과 조화를 감안하면서 종합한 느낌인데, 엘레강스, 세련된, 균형 잡힌, 지금 마시기에 적절한, 편안한, 단순한, 호감이 가는, 귀족적인 등으로 결론을 내리면 된다.

아마추어로서 이 정도 기본상식에다 자신의 개성 넘치는 표현을 적절히 재치 있게 활용한다면 충분하고도 남을 것이다.

와인의 대중화를 위하여

한국의 많은 와인 애호가들의 꿈은 무엇일까? 양질의 와인을 적당한 가격에 부담 없이 즐기는 것 아닐까? 하지만 이런 꿈은 현재 우리의 여건상 아직 요원한 것일까?

와인 문화가 나름으로 자리 잡기 위해서는 와인이 대중화되어야 할 것이라 믿는다. 다시 말해 가능한 많은 사람들이 와인을 쉽게 접하고 즐겨야만 제대로 된 와인 문화라는 것이 정착될 수 있을 것이다. 개인적인 생각이지만, 와인에 관한 한 질이 양을 변화시킬 가능성은 희박해 보인다. 반면 양이 늘어나면 순수한 와인 음주의 질뿐만 아니라 와인 문화 전반에 걸쳐 질적인 향상을 가져올 것으로 본다. 와인이 일부 특권층의 호사 정도로 남아있는 한, 대중적이고 건전한 와인 문화의 정착을 기대하기는 어려울 것이며 쉽게 스노비즘으로 흐를 것은 자명하다.

그렇다면 우리의 와인 대중화에 가장 큰 걸림돌은 무엇일까? 크게 두 가지 접근성이 결여되었다고 본다. 첫째는 가격 접근성이고, 둘째는 문화 접근성이다. 우선 한국의 와인 가격을 한 번 따져 보자. 프랑스의 가게에서 병당 6유로 (8,000원) 정도 하는 와인을 한국에서 구매하려면 최소한 5~6배 이상 정도를 더 줘야 하는 경우가 허다하다. 식당에서는 당연한 이치이기도 하지만, 더욱 비싼 값을 지불해야 한다. 한마디로 현재 와인 가격은 터무니없이 비싸다. 강남의 웬만한 와인 바에서 와인 한 병을 마시면 치즈 몇 조각 나오는 안주까지 포함하여 10만 원 정도는 우습게 나온다. 이것이 엄연한, 그리고 슬픈 우리네 실정이다.

이는 정가제를 실시하는 주류 수입관세제도의 문제와 열악한 유통구조가 주요 원인일 것이다. 하지만 이름은 알려지지 않았어도 정말 수준이 기대 이상인 독특한 와인을 찾아 싼 값에 들여오려는 수입상의 노력, 혹은 능력 부족도 한 몫을 한다고 생각한다. 아니면 그런 저가 와인을 들여와 판매해 보아도 수지타산이 맞지 않는다고 판단하는지도 모르겠다. 원인과 이유야 어찌 되었건 아직도 한국에서 와인을 마시는 일은 주머니 사정을 생각하지 않을 수 없기에 마냥 즐겁고 편한 것만은 아니다.

다음으로 문화적 접근성이 용이하지 않다. 최소한 그렇게 생각하는 사람들이 많다. '와인' 하면 우선 까다롭고 복잡하다고 느낀다. 아니면 그건 우리네 술이 아니니 아예 염두에 두지도 않는 사람들도 있다. 몇 번 마셔 보지도 않고, 지레 '와인은 나에게 맞지 않아' 라고 쉽게 선고를 내리는 사람들이 의외로 많다. 사실 와인은 소주, 맥주, 막걸리 등에 비해 분명 복잡하고 까다로운 구석이 있다. 낯설고 길며 발음하기도 불편한 이런저런 샤토의 이름들도 그렇고, 빈티지나 기타 와인에 대한 매너도 그리 녹록하지만은 않다. 뿐만 아니라 카시스cassis처럼 맛과 향도 우리들에게 익숙하지 않거나 아예 평소에 접해보지 못한 것들도 많다. 그렇기에 어느 정도 공부가 되지 않은 사람이 와인 바나 레스토랑에 가서 와인을 주문할 경우 자신도 모르게 주눅이 들 때가 있는 것도 사실이다. 게다가 대개의 레스토랑이나 와인 바 등에서는 직원들의 복장에서 잔을 비롯한 액세서리까지 너무 격에 맞지 않게 고급스럽고 부자연스러워 더욱 사람을 심리적으로 불편하게 하는 경우도 허다하다.

그렇다면 한국에서 주머니 사정을 고려하지 않고, 복잡하고 까다로운 와인 이름을 꿰어 차지 않고도 와인을 편하게 즐길 수 있는 가능성은 전혀 없는가? 나는 분명 가능하다고 믿는다. 우선 위에 든 두 가지 문제점을 제거하는 것이 그 첫걸음일 것이다. 프랑스 와인을 예로 들어보자. 가격 대비 질이 우수한 와인이 많이 있다. 마실 만한 보르도 AOC급 와인 1ℓ가 현지에서 1유로(1,500원)에 구매 가능하다. 론이나 랑그독 등 그 밖의 지역에도 지역적 특성이 있으면서도 가격이 저렴한 훌륭한 와인들이 얼마든지 존재한다. 이런 와인을 벌크로 들여와서 0.5·1ℓ 등의 아름다운 용기에 따라서 제공한다면 ℓ당(참고로 한 병은 0.75ℓ 다) 2만 원 대 이하에 충분히 마음에 드는 프랑스 정통 와인을 대중적인 와인 바에서 즐길 수 있다. 양으로만 비교한다면 소주 값에 비교할 정도다. 즉 소주 값에 프랑스 정통 AOC 와인을 한국에서도 충분히 즐길 수 있다는 것이다. 그리고 2011년 7월부터 한-EU FTA가 실효에 들어가면 그럴 가능성은 더욱 높아질 것이다.

그리고 처음에는 약 6종류의 와인에 한정해 들여오면, 문화적인 접근성도 그리 문제될 것이 없다. 6종류에 대한 간단한 설명으로 고객들은 초보자이든 애호가이든 각자의 필요와 취향에 따라 마음껏 편안하게 즐길 수 있으리라 확신한다. 이렇게 들여온 와인을 모양도 간단하고 값도 저렴한, 그러나 어떤 종류의 와인을 마시기에도 손색이 없도록 고안된 INAO잔에 따라서 마시면 제격일 듯하다. 그리고 와인의 종류는 고객의 요구에 따라 점차 다양하게 늘려가면 될 것이다.

생각해 보라. 프랑스 정통 와인을 소주 값에 즐길 수 있는 와인 바가 존재한다면, 그리고 그 숫자가 늘어난다면 와인의 올바른 대중화에 기여하지 않겠는가? 특히 와인에 대해서 잘 모르거나 문외한인 사람들에게는 둘도 없는 와인 입문의 기회가 될 것이다. 이렇게 부담 없이 시작해서 와인을 마시다 보면 시간과 더불어 자연스럽게 와인과 친숙해질 것이라 확신한다. 그리고 나머지는 그 다음에 생각할 문제다. 보다 새로운 와인, 보다 특별한 와인을 마시고 싶으면 각자의 사정에 맞게 즐기면 된다. 하지만 이제 와인에 대한 가격과 문화 거부감은 없을 것이다. 그야말로 와인을 제대로 즐길 수 있는 상태로 바뀌어 있을 테니 말이다.

물론 가격 대비 질이 우수한 프랑스 정통 와인을 구매하기란 생각보다 간단하지 않다. 이런 와인을 생산하는 현지의 와이너리에 대한 충분한 사전 정보가 있어야 한다. 수많은 와인 중에서 가격 대비 품질이 우수한 와인을 찾기 위해서는 다양한 경로를 통한 사전 정보도 중요하지만 자신의 발품을 팔아 돌아다니면서 열심히 그런 와인을 발굴해내려는 꾸준한 노력과 안목이 있어야 한다. 뿐만 아니라 그들과의 돈독한 인맥도 형성되어 있어야만 한다. 비록 가격 대비 특별히 우수한 와인을 찾았다 해도, 그런 와인은 이미 구매하고자 하는 사람들이 많기 때문이다.

유감스럽지만, 나는 한국의 와인 수입업자들이 이러한 노력을 충분히 하지 않는다고 생각한다. 전문 인력이 모자라거나 아예 없든지 그것도 아니면 그런 와인은 상업성이 떨어진다고 판단하든지 그건 그들의 일이지만, 소비자의 입장에서는 분명 애석한 일이 아닐 수 없다. 값싸고 대개 하잘 것 없는 질의 칠레 와인이 대거 쏟아져 들어오는 것으로 보아, 저렴한 가격대의 와인 시장이 없는 것은 아니라고 본다. 그렇다면 칠레산이나 그 이하의 가격으로 프랑스의 여러 다양한 지역의 정통 와인을 편안히 즐기고자 하는 소비자 측의 요구와 기대가 터져 나올 날도 멀지 않았기를, 그리고 이러한 기대를 충족시킬 만한 대중적 와인 바가 하나 둘씩 생겨나기를 기대해 본다.

결론에 대신하여

와인은 기쁨의 나눔이자 나눔의 기쁨

이 책은 여기서 끝나지만, 와인의 역사는 계속될 것이다. 그리고 우리의 와인 이야기도 깊이를 더하며 익어갈 것이다. 와인이란한 가지 주제를 화두로 제법 두꺼운 에세이 한 권을 쓸 수 있다는 사실에 행복했고 놀라웠다. 그리고 이런 시간을 통해 와인이 담고 있는 이야기들이 얼마나 다양하고 의미 있는지 나 스스로도 놀라지 않을 수 없었음을 솔직히 고백한다. 동시에 와인이 단순한 알코올 음료를 넘어 문화적 산물임을 다시 한 번실감하는 기회가 되기도 했다.

와인이 진정 와인이 되는 극적인 순간은 인간이 그 와인을 마셔줄 때가 아닐까? 사람에게도 죽는 순간이 중요하지만, 와인은 죽음으로써 인간에게 기쁨을 안겨준다. 와인의 유일한 탄생 목적은 그것을 마시는 인간에게 기쁨을선사하는 것이다. 와인을 통해 우리는 인생의 새로운 즐거움을 경험할 수 있다. 와인의 즐거움을 통해 우리는 인생을 즐기고 누리려는 에피큐리언epicurean(향락주의자 또는 쾌락주의자)이 되는 것이다.

일찍이 로마인들은 "와인 없이는 인생의 즐거움도 없다"라고 했다. 와인이 인간에게 기쁨을 주기 위해 태어났다면, 와인이 주는 그 기쁨을 발견해서 만끽하는 것은 인간에게 부여된 몫이고 의무가 아닐지? 최상급 와인이 투기의 대상이 되면서 이 사람 저 사람 손을 거치고 이 대륙 저 대륙을 전전하지만 거의 마셔지지 않는다는 불행한 현실을 개탄하지 않을 수 없지만.

와인의 기쁨은 순간적, 혹은 일회적 기쁨이다. 마시고 나면 빈 병과 얼마간의 여운과 추억이 남긴 하겠지만, 그 기쁨은 일순간이다. 그래서 더욱 값지고 의미 있는 것은 아닐까? 한정적 삶을 사는 인간에게 순간만이 유일한 영원이지 않을까? 행복처럼 애써 추구해서 얻는 것이 아니라, 어느 날 예기치 않은 순간 가슴을 스치며 감동을 불러일으키는 와인의 기쁨! 오랫동안 깊이 잠든 우리의 감각을 뒤흔들어 깨우는 감동! 한 잔의 와인으로 우리는 향과 맛의 잊혀진 기억을 문득 되살리기도 한다. 엄마의 젖무덤, 첫 키스, 어릴 때 경험했던 시골의 향기와 정취, 처음 먹었던 어떤 과일, 언젠가 맡았던 인상적인 어떤 꽃향기, 어느 외국 여행에 대한 아련한 추억…

와인은 기쁨과 동의어가 되어야 하리라. 그리고 그 기쁨은 다른 사람들과 나누면 나눌수록 더욱 커지리라. 기쁨을 나누다 보면 나눔의 기쁨도 얻게 되리라. 결국 와인은 '기쁨의 나눔, 나눔의 기쁨'인 것이다. 오늘 저녁 오랫동안 함께 하지 못한 그 누군가와 와인 한 잔 나누면 어떨까?

세계에서 출간되는 와인 관련 서적은 웬만한 도서관 하나쯤은 가득 채우고도 모자랄 정도로 많고도 다양하다. 그리고 와인의 특성상 매 해 새로운 책들이 새로운 빈티지처럼 쏟아져 나온다. 그 중에는 읽을 만한 것들도 많지만 비록 번역을 한다 해도 우리 형편에 맞지 않든지 아니면 내용 자체가 정말 형편없는 책들도 많다. 때문에 와인에 대한 참고 서적과 자료를 간단히 정리하기가 만만치 않다. 그래서 주제별로 독자들이 와인에 대한 이해를 높이는 데 도움이 될 만하다고 판단되는 것들만 간추려 보았다. 최근에는 한국에도 번역서를 비롯한 많은 와인 책들이 출간되고 있다.

1. 와인 가이드북

 와인 가이드북은 매 해 개정판이 나온다. 수많은 와인에 대한 품질 평가, 가격, 보관 가능한 기간과 마시기에 적정한 시기 등 여러 유용한 정보들이 수록되어 있다. 최근 들어서는 가격 대비 질이 우수한 와인만 모아 놓은 가이드북도 인기를 끌고 있으며, 여성을 위한 와인 가이드북도 등장하고 있다. 게다가 친환경으로 재배된 포도로만 생산한 와인을 모아 놓은 가이드북도 나오고 있다. 자신에게 필요하다고 판단되는 최근 개정판을 가까이 두고 와인을 구매할 때나 시음할 때 참고하면 많은 도움이 될 것이다. 외국어를 배울 때 사전이 필요하듯이, 와인에 관심 있는 사람들에게는 꼭 한 두 권 정도의 가이드북이 필요하다.

Bettane & Desseauve, 『Le Classement des vins et domains de France, Eds de La Revue du vin de France』, Flammarion

Dussert Gerber, 『Guide des vins de France』, Albin Michel

Fôret(Isabelle), 『Femivin, Le guide du vin au feminine』, Michel Lafon, 2006

Johnson(Hugh), 『Le guide de poche du vin/Hugh Johnson's Pocket Encyclopedia of Wine』, Robert Laffont

『Le guide Hachette des Vins』, Hachette

Le guide vert, 『La France des vignobles』, Michelin

Parker(Robert), 『Guide Parker des vins de France』, Solar

Parker(Robert), 『The Wine Buyer's Guide』, Darling Kindersley

Vini di Toscana DOCG/DOC, 『Rigione Toscana』, 2000

『VI selezione dei vini di Toscana』, Alsara, 2004

로버트 파커, 『로버트 파커의 보르도 와인』, 2007, 바롬웍스

서한정, 『와인 가이드』, 2004, 그랑벵 코리아

『Wine Guide Book』, 와인나라 아카데미

케빈 즈랠리, 『와인 바이블』, 2008, 한스미디어

2. 와인 용어 사전

와인과 관련된 전문 용어만 약 만 여 개나 된다. 간단한 시음 용어는 와인 가이드북 앞이나 뒤에 설명된 것들도 있다. 본격적인 와인 용어 사전은 아래의 두 권이며, 첫 번째 것은 와인 관련 용어 1,500개를 프랑스어 · 영어 · 독일어 · 스페인어 · 이탈리아어 · 일본어로 설명하는 유일한 사전인데 용어 이해에 많은 도움이 된다. 두 번째는 어원, 역사, 구체적인 사례까지 상세히 설명하는 사전으로 현재는 불어판만 나와 있는데, 전문적으로 와인 용어를 공부하려는 사람들에게는 매우 소중한 자료가 될 것이다.

『Dictionnaire international Moet Hachette du vin』, Hachette

Coutier(Martine), 『Dictionnaire de la langue du vin』, CNRS Editions

3. 와인에 관한 일반서적

『Atlas Hachette des vins de France-INAO』, Hachette

Bazin(J.-F,), 『Le vin de Bourgogne』, Hachette

Bianquis(I.), 『Alsace de l' Homme au vin』, Eds Gerard Klopp

Broadbent(Michael), 『Le livre des millésimes』, Scala

Carnemere(C.), Madevon(D.) & Madevon(P.), 『Les vins de France』, Nathan

Clarke(Oz), 『Atlas des vins du monde』, Hachette

Courtois(M.) & Guillemard(C.), 『Le vin et la table』(3 tomes) : tome 1, Le vin ;
        tome 2, La table ; tome 3, Expression pittoresques

Dambly(Raymond), 『Le vin en 20 leçons』, Eds du Perron

Delpech(Laurens), 『Le Bordeaux』, Du May

Dion R., 『Histoire de la vigne et du vin en France, des origines au XIXe siècle』,
        Flammarion

Dovaz(M.), 『Bordeaux, terre de légende』, Eds Assouline

Dovaz(M.), 『Châteauneuf du Pape』, Eds Jacques Lagrand

Dovaz(M.) & Bazin(J.-F), 『L' or du vin』, Hachette

Dubs(S.) & More(M.), 『Les vins d' Alsace』, Robert Laffont

Du Pontavice, 『Vins et Vigonbles de France』, Ouest France

『Encyclopédie Hachette Multimédia des vins de France』, Hachette (CD Rom)

Ewing Mulligan & McCarthy, 『Le vin pour les nulls, Sybex : The Wine for
        Dummies』, IDG Books

Eyres(Harry), 『Mr Bluff et …le vin』, Eds Anne Carriere

Faure Brac(Philippe), 「Comment goûter un vin」, EPA

Garcia(A.), 「Le vin de Champagne」, PUF (coll. Que sais-je?)

Garrier(G.), 「Histoire sociale et culturelle du vin」, Bordas

Gautier(J.-F.), 「Histoire du vin」, PUF (coll. Que sais-je?)

Gautier(J.-F.), 「Le vin à travers les âges. De la mythologie à la l' oenologie」, Eds LCF

Gautier(J.-F.), 「Le vin et ses fraudes」, PUF (coll. Que sais-je?)

Gautier(J.-F.), 「Les vins de France」, PUF (coll. Que sais-je?)

Jeanmaire(Henri), 「Dionysos. Histoire du culte de Bacchus」, Payot

Johnson(Hugh), 「Une histoire mondiale du vin」, Hachette

Lesvesque(Denis), 「Les vertus du vin pour la santé」, Eds Quebecor

「L' ABC du vin」, Larousse

Maury, 「Soignez-vous par le vin」, Eds Universitaires

Morris(J.), 「Vins de Loire」, Grund (coll. Guide du connaisseur)

Nossiter(Jonathan), 「Le goût et le povoir」, Grasset

「Paroles à boire, le vin」, Eds Carrousel

Perdue(Louis), 「Le paradoxe français」, Eds A. Barthélémy

Peynaud (E.), 「Le goût du vin」, Paris

Pivot(Bernard), 「Dictionnaire amoureux de vin」, Eds Albin Michel

Poupon(Pierre), 「Mes dégustations littéraires : l' odorat et le goût chez les écrivains」, Bibliothèque de la confrérie des chevaliers du Tastevin, 1979

Poupon(Pierre), 「Nouvelles pensées d' un dégustateur」, Bibliothèque de la confrérie des chevaliers du Tastevin, 1974

Renvoise(Guy), 「Le Monde du vin, Art ou Bluff」, Eds du Rouergue

Ribereau(Pascal), 「Le vin」, PUF (coll. Que sais-je?)

Robinson(Jancis), 「Le livre des cépages」, Hachette

Rowley A. & Ribaut J.-Cl., 『Le Vin, histoire de goût』

Saverot(Denis) & Simmat(Benoist), 『In Vino Satanas』, Albin Michel, 2008

Veilletet(Pierre), 『Le vin, lecon des choses』, Silea

『Voyage aux pays du vin : Histoire, anthologie, dictionnaire』

Woodrow(A.), 『Vins du Rhône』, Grund (coll. Guide du connaisseur)

그레이엄 하딩, 『와인 미셀러니』, 2008, 보누스

기바야시 신, 『와인의 기쁨』, 2007, 중앙북스

김준철, 『와인』, 2006, 백산출판사

니시카와 메구미, 『와인과 외교』, 2007, 지상사

다지마 미루쿠, 『세상에서 가장 쉬운 와인』, 2005, 바롬웍스

박찬일, 『와인 스캔들』, 2007, 넥서스

심산, 『와인예찬』, 2008, 바다출판사

아기 타다시, 『신의 물방울』, 2008~2010, 학산

안준범, 『와인 읽는 CEO』, 2009, 21세기북스

오현숙, 『와인 스케치』, 2009, 파프리카

이기태, 『내 생애 첫 번째 와인』, 2007, 웅진리빙하우스

이원복, 『와인의 세계 세계의 와인』, 2008, 김영사

이정윤, 『엔조이 와인』, 2009, 삼성출판사

이재술, 『와인 상식사전』, 2008, 미르북스

이재형, 『이럴 땐 이 와인』, 2008, 코코넛

이진백, 『와인 앤 더 시티』, 2006, 마로니에북스

장홍, 『문화를 포도주 병에 담은 나라 프랑스』, 1998, 고원

장홍, 『WINE & CULTURE, 문화로 풀어본 와인 이야기』, 2007, 학산

잰시스 로빈슨, 휴 존슨, 『와인 아틀라스』, 2009, 세종서적

전상헌, 『한 권으로 끝내는 와인 특강』, 2008, 예문

조정용, 『올 댓 와인』, 2009, 해냄
진희정, 『CEO 와인에서 경영을 얻다』, 2007, 마젤란
히로가네 켄시, 『한 손에 잡히는 와인』, 2001, 베스트홈

4. 주요 정기 간행물

International Vintage Magazine

La Revue du vin de France

The Wine Advocate

The Wine spectator

Vins magazine

Wine Review 보르도 아카데미